一笑

盛期之風貌

與

俠壇三劍客諸葛青雲作品歷久不衰

諸葛青雲是台灣新派武俠創作小說大家，爲早期最有號召力的武俠巨擘之一。與臥龍生、司馬翎並稱台灣俠壇「三劍客」。諸葛青雲的創作師承還珠樓主，詠物、敘事、寫景，奇禽怪蛇及玄功秘錄等，均與還珠樓主創作酷似，其作品熔技擊俠義和才子佳人於一爐，遣詞用句典雅。《紫電青霜》爲諸葛青雲的成名代表作，內容繁浩，情節動人，氣勢恢宏，在當時即膾炙人口，且歷久不衰，對於台灣武俠創作的總體發展表現、趨向影響甚大。

《紫電青霜》一書文筆清絶，格局壯闊。該書成於1959年，內容主要以少俠葛龍驤和柏青青、魏無雙、冉冰玉三女之間的愛情糾葛爲經，以「武林十三奇」的正邪排名之爭爲緯，交叉敘述老少兩輩英雄兒女如何冒險犯難、掃蕩妖氛的傳奇故事，名動一時。

諸葛青雲全盛時期，坊間冠以「諸葛青雲」之名，出版的武俠小說多達七八十部，其中參雜不少由他人代筆或託名僞冒之作，幾乎與臥龍生的情形如出一轍，由此可見他當時的高人氣。

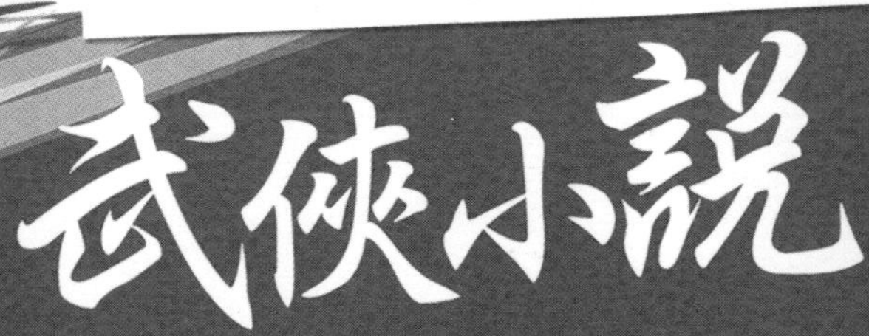

台港武俠文學

武俠巨擘

諸葛青

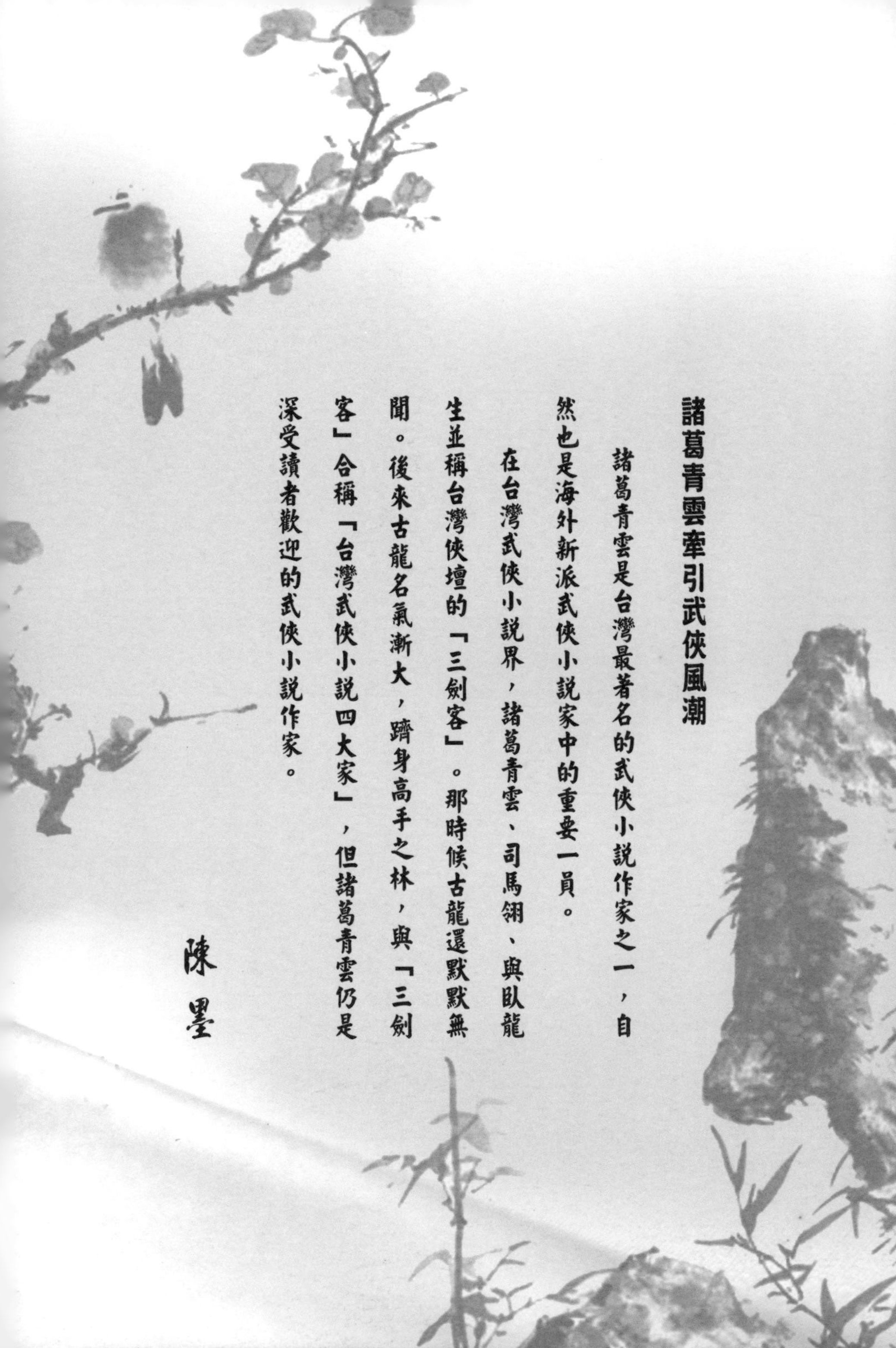

諸葛青雲牽引武俠風潮

諸葛青雲是台灣最著名的武俠小說作家之一，自然也是海外新派武俠小說家中的重要一員。

在台灣武俠小說界，諸葛青雲、司馬翎、與臥龍生並稱台灣俠壇的「三劍客」。那時候古龍還默默無聞。後來古龍名氣漸大，躋身高手之林，與「三劍客」合稱「台灣武俠小說四大家」，但諸葛青雲仍是深受讀者歡迎的武俠小說作家。

陳墨

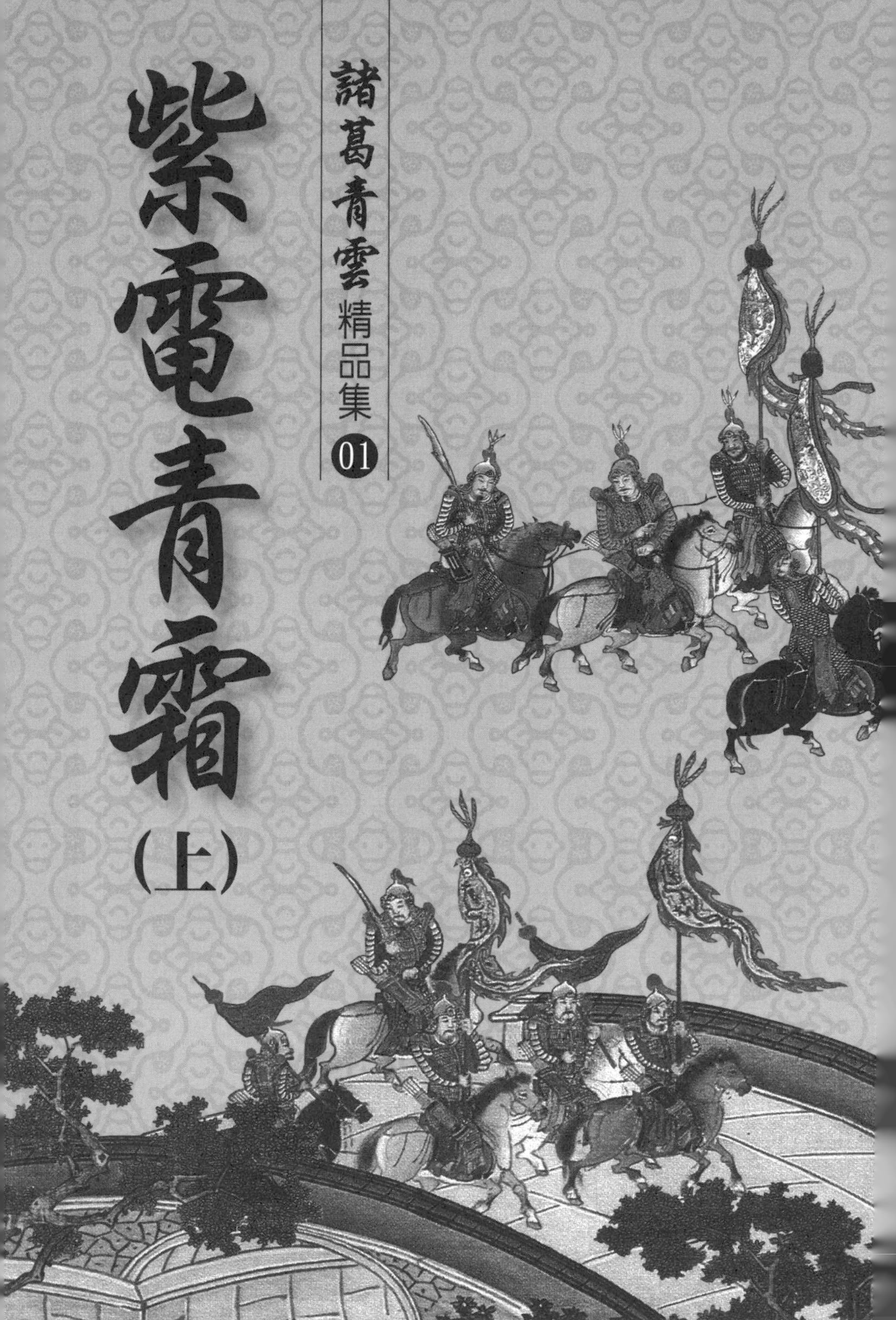
諸葛青雲精品集
01
紫電青霜
(上)

諸葛青雲 精品集 01

紫電青霜（上）

目錄

【導讀推薦】

諸葛青雲與武俠風貌：《紫電青霜》的傳承及創新

著名文學評論家 秦懷玉

台灣的武俠創作曾經有過令人嘖嘖稱奇的高峰時期，當時雖不能說是百花齊放，百家爭鳴，但也的確吸引了不少具有文學才華與國學根底、且對想像中快意恩仇的「江湖世界」充滿憧憬的文藝青年，參與在那一股蓬蓬勃勃的創作潮流中。但即使在台灣武俠創作的全盛時期，真正表現出鮮明亮眼的風格，而為人津津樂道的作家，其實也並不多；在天才卓絕、後來居上的古龍「一統江湖」之前，能夠在俠壇擁有一席之地的名家中，諸葛青雲是與臥龍生、司馬翎、司馬紫煙等並列為一線作者的重量級人物。他的吸引力與影響力均不容忽視。

起初，好事者將諸葛青雲、臥龍生、司馬翎合稱為「三劍客」，及至後來古龍聲譽鵲起，又將四人合稱「四大天王」云云。這些誠然只是武俠出版界或媒體炒作的噱頭，但也頗能反映其時武俠寫作界引領潮流的「人氣」作者排行榜中，諸葛青雲一直名列前茅。他本名張建新，為將門之後，自小嗜讀古典文學及演義小說，對三、四十年代風靡中國大陸的前一波武俠、劍俠小說之佼佼者，尤其心領神會。

當臥龍生以《飛燕驚龍》一炮而紅之時，他也見獵心喜，開始執筆寫作武俠小說，果然受到讀者的熱烈喜愛，遂辭去原任總統府文員的職務，全心投入武俠創作，開拓了自己在通俗小說界的一片版圖。

從武俠小說的創作源流來探討，諸葛青雲的傳承淵源是很顯然的：首先，是還珠樓主的《蜀山劍俠傳》系列，其馳情入幻、天馬行空的情節，以及美妙絕倫、如詩如畫的文字，對他提供了一個隨時可以汲取的美學寶庫；其次，則是以布局奇詭懸疑、故事浪漫旖旎著稱的前輩作家朱貞木的《羅剎夫人》、《蠻窟風雲》等作品，亦是他不時參考借鏡的文學資源。反倒是對古龍、臥龍生等名家均發生過重大潛在影響的悲劇俠情名家王度廬，似乎對諸葛青雲的寫作並不相干，或許是因諸葛主要將武俠視爲傳奇，而不傾向於將悲劇敘事納入武俠主要情節之故。

《紫電青霜》是諸葛青雲的主要代表作之一。這部作品中，寫珍禽異獸、求道修真、取寶煉劍、正邪對決等情節，當然是師承《蜀山劍俠傳》，但諸葛畢竟有他自己的創意與構想。

他寫武林十三奇的爭鬥，所謂「諸葛陰魔醫丐酒，雙凶四惡黑天狐」這十三個當代高手中，扣除亦正亦邪的「獨臂窮神」柳悟非不算，正邪對比竟是四正八邪。「獨臂窮神」的造型與性格，顯是借自蜀山的神駝乙休；而正派絕頂高人諸一涵、葛青霜，亦是蜀山的妙一真人及其夫人的翻版，而寫邪派絕頂人物「苗嶺陰魔」邴浩雖然心高氣傲，

不願向自命正派的諸葛夫婦低頭，卻亦是鄙薄名利、有所不為的狂狷之士，而且孤光自照，不屑與其他邪派高手結盟，更大有蜀山奇人兀南公的風範。

但蜀山寫新一代才彥的崛起與成長，如「三英二雲」不但屢有奇遇，迭獲異寶，而且逢凶化吉，遇難呈祥，儼然是註定了要成為正教砥柱、群邪剋星的幸運角色；而《紫電青霜》中新一代的歷練旅程，卻是步步荆棘，隨時可能發生不測的風險。

如男主角葛龍驤出道未久，竟已迭遭兇險，生死一髮。他面臨邪派美女色誘，香豔旖旎之餘，由於缺乏經驗，幾乎淪落萬劫不復的色慾陷阱而不克自拔；他被邪派高手擊落懸崖，墜入茫茫大海，生死成謎。這些情節，當然可視為武俠小說常見的套路，即使敘事生動，文采斐然，未必有獨樹一幟的意趣。然而，葛龍驤落海之後，更遭到毀容的殘酷打擊，他險死還生，流落荒島，不但目睹名列十三奇的邪派妖婦「黑天狐」宇文屏傷天害理的行徑，而且被她特製的毒液所傷，以致返回陸地後因自慚形穢，不敢與愛侶見面，只得東躲西藏，形同鬼魅。

似此世事詭變、英雄落魄而至於面目全非的情節，在後來的武俠小說中所在多有，但諸葛的描述兼具懸疑與奇詭的氣息，頗能扣人心弦。尤其，若與同書關於「風流教主」魏無雙對她心目中的英俊少年葛龍驤的鍾情與引誘相對照，則不但「色即是空，空即是色」的領悟自然浮現，那種溫柔綺麗、男歡女愛的氣韻亦令人低迴不已。可見諸葛青雲一方面熟諳佛學色空至理，另方面卻對紅塵韻事、人間情愛，自有其出於內心的眷戀與悵惘。其作品的魅力，或即繫於此一弔詭。

正是由於對佛家色空之旨的體會，被視爲邪派之首的「苗嶺陰魔」邴浩能夠大徹大悟，息止爭競之心，爲昔年的紅粉愛侶、如今的「覺夢」大師所渡化，飄然而去，引來正派高手們的一致尊敬。而亦正是由於對紅塵韻事、人間情愛過度的執念與入魔，導致了心理上、精神上嚴重的病變與畸零，「黑天狐」宇文屏在掀起武林大風暴之後，一直不肯放棄稱霸及報復的意圖，一意孤行，終至身名俱滅。這是《紫電青霜》的主軸，其實，也是諸葛青雲大多數作品的主軸。

不過，除了正邪分明、色空對比的主題與主軸之外，諸葛在日後漫長的創作生涯中，還充分經營並發揮了另兩個主題：一是邪派高人在徹悟後行善自贖的堅毅與勇敢，往往超乎名門正派的想像，例如他的《一劍光寒十四州》即在這一題旨上有非常精采的發揮。另一則是人性的畸變往往顯現出極突兀的現象，殊非常情常理所能喻解，故而可以發展出極奇詭的情節，例如他的《江湖夜雨十年燈》，當然，《江湖夜雨十年燈》因有古龍的手筆加入，故而意境自另有非凡之處。

總之，在台灣武俠創作的高潮時代，諸葛青雲是不容小覷的重量級作者，以高雅華麗的文筆與兼攝佛道的妙旨，留下了鮮明深切的印痕。

而臥龍生與諸葛青雲之後，天才橫溢的古龍輝煌登場，更爲華文世界的小說創作帶來了別開生面的新高潮！

一 靈山驚魅

三伏驕陽，熔金爍石，苦熱不堪。但廬山雙劍峰一帶，灌木長林，蔽不見日，益以飛瀑流泉，噴珠濺雪，不僅毫無暑氣，反而覺得有些涼意襲人。

雙劍峰於廬山眾峰之間，嶄嶄如干將插天、莫邪騰空，屹然相對。中爲千尋幽谷，霧鬱雲蓊，數尺之下，景物即難透視。這時，正值清晨，雙劍峰東北的黃石岩上，一個身著青羅衫，鳳目重瞳，面如冠玉，年約十八、九的少年，迎風而立。這少年本極英俊，映著豔豔朝陽，越發顯得倜儻風流，丰神絕世。

少年卓立岩頭，風揚衣袂，目眺匡廬景色，口中微吟道：「金闕前開二峰長，銀河倒掛三石樑；香爐瀑布遙相望，回崖沓嶂凌蒼蒼；翠影紅霞映朝日，鳥飛不到吳天長。登高壯觀天地間，大江茫茫去不還；黃雲萬里動風色，白波九道流雪山……太白此詩，真不愧稱廬山山史！西南雙峰峭拔，如劍插去，冷雲仙子葛老前輩所居的冷雲谷，想必就在峰下，恩師嚴命，務須於今日趕到投書，幸喜還不曾誤事。」

自語方畢，身形已自騰起，就如俊鶻摩空一般，直奔雙劍峰下雲霧瀰漫的千尋幽谷。

不多時，少年已到峰下谷旁。只見兩峰之間的這片絕澗幽谷，寬有二、三十丈，谷中泉瀑又多，水氣蒸騰，和那些出壑之雲瀰漫上湧。谷內究竟有多深淺，是何形狀，絲毫不得而知，怎敢貿然縱落。

「恩師再三叮嚀，這冷雲仙子葛青霜乃師門尊長，唯與恩師昔年積有夙怨，尚未化解。此番投書，不派大師兄前來，即因葛仙子與自己另有淵源，較好說話。但究竟是何淵源？卻如自己身世一般，推說時機未至，不肯相告。葛仙子武功高不可測，人卻極其剛愎自用，好惡常轉移於一念之間，務須恭謹應對，千萬不可絲毫冒犯。倘能得其青睞，受益必多。此刻卻爲瀰漫雲霧所阻，不識下谷途徑；若待霧散雲收，又不知何時何日。恩師限於今日投書拜謁，即因此行干係太大，如能圓滿，不僅可以解開與葛仙子二十年積怨癥結，且可消弭武林中一場浩劫奇災！不想已到地頭，突生阻隔，又不便高聲呼問，如何是好？」

少年方在躊躇無策，壑下霧影之中，突然有人發話道：「上面何人在此徘徊，可知葛仙子這冷雲谷中，向不接待外客麼？」那語音聽不出是男是女，但入耳清圓，端的好聽已極。

少年肅容恭身，向壑下答道：「弟子葛龍驤，奉家師衡山涵青閣主人之命，遠來投書，並拜謁冷雲仙子葛老前輩，可否有勞轉稟，賜予接見！」話完未聽對方回答，卻從沉沉霧影之中，隱隱沖霄飛起一點銀星，霎時已出谷外，竟是一隻絕大純白鸚鵡。

那鸚鵡朱喙金瞳，一身雪羽霜毛，毫無雜色，隱泛銀光。落在壑畔一株古木的低枝之上，竟有蒼鷹大小，向少年偏頭叫道：「雙劍峰冷雲谷，幽絕塵俗，葛仙子二十載清修，也從不容人驚擾。但我隨葛仙子多年，知道衡山涵青閣主不是外人。你既奉命投書，我先與你代傳，看看葛仙子可肯延見。」

少年見白鸚鵡這般神異，侃侃人言，不但毫無鳥語含混之處，吐屬竟頗通雅，分明是谷中主人所豢慧鳥靈禽無疑。遂自懷中取出一封柬帖，向白鸚鵡笑道：「冷雲仙子乃師門尊長，不奉傳呼，怎敢妄自擅闖？家師致葛仙子的書函在此，有勞仙禽代為轉呈，葛龍驤就在谷中恭候覆示。」

白鸚鵡叫道：「你這人文質彬彬，看來倒不錯，我替你說上幾句好話便了。」飛將過來，在少年手上啣過柬貼，沖天便起，兩翼猛一收束，宛如瀉電飛星，投向霧影之下。

少年暗想，「武林人稱『諸葛陰魔醫丐酒，雙兇四惡黑天狐』，為正邪兩派中十三位出類拔萃奇人。恩師涵青閣主諸一涵，名冠十三奇，學究天人，胸羅萬象。但言語之中，提到這位冷雲仙子葛青霜時，輒有敬畏之意。自己總疑恩師謙退，此刻冷雲一壑，蓋代奇人就在目下，少時若有機緣拜謁，倒真要留神仔細瞻仰。」

方想至此處，雲霧之中，陡然躥出一條灰影，撲向少年。那少年驟出不意，大吃一驚，身形微退，雙掌護胸，定眼一看，那條灰影是一隻長臂蒼猿，兩眼精光電射，人立壑口，向自己把前爪微招，回身便往來路縱落。少年知是主人遣來接引，方待跟蹤縱落，但目注壑下，不覺一怔。

此時雲霧略淡，目力稍可及遠，那隻蒼猿竟在雲霧繚繞之中，離壑口約有丈許，憑虛而立，一爪指定足下，一爪不住向自己連招。少年略一尋思，便猜出霧影之中必然尚有石樑等落腳之物。但亦不敢大意，先把真氣調勻，向蒼猿落足之處緩緩縱去。

不出所料，那蒼猿並非虛空浮立，足下有一根寬只尺許、長達數十丈的石樑，但傾斜頗甚；石上苔蘚，又爲霧氣潤濕，滑溜異常。若無絕頂輕功，不要說是行走，連站都站立不穩。何況兩旁及足下，霧影沉沉，好像除這一線石樑之外，全是虛無世界！少年雖然身負絕學，也凝神一志，未敢絲毫疏忽。輕輕落足石樑，暗用「金剛拄地」穩定身形。那蒼猿又朝他低嘯連聲，順著石樑，向那無底霧壑之中飛馳而去。

少年提起真氣，施展輕功，緊隨蒼猿身後，把石樑走完。盡頭卻是一片峭壁，一人一猿，就憑藉壁間的薜蘿藤蔓，攀援下降。猿是通靈神獸，人是蓋代英雄，險阻雖多，

依舊安然超越。穿過兩層雲帶，眼前一亮，境界頓開。

距離壑底，已經不到十丈，雲霧均在頭頂。天光不知從何而入，明朗異常，絲毫不覺黑暗。到處修篁老幹，翠壁清流，水木清華已極。時值盛夏，天氣卻涼爽得如同仲秋。幾道漱水飛泉，宛如凌空匹練，玉龍倒掛，珠雪四濺。洗得峰壁上的那些厚厚青苔，蒼翠欲滴，綠人眉宇。仄嶂雲崩，奇峰霞舉。少年雖然久處名山，卻何曾見過此等瑯嬛仙境，正在心醉神迷之時，蒼猿已自一聲歡嘯，鬆卻爪中藤蔓，一條灰影自空飛墜。同時壑底的一叢花樹之後，也緩步走出一個容光勝雪的白衣垂髫少女。

少年目睹白鸚鵡及蒼猿靈異，雖然見有人來，仍謹守恩師規戒，不敢賣弄逞強。此時壁間藤蔓已稀，暗用壁虎功游龍術，雙掌拊壁，緩緩下降。直到離地丈許，才足跟微點崖壁，飄然著地。那白衣少女，也正好走到少年面前檢衽施禮，微笑言道：「小妹谷飛英，家師冷雲仙子。適才白鸚鵡雪玉，啣來衡山諸師伯書信，因家師與師姐均早課未了，不敢驚動，又恐師兄在上久候心急，輕身犯險。這一線天雲崖霧嶂，再好武功，如非熟路，也極難走。何況諸師伯又非外人，才擅專做主，命蒼猿上崖迎迓。頃間家師課畢，閱過諸師伯書信，特命小妹來迎。葛師兄遠來辛苦，聞得少時還要再做長行，可願就隨小妹去見家師？」

少年見這少女，不過十三、四歲，雲鬟半墜，明慧難描。但一對剪水雙瞳，神光炯

炯逼人，柳眉之間，英氣亦似嫌太重，說話神情大方已極，絲毫不帶女兒家羞澀之態。忙亦拱手答道：「葛龍驤奉命遠來，拜謁葛仙子，既承寵召，便煩師妹接引。」

谷飛英嫣然一笑，回身引路。轉過幾叢茂樹奇花，眼前一片排雲翠壁。壁下薜蘿紛拂之間，有一絕大洞穴，飛英側身攜客入洞。

少年見過洞府，石質白細，溫潤如玉，並有一種極淡極雅氤氳幽香，隱隱襲人。到得丹室門口，少年駐足不敢再進，飛英一笑進室叫道：「師父，衡山諸師伯門下的葛師兄，在門外求見。」但聽得一個極爲柔和清亮的口音笑道：「叫他進來。」

飛英出室，招同少年入內，低低說道：「雲床上面坐的就是我師父冷雲仙子。」

少年整衣肅容，恭謹下拜道：「衡山涵青閣諸閣主門下弟子葛龍驤，叩見葛老前輩，並代家師問安。」

座上冷雲仙子，猶未答言，那隻白鸚鵡的清圓語音，卻在空中叫道：「要叫葛仙子，什麼老前輩，多討人嫌。你抬頭看看，我家仙子老是不老？」

冷雲仙子含笑叱道：「雪玉淘氣！我已年過花甲，怎怪人家稱老，葛賢侄起來，無須如此拘謹。我與你師父，已有二十年不見，他只道我依舊當年火性，就此一端看來，這別後修爲，他卻未必如我呢！」話音剛了旋又失笑道：「無端又動好勝之念，二十載蒲團，塵心依然不淨。還想什麼超凡脫俗，看來這神仙之道，果然虛緲無憑的了！」

葛龍驤聽這冷雲仙子的語音口氣，極其柔和，哪有絲毫師父所說的剛愎之氣。依言起立，剛一抬頭，不覺愕然。原來明明聽得冷雲仙子自稱年過花甲，但雲床之上，坐的卻是一個二十七、八，美似天人的道裝少婦。

葛龍驤心頭暗忖，自己師父涵青閣主諸一涵也是六十許人。因內功精湛，駐顏有術，外貌看來卻是三十四、五歲的中年文士。不想這葛仙子，竟比恩師看來還見年輕，真是奇事！

他方在驚詫，冷雲仙子葛青霜妙目微開，兩道宛如嚴電的眼神，直注在葛龍驤面上，在威儀凜凜之中，好似還含有無限的溫煦慈愛！葛龍驤亦自全身涔涔一顫，卻又說不出所以然來，只覺得好像遇到極親極親的親人一般，自然而然地，從心頭油然而生一種孺慕之思，竟恨不得投身冷雲仙子懷中，讓她憐愛撫慰一番，才覺愜意。

冷雲仙子與葛龍驤目光相對，半晌無言。秀眉微蹙，當年往事，電映心頭，倏地一聲輕喟道：「大千世界，十二因緣，欲求無我無人，此念何從斷法？英兒，你葛師兄千里遠來，無物相款，幸喜那雪藕金蓮正好結實，可去『小瑤池』內採摘些來。順便到『靈楠居』中喚你師姐，就說我有差遣。」

飛英方待回身，白鸚鵡雪玉叫道：「英姑你去採那雪藕金蓮，琪姑讓我去請。」

冷雲仙子回顧葛龍驤，微笑問道：「葛賢侄，我這冷雲谷前壑，深有百數十丈，終

紫電青霜

年霧鎖雲封，除那一線石樑之外，只有薛蘿略資攀援。你隨著蒼猿來此，衣履不損，輕功已算不弱。你師父那獨步武林的『天璇劍法』和『彈指神通』，學到了幾成火候？」

葛龍驤恭身答道：「十餘年來，蒙恩師朝夕督促，『天璇劍法』已能熟用變化；『彈指神通』則以功力所限，恐怕還不到六成火候。來時恩師言道，葛仙子乃當代第一奇人，武功絕世，尙祈不棄弟子愚昧，多加教誨。」

冷雲仙子微微一笑道：「天下各派武功，分途合進，各有所長，何人敢稱第一？這是你師父故意謙我之詞罷了。不過回想當年，我與他二人，真倒是被武林中推爲『瑜亮』。但這二十年歸隱，三山五嶽之間，鬼魅橫行，連那最稱難惹的苗嶺陰魔，也參透八九玄功，修復走火入魔的久僵之體，二次出世。江湖中又不知要被這妖孽攪起多少血雨腥風、奇災浩劫。你師父來書，就是約我同做出岫之雲，剪除這些惡魔，並了結當年一段疑案。但他與我所練的『乾清罡氣』，均最快還要三年，九轉三參的功行才得完滿。故而目前只得暫讓這些魔頭跋扈飛揚，逍遙自在的了。」

說到此處，室外走進一個絳裳少女，白鸚鵡雪玉就停在她左肩頭上，剔翎弄羽。

冷雲仙子向葛龍驤道：「這是我大弟子薛琪，今年二十，長你兩歲。」

葛龍驤口稱師姐，恭身施禮，薛琪含笑斂衽相答。葛龍驤暗想，這冷雲仙子真個奇特，怎的連自己年齡都這般清楚？禮畢抬頭，頓覺眼前一亮，覺得此女容光絕美，但又

說不出美在何處，宛如姑射仙人、凌波仙子，倏然絕俗出塵，不可逼視。

冷雲仙子向薛琪道：「你衡山諸師伯，因武林至寶『碧玉靈蜍』，被秦嶺天蒙寺的悟元大師，於遠遊黃山之時無意巧得，二次再起江湖。但消息外洩，群兇聞風蜂擁攘奪，計畫於悟元大師歸途之中，在華嶽廟一帶邀劫。武林十三奇中的嶗山四惡與蟠塚雙兇，亦均有人打算出手。甚至連苗嶺陰魔，都動此念。此實關係我與你諸師伯多年恩怨，不可使其落入群邪之手。故而將你喚來，與你諸師伯門下葛龍驤師弟，即刻啓程，趕赴華山，相助悟元大師脫此一險。你『乾清罡氣』雖然膚淺，但『無相神功』業已練成，再帶我青霜劍去，與你葛龍驤師弟『天璇』、『地璣』雙劍合璧，讓這妖孽噹噹厲害。只要那苗嶺陰魔，遵守昔年誓約，不對後輩出手，雙兇、四惡俱不足懼。此行無論成敗，即刻回山，那『乾清罡氣』功行，絲毫耽誤不得。」

她說完又轉對葛龍驤道：「賢侄華山事後，可往洛陽龍門一帶，訪尋龍門醫隱柏長青。就說奉我所差，向他索還當年寄存的一副『天孫錦』，索得之後，即行賜你。此錦不但寶刀寶劍所不能傷，並還可禦那不到登峰造極的內家陰掌。我初次行道江湖之時，即仗此物，度過不少危難。索錦之時，有兩句隱語：『醫術爲仁術，天心是我心。』必須謹記！否則龍門醫隱絕不肯還。此後亦不必回轉衡山，你師父已許你在江湖上隨意積修外功，你順便收拾些四惡、雙兇的爪牙黨羽。但有一件，若遇見一個膚色漆黑、五十

來歲、又瘦又長的老婦，卻千萬不可沾惹，見即遠避，其他均可便宜行事。」

門外飛英接口道：「師父，你看你多偏心，琪姐與葛師兄擔此重任，偏就不派我去。英兒身負如山之恨，師父您究竟哪一天，才許我出山行道、仗劍誅仇呢？」人隨聲進，手中托著一個白玉盤，盤中盛著一段雪藕和三顆蓮實，放在几上。

冷雲仙子笑道：「英兒不要這等性急，你那仇人何等厲害，功力不夠，貿然從事，豈非徒逞匹夫之勇？只要你刻苦用功，在這半年之內，把『無相神功』練成，年底你醉師叔來討松苓釀酒之時，我請他帶你出山歷練便了。」

飛英聞言雀躍，笑向葛龍驤道：「葛師兄，這雪藕金蓮，七年才結實一次，吃了益處甚多。你來得太巧，師父又真喜歡你，不然這好東西，可不輕易吃得到呢。」

葛龍驤見那蓮藕，毫不起眼，正要伸手，聽飛英說得如此珍貴，反倒不好意思取食。

冷雲仙子笑道：「賢侄休聽你飛英師妹饒舌，那雪藕只是好吃，蓮實卻除有寧神清心、輕身益氣之外，對祛毒特具靈效，且歷久不壞。你吃上一粒，餘下兩粒帶在身邊，以備後用。時機匆迫，吃完便隨你薛師姐去吧。」

葛龍驤聞言，也就不再客氣。那藕又嫩又脆，滿口清香，極爲好吃。蓮實卻先頗苦澀，少時漸覺回甘，靈台方寸之間，果比平時清瑩朗徹，知已得益不少。吃完之後，冷

雲仙子從身後經桌之上，拿過一口帶鞘長劍，遞與薛琪，二人雙雙叩別。葛龍驤不知怎的，眼中微覺濕潤，竟然有些依依不捨。冷雲仙子面上也微微動容，忽然翠袖微揚，一股極柔和的無形大力，將薛、葛二人送出室外。冷雲仙子趺坐雲床，垂簾入定。

黃山峻拔皖南，松雲峰石之奇，冠絕宇內，故有「黃山歸來不看嶽」之語。三十六峰，縹緲隱現於雲海之間，嶄碧參差，儼如仙境。獅子林、西海門一帶，奇松萬株，結頂交柯。但這一片松海雖極壯觀，卻不及孤崖絕壑那一株夭姣，偃屈騰拿，來得清奇蒼古。「閻王壁」在蓮花峰側，一線通人，逼仄崎嶇，下臨深谷，才得此名。遊人至此，多半裹足。但此時卻有一個清癯老僧，芒鞋白襪，灰色僧衣，背後插著一把短柄佛門方便鏟，頭下腳上，在那陡壁之間，手足並用，就活像一隻絕大壁虎，輾轉蜿蜒，遊向離壑底十餘丈高處崖壁之上，盤虬挺出的一株古松。

這條絕壑，夾壁摩雲，中間僅透一線天光。故時雖五月，又值正午，炎威仍自難達，山風過處，並還有點森森砭骨。那老僧遊到離松不遠，突然似有所見，在壁間一塊略爲凸出的石上停身。剛反手掣出背後所插的短柄方便鏟，壑底便傳來一聲震天虎吼。那松根之下，也跟著發出幾聲呱呱怪叫，淒厲懾人。老僧屏息定睛細看，松下原來藏有一個黑隱隱的洞穴，這時從洞穴之中，颼的一聲，一條三、四丈長的紅影，如匹練長虹，電射而出，直躥向壑底踞石發威的一隻五彩斑斕吊睛白額猛虎。

猛虎本向老僧發威，不想憑空招來強敵。那紅影竟是一條紅鱗巨蟒，自上往下飛拋，其疾如電。猛虎不敢硬對，一聲暴吼，縱身斜空。哪知紅蟒身雖長大，轉折之間，卻靈活已極，身在半空，見虎縱起，蟒尾一掉，長身如風車疾轉，虎身斑斕錦毛之上，立時平添幾圈紅色彩帶。「叭」的一聲，雙雙落在壑底。

石上老僧法號悟元，與師兄悟靜、師弟悟通，同掌終南山天蒙禪寺，武功自成一家，人稱秦嶺僧俠。此次遊方採藥，來到黃山，見這絕壁蒼松，雄虬盤結，年歲極古。根下或有千年茯苓這類靈藥。冒險探掘，不想松下有洞，洞中藏蟒。若非虎吼驚蟒出洞，等自己寄身松上，毒蟒驟起發難，何堪設想，故而不由得對猛虎心生好感。

且這類紅蟒，奇毒無比，當年在野人山中，見過一條，長才丈許，就有滿口毒煙噴射，十餘步外，人就覺得頭目暈眩，腥惡欲嘔。這條長達四丈，想更厲害。此刻已將猛虎纏住，虎口蟒口，上下相對，兇睛互瞪，雙方伺機搏噬。不知怎的，蟒口竟無毒煙噴出，否則猛虎早已斃命。

悟元大師暗提真氣，悄無聲息，順壁滑下約有十丈，恰好藏身一束山藤之後。離那蟒虎糾纏之處，只有三、四丈遠，暗器已可見準。這悟元大師以一掌鐵蓮花暗器，馳譽關中。十二朵花中，九黑三黃。黑色無毒，黃色係用九種絕毒藥物煉製，見血封喉，無

藥可救。名爲「九毒金蓮」，專門對付生死強仇，輕易不肯妄用。此刻見這紅蟒，忒已長大兇惡，猛虎死後，應付更難，並立意爲黃山山民除此一害。探手入懷，把「九毒金蓮」，取了兩朵，覷準蟒頭，伺機待發。

那隻斑斕猛虎也非常物，比條水牛還大，錦毛硬密如針，身軀雖被紅蟒纏住，頭及四足卻能轉動。知道敵勢太強，一對虎目注定紅蟒七寸之處，靜以待敵。紅蟒倒也不敢冒失發動，只用蟒蛇慣技，把那長身盡量收束，纏得那虎雙睛暴瞪，四爪拚命抓地，口中連連悶聲怒吼。

悟元大師見再有片刻，猛虎就要活活被蟒纏死，那蟒失去糾絆，如何能制？不敢再延，故而左手一揚「九毒金蓮」，分打紅蟒雙目。哪知此時猛虎被蟒束得幾乎不能透氣，難過已極，意欲與蟒拚命，笆斗大的虎頭一低，一頭咬向紅蟒頸間，恰好代蟒挨了一下。

悟元大師爲想一擊成功，用的是內家重手，一朵「九毒金蓮」正中虎頭，頭骨先被打碎；蓮瓣往外一張，蓮芯往前一吐，果然奇毒無倫，一口巨虎立時了賬。

紅蟒哪裡知道有人在旁暗算，「九毒金蓮」黃光閃處，左目也被打瞎。「呱」的一聲慘叫，長身甩卻死虎，在山石上盤成一堆，昂首中央，血口開張，紅信吞吐。一隻未瞎右眼，瞬瞬如電，四周掃射。神態依然極端獰惡，那「九毒金蓮」的無倫劇毒，竟似

對這紅鱗巨蟒毫無效力。

那紅蟒目光好不銳利，略一流轉，便已看出悟元大師藏身所在。蟒首微低，闊腮怒張，周身皮鱗不住顫動，獨目凶光炯炯，注定壁間山藤，作勢欲起。

悟元大師不由暗念「阿彌陀佛」，心中自忖：「我這『九毒金蓮』，從無虛發，怎的今日陡失靈效，難道我和尚該在這黃山絕壑的紅蟒口中結緣正果不成。蛇蟒異於獸類，不但轉折靈活，行走快速，任何阻礙都能飛躐。在這種騰挪不開的奇險之地，再好武功均難相敵。除卻捨命一拚之外，別無他途。」主意打定，自肋下取出一把帶鞘的匕首，長才盈尺。軟鞘一去，銀光奪目。悟元大師將方便鏟與匕首並交左手，右掌輕揚，一朵鐵蓮花照準蟒頭打去。

紅蟒本來已在蓄勢待發，哪裡還禁得起如此撩撥，蟒頭微拱，鐵蓮花飛向半空，蟒身跟著躥起，如長虹電射，向崖壁穿來。

悟元大師見紅蟒舉動，正如意料，心中暗喜，等蟒一離地，方便鏟脫手迎頭飛擲。紅蟒身起半空，一見鏟到，蟒首微揚，讓過飛鏟，突覺腹下奇痛，不由狂怒，加急前衝。只見一片血雨灑處，壑底石上，平添一片紅霞、一堆灰影，但均寂然不動。

原來悟元大師跟著方便鏟飛擲之勢，甘冒萬險，隨身進撲。恰好紅蟒揚頭避鏟，悟元大師見機不可失，猛挫鋼牙，左臂盡力斜抖。果然神物利器，匕首直貫蟒腹，紅蟒再

一負痛前躥，那還不來了一個破肚開膛。但悟元大師也中了紅蟒的垂死反擊，肋骨被蟒尾打斷兩根，人也飛甩出丈許，暈死石上。

一陣狂風過後，疾雨如傾，悟元大師被這冰涼山雨一淋，悠悠醒轉。胸腹之間，疼痛欲裂，匕首倒還緊握手中。回憶前情，恍如夢境。勉強掙扎，翻身仰臥，讓那雨水直澆面門，頭腦才稍覺清醒。探懷摸出兩粒靈丹，嚼碎嚥下，忍痛自行拍上斷骨。

少頃，風停雨住，悟元大師慢慢坐起，手撫胸腹，疼痛略減。眼看四、五丈外的紅蟒遺屍，心猶有餘悸。忽然見那蟒屍之中，似有碧光微閃，不由大奇，緩緩調息起立，趦將過去，用手中匕首，撥動蟒屍。忽然悟元大師一聲驚呼，俯身自蟒屍之中，拾起一隻碧玉蟾蜍，大才三寸，通體透明，腹內似有無數光華，隱隱不停流轉。閃閃精光，映得人鬚眉皆碧。

悟元大師久歷江湖，見多識廣，見這碧玉蟾蜍大小形狀，再想起適才紅蟒不噴毒霧，及自己「九毒金蓮」傷蟒不得的種種情形，恍然頓悟，又喜又驚，連全身都微微顫抖。

原來這隻碧玉蟾蜍，向爲武林中互相爭奪的奇珍異寶，名爲「碧玉靈蜍」，通體透明，能辟百毒。無論中了何等毒藥、暗器、兵刃，或爲蛇蠍等毒物所傷，只要將這碧玉靈蜍嘴部，對準傷口，但看靈蜍腹內，血絲稍一流轉，毒便吸出化盡。倘誤服毒藥，只

要氣尚未斷，找碗新鮮人乳，將這碧玉靈蜍浸在其內，約一盞茶時，乳呈淡青色，再行服下，百毒均解。此外並能醫治聾、啞、盲及不太過份嚴重的內傷，莫不立見奇效。

但這種天材地寶，想是生來遭忌，歷屆寶物主人皆招奇災，無人能得善終。故而這隻碧玉靈蜍雖然曠世難尋，但也爲武林中一件至凶之物。前任寶物主人，八閩大俠鐵掌施明，二十五年前，就在這黃山蓮花峰，被仇家埋伏群毆，雖然藝業高強，力斃數賊，終因寡不敵眾，身受重傷。自知無法活命，不願讓這隻蓋世奇珍碧玉靈蜍，落入仇家之手，故在盡命之時，從蓮花峰上，暗將此寶拋下萬丈深谷。無巧不巧地被這條紅蟒，吞在腹內。以致江湖之中，此寶失蹤達二十五年之久，無人知其下落。

悟元大師雲遊足跡，幾遍宇內，對於江湖事蹟，原本熟極。此刻從這紅蟒腹中，無意獲此至寶，前因後果略一思索，便已了然。哪裡還有心情找那些陳年古松之下寄生的什麼茯苓之類，就在石上打坐調息，運用內功，自療胸肋之間傷勢。

時至申牌，傷痛已好七成。這絕壑之中，因兩崖壁立，天光難透，煙霧四起，暮色已深。悟元大師尋回適才打飛的短柄方便鏟，藉著壁間藤樹，慢慢攀上絕壁，略事調息，找家山民投宿。恰巧這家山民，新生一女，彌月未久，悟元大師索得一杯人乳，將新得的碧玉靈蜍，用水洗淨，浸在乳內。等到乳呈青色，悟元大師取出靈蜍，將乳服下。果然這萬載空青、靈石仙乳所孕之世間至寶，靈效非凡！一股清冷玉液，自喉頭下噈，即化爲陽和之氣，流轉周身。不過頓飯光陰，傷痛盡除，真氣已然可如平時一般凝練提用。

悟元大師爲紀念此行奇遇，立下心願，就借此山民家中暫居，要在黃山逗留兩月，憑藉自己的醫術及這隻碧玉靈蜍之助，把這附近一帶的貧困山民，所有盲、啞、聾等頑疾，及蛇蟲咬傷中毒等病，盡力量所及，一一療治。

用心本來極好，誰知茫茫天道，竟自難論。悟元大師這一念慈悲，用碧玉靈蜍替人治病，終於風聲外洩，懷璧招災，把這位奇僧仁俠生生斷送。

轉瞬之間，悟元大師在黃山逗留，已有一月以上。這日，黃山後山西海門一帶，有人被一條追風烏梢毒蟒咬傷，奇毒難醫，奄奄待斃。因聞悟元大師靈跡，家屬等趕來求治。悟元大師應邀前往，不但手到病除，治好毒傷，並還乘興將那條毒蟒搜殺，以杜後患。山民等自是千恩萬謝，因悟元大師不忌葷酒，紛紛搬出自釀山泉、薰臘野味等物，爭相款待。

悟元大師難卻眾情，盡醉方歸，回到蓮花峰時，已是薄暮。才到所居山民家門口，不覺一怔，臉上勃然變色。原來房內燈光明亮，悄無人聲，一片死寂，與平日山民夫婦飯後撫女談笑之歡樂情景，迥然不同。再看屋門上角，卻釘著一面大約三寸方圓的奇形鐵牌，牌上浮雕著四個惡鬼頭，神態獰惡，栩栩如生。悟元大師一見此物，心頭不覺暗

暗叫苦。認識這正是「武林十三奇」中，嶗山四惡的「追魂鐵令」。

這嶗山四惡，不論對任何人，只一下手，從來斬絕根芽，絕不留一活口。在「武林十三奇」的八邪之中，除黑天狐外，連苗嶺陰魔與蟠塚雙兇，若專論心狠手辣，均尚比不上這嶗山上的四個惡魔。但悟元大師自忖與嶗山四惡素無過節，不知何故，這「追魂鐵令」竟會在此出現，只怕這山民一家，性命業已難保。

嶗山四惡，盛名懾人，悟元大師哪敢輕率進屋，翻手先拔下背後的短柄方便鏟，護住當胸，左手也掏了一朵九毒金蓮，慢慢走到門口。細聽屋內仍無響動，心知不妙，輕輕一足踢開房門，一看屋內情景，不由「啊」的一聲，鋼牙緊挫，兩行慈悲清淚，灑濕僧衣，口中不住低唸：「阿彌陀佛！」

原來那山民一家俱遭慘死，男的身首異處，女的倒臥男的身側肚破腸流，連那未滿三月的女嬰，也未倖免，天靈擊得粉碎。淒慘之態，簡直不堪入目。

悟元大師強忍心酸，走進室內。只見板壁之上，用人血寫著幾行殷紅字跡：「天材地寶，唯有德者方足居之！顳頇小僧，何能佔有？一月之內，余親到秦嶺，索取碧玉靈蜍。悟元賊禿，速回待命。如稍有違抗，這蕞爾山民一家，即為天蒙三僧前車之鑒！」末尾仍然畫著四個鬼頭，鮮血淋漓，猙獰姿態，望而生怖。

悟元大師目眥皆裂，恨聲自語道：「山民夫婦，耕樵自適，樂天知命，與人無忤，

與世無爭，何以連初生嬰兒均遭此慘劫。嶗山四惡狠毒兇行，令人髮指。我悟元寧教形消神災，骨化飛灰，也絕不讓惡賊們稱心如願，並誓為無辜死者雪此沉冤！」

因知這嶗山四惡，言出必行，從無更改，必須立時趕回秦嶺天蒙寺中，與師兄、師弟共商應對之策。遂將山民一家妥善掩埋，並不願壁間血字驚擾俗人耳目。反正這家山民又無親故，乾脆借助祝融，蕩滌血腥，使這三間板屋化為一片乾淨焦土後，離卻黃山，趕回秦嶺。

悟元大師歸心似箭，星夜疾馳。這日已到河南孟津，眼望黃河滔滔巨浪，猛然想起，自己師兄弟三人生平至交好友，武林十三奇「諸葛陰魔醫丐酒，雙兇四惡黑天狐」中的丐俠，「獨臂窮神」柳悟非，平日雖然萍蹤無定，但對岸中條山所居的一位隱俠，無名樵子家中，與自己的天蒙寺，卻是他經常來往之地。像嶗山四惡這種對頭，除非約請這等蓋世奇俠，尋常之輩根本無能相助。中條山就在對岸，略為繞路，何不就便一訪，如能巧遇，豈不大佳。主意打定，遂自孟津渡河，由豫入晉。

哪知人算不如天算，冥冥中似早有定數。悟元大師趕到中條山無名樵子所居之處，但見白雲在戶，瀉霧出楹，了無人跡。只得悵然留書，說明此事始末，請獨臂窮神柳悟非見字之後，即到秦嶺一行。

紫電青霜

二　懷璧其罪

風陵渡，扼山西、河南、陝西三省交會要衝，又是黃河渡口，形勢極爲險要，爲自古兵家必爭之地。悟元大師到得渡口，已近黃昏。渡船剛剛開走，往返需時，悟元大師獨立斜陽，遙眺長河千里，黃流浩浩，浮動起萬片金鱗，氣勢極爲雄壯。方在出神，下游突然搖來一隻小船，一個頭戴箬笠，頷下銀鬚飄拂的老年船夫，坐在船尾，雙手蕩槳，順風逆流而渡，速度竟是快極，六、七丈的距離不多時便到面前。老船夫雙槳一收，自船中抄起一枝竹篙，插入水底泥中，將船定住，笑向悟元大師說道：「渡船剛走，要等對岸客滿，才回來再渡。大師父像有急事渡河，我這小船送你過去如何？」

悟元大師一路之上，時時刻刻，對任何人事均懷戒備。見這老船夫一篙中流，將這隻小船硬給定住。黃河到此，雖已平廣，但水流依然甚急，浪花自船頭沖來，飛珠濺雪，看上去力量頗大，但小船卻連動都不動。就這一點看來，老船夫臂力已足驚人。但悟元大師心急趕路，自忖水性武功，對付這老船夫總有餘裕，一人一船，就算他不懷好意，也無足懼。遂隨口應好，也不隱諱，身形微動，輕飄向船中。老船夫竹篙一撥一點，船便蕩開，然後棄篙用槳，橫流而渡。

悟元大師卓立船頭，獨立蒼茫，心生感慨，突聽那老船夫在身後朗聲吟道：「破衲芒鞋遍九州，了無煩惱了無憂；奇珍引得無常到，一過潼關萬事休！」

悟元大師聽他分明說的就是自己，不由心頭火發。霍地回身，向那老船夫冷笑一聲，說道：「出家人放下萬緣，生死寂滅，何足縈懷。明人面前不說暗話，武林至寶碧玉靈蜍，確然爲我巧得。倘俠義中人對此物有所需用，悟元雙手奉贈，絕無吝詞。但如嶗山四惡這等窮兇極惡之輩，妄圖此寶，除非把悟元化骨揚灰，否則休想。老船家上姓高名，如想超度出家人，何必過得潼關，就把我葬身在這滾滾黃流之中，不也一樣麼？」

老船夫聞言哈哈笑道：「秦嶺天蒙寺三位大師，亦僧亦俠，譽滿關中，是我老頭子平生所欽佩的人物。再說碧玉靈蜍，雖然曠世難逢，論理應爲歷險之人所得；恃強攘奪，豈是有人性者所爲？我老頭子以水爲家，終日漂泊，滄海桑田，已然看慣，爭名奪利之心，與日俱淡。再說我這幾手強身健體的膚淺功夫，哪裡惹得起大師們的內家絕藝？所以我阮世濤縱然起下了豺狼之心，亦無此虎豹之膽。大師不要誤會才好。」說罷，把所戴箬笠，往後一掀，露出滿頭蕭然白髮，兩目神光湛湛，注定悟元，面含微笑。

悟元大師忙道：「水上仙翁阮大俠，名震遐邇，請恕悟元眼拙。但不知阮大俠怎知悟元今日過此，特加接引，並示玄機，可能見告麼？」

阮世濤一聲長嘆道：「鬼蜮幾時盡，江湖魑魅多！大師遠在黃山，斬蟒得寶，老夫本來無從知曉。日前偶遇衡山涵青閣主人，『不老神仙』諸一涵門下弟子溫潤郎君尹一清，他不知從何處得來秘訊，大師在黃山發慈悲之願，用失蹤二、三十年的武林至寶碧玉靈蜍，為人治病。消息外傳，引起眾邪攘奪之念。因潼關是大師歸途必經之路，故計畫在華山一帶邀劫。尹一清探悉不但嶗山四惡參與其事，連蟠塚雙兇，甚至苗嶺陰魔均想下手。他一人勢孤，須趕回衡山，向他恩師請命，特地囑咐老夫，在這晉豫陝邊界，注意大師行蹤。一經發現，便相勸大師在此稍待，等他請示之後，諸大俠必有安排。再不然回頭繞道西坪，由龍駒寨進陝，也可度過此厄。老夫得訊，乃分派山妻小女，在晉豫等入陝要地相候大師。今日果然見著，詳情如此，不知大師何去何從呢？」

悟元大師一聽，除嶗山四惡之外，連蟠塚雙兇及苗嶺陰魔，也均覬覦這碧玉靈蜍。這些魔頭一個勝似一個，全是「武林十三奇」四正八邪之中佼佼人物，慢說自己師兄弟三人，就連那半正不邪的獨臂窮神柳悟非趕來算上，仍非敵手。不由緊鎖雙眉，向水上仙翁阮世濤，把黃山得寶、四惡留書之事，詳細述明，苦笑一聲說道：「阮大俠與溫潤

郎君好意，悟元感激不盡。但嶗山四惡一月約期，轉瞬即屆，不見悟元歸來，必去天蒙寺內尋事。我師兄、師弟毫不知情，何從抵禦，故必須即行趕回。悟元中年學佛，自信尚能明心見性。無端招惹邪魔，想是前生宿孽，避亦無用，只好仍照原計前行，吉凶禍福，均非所計的了。」

阮世濤見悟元大師滿面晦色，明知去必無幸。但人家師兄、師弟情深，重人輕己，大義凜然，也不好深勸，只得含笑說道：「船到中流，回頭不晚，大師可肯三思？」

悟元大師低眉合掌，笑道：「九界無邊，眾生難度！悟元願捨色身血肉，警覺癡迷！阮大俠你一葉慈航，渡我於驚濤駭浪之中，數語微言，醒我於渾噩無知之境！深情美意，悟元受惠已多，永當銘謝！」

阮世濤見事已無可轉回，微微一嘆，手下雙槳用力，不多時已到對岸，用篙將船靠近，悟元大師縱身下船。阮世濤黯然說道：「老夫微末技能，歉難爲助。更何況有妻有女，也實在惹不起這干萬惡魔頭。一過潼關，務祈在意。但願佛佑大師，前途珍重，恕我不遠送了。」

悟元大師與水上仙翁阮世濤分別以後，不知怎的，靈台方寸之間，頓覺空明，當前險阻重地，竟毫未縈懷在念。此時暮煙四起，天已漸黑，遂施展輕功，直奔潼關。

哪知悟元大師過得潼關約有五、六里路，把一段險峭山道走完，眼前已略見平坦，

依然毫無動靜。當空素月，清影流輝，暑夜涼風，吹得灌木長林，簌簌作響。偶爾幾聲夜梟悲啼，山鳥四飛，襯得四周夜色，越發幽寂，心目中的強仇大敵，卻是一人未見。

悟元大師心知只要過得華陰，便是官塘大道，縱然再有埋伏，已易闖過，生死存亡，就在目前這段短短途程之內。根據平時經驗，敵方越是沉靜，越是難鬥，教你根本就判斷不出在何時何地發難。所以足下雖然加急前行，卻絲毫未敢懈怠，對四外一石一木，均留意審視，以防不測。

轉眼之間，離西嶽已經不遠。轉過一座山角，前路忽斷，須從排雲群峰之中，穿越而過。悟元大師腳下稍慢，略一端詳，方待撲奔西南，猛然前側崖壁的幾株古樹之上，有五個人影向山道躍下。

悟元大師一看，來者係豫東五虎，每人手持鋼刀，兇神惡煞般地撲面進招。悟元正準備拔鏟迎去，忽見數枚飛針射下，豫東五虎均被刺傷。

發射飛針的緇衣道人哈哈大笑，轉而對悟元大師言道：「釋、道、儒學傳天涯，三教原來是一家。大師掌中這隻碧玉靈蜍，乃是極凶之物，歷屆主人，均遭橫死，何苦為此區區之物，去犯前途無數凶險?貧道邵天化，向大師化這點善緣，也就等於替大師消災弭禍，未知意下如何?」

豫東五虎被道人用飛針暗算，暴怒已極。拾起鋼刀，方待叫罵，這人「邵天化」三

字業已出口。五虎同時一震，竟自悄然退回壁下暗處，靜觀動靜。

悟元大師也是一驚，知道這邵天化，自稱「三絕真人」，是綠林中近十年來崛起的一名獨腳大盜，心狠手辣，據說武功極高，不在武林十三奇之下。如今雙兇四惡及苗嶺陰魔等老怪，尚一人未見，就先碰上這個魔頭，看來今夜要想平安度過，恐怕無望。雙眉一皺，心中突發奇想，意欲不顧一切，先將面前這個江湖巨害除去，自己縱遭不幸，也還值得。主意打定，微笑答道：「三絕真人邵天化，軟、硬、輕功及一掌飛針，稱雄已久。與『北道南尼』十三奇之名並重，威震江湖。向我和尚要一隻碧玉靈蜍，那是看得起我，自當奉送。靈蜍在此，真人你自來取去。」右掌一伸，一隻三寸大小的碧玉靈蜍，托在掌中，看著三絕真人邵天化，面含微笑。

邵天化自知哪有這等便宜，料定悟元大師不懷好意，內藏詭譎。但自恃武功，依舊昂然邁步上前，口說道：「大師如此慷慨，殊出貧道意外。恭敬不如從命，貧道拜領厚賜！」相距還有七尺，悟元大師哈哈大笑，雙目精光突射，右掌一握一揚，喝聲：「惡道！這碧玉靈蜍給你。」竟用「大鷹爪力」，把那隻碧玉靈蜍握成粉碎，化為一蓬碧色玉砂，向三絕真人邵天化劈頭蓋臉打到。邵天化貌雖無懼，其實已經蓄意提防，但無論如何也想不到，悟元大師竟然自毀這蓋世奇珍，並用做暗器，來打自己。身臨切近，碧玉飛砂面積又廣，再好本領已難躲避。只得提起一口真氣，護住周身，並且右手引袖遮住面目，左掌卻依然防範悟元大師乘機突襲。

他這樣一來，肋下門戶自然洞開，右手剛剛舉起，就覺得右乳下一痛一麻，翻身栽倒。

原來悟元大師，自從一到潼關，右掌中就暗扣了一朵「九毒金蓮」時時備用。這時乘碧玉飛砂出手，三絕真人邵天化引袖障面之際，乘機發出。他這「九毒金蓮」，製作得極爲精巧，外形看去似是一朵含苞未放蓮花，但只要一中人身，觸動機括，蓮瓣自動開花，往外一張，傷口立時擴大，那藏在蓮芯之中的無倫劇毒，也同時往前一吐，一齊注入人體，有死無生，端的厲害已極。這是悟元大師未學佛前，闖蕩江湖之時所有暗器，皈依以後共剩一十二朵，九黑三黃。雖然常帶身邊，但只備不時之需，多年從未用過。這次黃山斬蟒，用去兩朵「九毒金蓮」，最後一朵卻招呼了這倒楣的三絕真人邵天化。

豫東五虎見碧玉靈蜍已毀，自己兄弟們畏如蛇蠍的三絕真人，在悟元人師手下，一招未過便告斃命。同時，西、北兩方響起兩聲厲嘯，南方高峰也傳來一聲清叱，分明還有多人想來，何苦淌這渾水，五人一打手勢，暗自退去。

悟元大師見三絕真人這一代魔頭，頃刻萎化，亦不禁微興感慨。忽聽各方響起厲嘯清叱，忙自戒備，回手便拔背後短鏟。手剛摸到鏟柄，西面山峰離得較近，一條人影帶

著刺耳厲嘯，自空飛降，宛如沉雷瀉電，迅疾無倫。一個一身黑衣的矮瘦老者，怒聲叱道：「悟元賊禿！你敢違我命，自毀碧玉靈蜍，我不把你們天蒙三僧，一個個碎屍萬段，難消我恨。」右掌一揚，一股腥毒狂飆，向悟元大師劈空打去。

悟元大師一聽來人口氣，及這般威勢，知是嶗山四惡，哪敢怠慢，不及拔鐘，忙把雙掌一翻，運足十成功勁，想用劈空掌力，略擋對方掌風。哪知功力相差過遠，無法比擬。兩股掌力略一交接，悟元大師便被震得騰空飛起，胸中血氣翻湧，鼻端並微聞腥臭。「砰」的一聲，身軀撞在一株古樹之上，把枝條撞折不少，倒地便自不起。

悟元大師身軀剛剛及地，從北面又是一條人影飛降，來勢竟比先前黑衣老者還快。悟元大師此時五臟欲裂，神智已漸昏迷，哪裡還能抗拒，只約略辨出來人是個青袍長瘦老叟，便吃來人一掌虛按，傷上加傷，立時氣閉。

青袍老叟俯身伸出右手，又乾又瘦，狀若枯柴，手上指甲長有數寸，捲成一團，堆在指尖。手指微一屈伸，那捲在一起的指甲忽地展開，尖銳異常，宛如五支利刃，朝悟元大師胸前僧衣，一劃一扯。忽地一聲嘯，掌上多了一個三寸大小、碧光晶瑩之物。

那南面高峰，比這西、北兩面距離，均要遠出一倍以上，適才發出那聲清叱之人，此刻已然趕到六、七丈外的林梢之上。身形一現，竟是一雙少年男女。來得雖然快極，但畢竟路遠，依然到得稍遲，遙見悟元大師，已然受傷倒地。男女二人齊齊斷喝，竟

從六、七丈外的林木梢頭，施展絕頂輕功「凌空虛渡」，雙雙縱起五、六丈高，頭下腳上，飛撲過來。

那先來黑衣老者，正是嶗山四惡的老二，「冷面天王」班獨。見悟元大師自毀碧玉靈蜍，含憤而來，一掌傷敵，正在解恨得意，哪裡想到悟元大師胸前，還另藏有一隻碧玉靈蜍。則先前用「大鷹爪力」所碎的一隻，分明贗品。自己白白費力，實物卻被後來青袍老叟唾手而得，撿了便宜，如何不氣？

欲待上前奪取，但已然認出了來人正是蟠塚山酈氏雙兇的老大，青衣怪叟酈華峰。同屬「武林十三奇」中人物，功力相差不遠，一對一個，誰也難操勝算。靈蜍不得，結此強仇，卻大可不必。他正在躊躇，南面來的一雙少年男女，已然撲到當空。冷面天王班獨把一腔怒氣，完全轉對到來人，提掌便是「嶗山四惡」精研獨創、名震江湖的「五毒陰手」，照定少年男女迎頭打去！

這從南面來的一雙少年男女，正是衡山涵青閣主人「不老神仙」諸一涵的弟子葛龍驤，與廬山冷雲谷「冷雲仙子」葛青霜的大弟子薛琪。二人自奉冷雲仙子之命，星夜趕程。也是運數早定，武林中該有這一場浩劫奇災，無可避免。等二人趕到華山，已然遙見悟元大師中掌倒地，碧玉靈蜍也被一個青衣老叟所得。不由大急，雙雙自六、七丈外，凌空飛撲，已然快到當地，忽見黑衣老者向空揮掌。

薛琪人極精細，適才遙見這黑衣老者，一掌便將悟元大師震飛，功力驚人，料知必是嶗山四惡，或蟠塚雙兇等「武林十三奇」中人物。二人本來並肩飛撲，薛琪身軀微一屈伸，已然搶往當前，默運無相神功，連身後的葛龍驤，一齊用一片極爲柔韌的無形真氣護住。葛龍驤卻見黑衣老者如此兇橫，早就不服，雖然薛琪搶住在前，依然用右手虛空屈指一彈，幾道勁疾無倫的內家罡氣，竟從對方掌風之中，硬行逆襲黑衣老者，那嶗山四惡中的冷面天王班獨。

冷面天王班獨雖然氣憤自己枉費心力，一時走眼，卻被青衣怪叟鄺華峰撿了便宜，想拿少年男女出氣。但掌力出手，突又覺得以自己的長輩名頭，竟對無名後輩暗下毒手，傳揚開來，豈不留爲江湖話柄？方在略有悔意，哪知自己震懾江湖的「五毒陰手」掌風到處，對方少女妙目顧盼之間，似有無形阻礙，掌風竟在敵人身前分歧而過。不但不能傷敵，反而有幾縷勁風，從自己掌風中逆襲過來，驚覺之時，已到胸前。冷面天王班獨何等功力，肩頭微動，便已退出丈許。但那「彈指神通」，乃當代第一奇人，名冠「武林十三奇」的衡山涵青閣主人不老神仙諸一涵的秘傳絕學，是把一般劈空掌力的一片罡風聚成數點，威力自然強大數倍。所以饒他冷面天王班獨退身再快，胸前仍是稍受指風，微感疼痛震盪。落地之時，多退了一步，才得站穩。

這一來不由冷面天王不大吃一驚，一面提防少年男女跟蹤追擊，一面暗暗揣測二人

來歷。誰知二人落地之後，根本不理什麼嶗山四惡冷面天王，嗆啷啷一陣龍吟，長劍雙雙出鞘，撲向手執碧玉靈蜍的青衣怪叟鄺華峰。

葛龍驤一劍當先，怒聲叱道：「老賊何人？悟元大師黃山得寶，歷盡艱辛，係以生命換來，豈容爾等糾眾攘奪？還不把這碧玉靈蜍，快快與我歸還原主！」話畢，施展恩師諸一涵獨步江湖的「天璇劍法」，青鋼劍「星垂平野」，化成一片光幕，向青衣怪叟鄺華峰，當頭罩落。

青衣怪叟鄺華峰，原本功力極高，「天璇劍法」雖然極為神妙，但葛龍驤畢竟火候不夠，掌中青鋼劍又是凡物，本來甚難傷他。偏偏鄺華峰卻吃了功力過高的虧，剛才已然看出葛龍驤虛空彈指，冷面天王竟吃暗虧。以嶗山四惡那等功力，「五毒陰手」迎空吐掌，竟連這少年男女的一根汗毛全未碰著，反而險為所傷。不由把這當前不知來歷的俊美少年之功力，估計提高，深自警惕。再一看起招發勢，威力驚人，青衣怪叟鄺華峰愛惜盛名，越發不肯以身試劍，足下微動，左退數尺，以避對方來勢。

但他哪裡知道，諸一涵的「天璇劍法」與葛青霜的「地璣劍法」，原來是一套和合絕學。天動地靜，動靜相因；動若江河，靜如山嶽。分用之時，各有神奇莫測，一經合璧運用，更是妙用無方，平添不少威力。青衣怪叟鄺華峰這一過度小心，恰好避弱就強，讓過了葛龍驤青鋼劍的一招「星垂平野」，卻趕上了薛琪掌中青霜寶劍所化「月湧大江」。

薛琪皓腕斜挑，青霜劍攪起一片寒芒，捲向青衣怪叟。青衣怪叟何等識貨，見青霜劍離身尚有數尺，劍風已然砭骨生涼，知是神物利器，翻身疾退。薛琪一聲清叱，內勁猛吐，劍尖精芒暴漲，嗤的一聲，青衣怪叟鄺華峰衣袖上的一片青綢，應劍而落，飄然墜地。

這一來，嶗山四惡中的冷面天王班獨，與蟠塚雙兇中的青衣怪叟鄺華峰，兩位名列「武林十三奇」的蓋世魔頭、佼佼不群人物，在兩個名不見經傳、二十上下的少年男女手中，一招未過，全都丟人現眼，不由雙雙各把一張怪臉，羞得成了豬肝顏色，慢慢地由羞轉怒，由怒轉恨。再加上薛、葛二人並未乘勝追擊，只是遙指青衣怪叟鄺華峰，命他把碧玉靈蜍物歸原主。語態從容，神情悠閒已極，根本就沒把這兩個極負盛名、江湖中視爲凶星惡煞的人物看在眼內，相形之下，情何以堪？兩老怪不約而同，齊齊怒吼道：「娃娃們，何人門下？來此作死！」剛待施展辣手，撲向薛、葛二人。突從西面高峰之上，傳來一陣磔磔怪笑。

那笑聲極爲強烈，在這靜夜之中，震得四山回應，連山壁都似在動搖，令人心神皆悸。林間宿鳥，盡被驚飛，但剛剛飛起，卻似又被笑聲所懾，羽毛不振，落地翻騰不已。在場之人，除悟元倒地不知死活之外，個個都是武林高手，一聽笑聲，便知是絕頂

人物，藉此示威，一齊屏息靜聽，以觀其變。

那笑聲先是越笑越高，越笑越烈，然後逐漸低沉，最後竟如一縷游絲，嫋嫋升空，並慢慢轉爲極細極輕，但仍極爲清晰的語音：「一別多年，老夫只道武林舊友均有長進，今夜一見，實出意外。鄺老大和班老二，虧你們還是『武林十三奇』中人物，連這雙少年男女來歷竟認不出。你們就算沒見過這『彈指神通』，認不出『天璇』、『地璣』劍法，但也總該認識葛青霜昔年所用的『青霜劍』。班老二的『五毒陰手』，江湖上能有幾人禁得住你一掌，居然徒發無功，就該知道這年輕少女，已得葛青霜真傳，練就『無相神功』。怎的還要問人來歷，豈不羞煞，哪像個成名老輩，連我們『武林十三奇』臉面，都被你們丟盡。老夫因事延誤，一步來遲，碧玉靈蜍已入鄺老大之手，此時再爭，已無意義。不如彼此約定，三年之後的中秋之夜，在黃山始信峰頭，齊集『武林十三奇』互相印證武功，依強弱重排次序，並以這碧玉靈蜍，公贈武功第一之人，做爲賀禮，免得因此物引起多少無謂紛爭。這三年之間，就由鄺老大暫時保管，也不怕你私行吞沒，妄自毀損。

「這二位小友，也休得妄自逞強，對武林前輩無禮。老夫邴浩，煩你們傳言諸一涵、葛青霜二人，約他們在三年後的中秋之夜，到黃山始信峰頭印證武功，重排十三奇名次，並決定碧玉靈蜍屬誰。『龍門醫隱』、『獨臂窮神』和『天台醉客』之處，亦煩

代告。話已講完，你們雙方可有異議？」

青衣怪叟酈華峰一聽，發話之人竟是走火入魔多年，下半身僵硬，不能動轉的「苗嶺陰魔」邴浩。自知這老怪物功力超出自己許多，生怕碧玉靈蜍得而復失。不想此老，依舊當年狂傲之性，來遲一步，便不再奪，約期三年之舉，正中下懷。一則寶已在手，三年之中可以從容部署，並苦練幾種畏難未練的絕傳神功，以備到時爭奪武林第一榮譽；二則又可免去當前這一場，與諸一涵、葛青霜兩個弟子「勝之不武，不勝爲笑」的無聊惡戰，豈非兩全其美。遂即高聲答道：「老怪物休要賣狂，就如你之言，彼此三年之後，在黃山始信峰見，酈華峰先行一步。」話完人起，快捷無倫。

西峰之上，又是一聲「哈哈」，一條灰衣人影，映著月光，一縱就是十二、三丈，迎著青衣怪叟的身形，袍袖微擺，酈華峰便被震落。灰衣人長笑聲中，尾音未落，人已飄過遙峰。

青衣怪叟酈華峰與冷面天王班獨，也接著雙雙縱起，隱入夜色。

剎那間，如火如荼的景色已逝，只剩下一片冷清清的月色，一座靜默默的華山，地下躺著一個垂危老僧、一個已死惡道，和一雙茫然似有所感的少年男女。

薛琪、葛龍驤二人，見剎那之間，群魔盡杳，意料中那一場驚天動地的兇殺惡鬥，竟就此告終。武林至寶碧玉靈蜍，業已落入蟠塚雙兇青衣怪叟酈華峰之手。雖然苗嶺陰

魔邴浩，約定三年後的中秋之夜，在黃山始信峰，以武功強弱重定「武林十三奇」的名次，並將碧玉靈蜍歸諸武功第一之人，這般魔頭，行徑均窮凶惡極，言出卻絕無更改，到期必來踐約無疑。但臨行之時，冷雲仙子葛青霜曾一再叮嚀，此寶干係她與涵青閣主的一段恩恩怨怨，切莫使其落入群邪之手。如今一步來遲，師命已違，薛、葛二人彼此心中，均覺茫然無措，不由對著夜月空山，出神良久。

還是薛琪想起事已至此，悟元大師尚不知生死究竟如何，招呼葛龍驤回身察看，只見悟元大師口鼻之間，均沁黑血，但心頭尚有微溫。薛琪遂自懷中取出一粒冷雲仙子葛青霜自煉靈藥「七寶冷雲丹」，塞向悟元大師牙關以內，葛龍驤並用衣襟沾濕山泉，伸向悟元大師口中，助他化開靈丹，緩緩下嚥。

過有片刻，悟元大師腹內微響，眼珠在眼皮之內微動，葛龍驤忙道：「大師受傷過重，不必開言。晚輩葛龍驤，係衡山涵青閣主門下弟子，與冷雲仙子門下薛師姐，奉命遠道而來，相助大師。不想來遲一步，群邪雖退，大師已受重傷，碧玉靈蜍也被蟠塚雙兇奪去。大師適才已服冷雲仙子秘製靈丹，且請存神養氣，善保中元，待晚輩等徐圖醫治之法。」

悟元大師嘴角之間，浮起一絲苦笑，兩唇微動，迸出一絲極其微弱之音，但仍依稀尚可辨出「天蒙寺……」三字。

薛琪見此情形，知道悟元大師，臟腑已被冷面天王班獨的「五毒陰手」震壞，再加上青衣怪叟酈華峰火上加油，劈空掌力當胸再按，受傷過重。縱有千年何首烏之類靈藥，回生亦恐無望。遂接口道：「大師且放寬心，我葛師弟少時即往秦嶺天蒙寺內，向貴師兄弟傳達警訊。大師可還有話，需要囑咐的麼？」

悟元大師喘息半晌，徐徐探手入懷，摸出前在黃山剖蟒的那把匕首，猛的雙眼一張，似是竭盡餘力，竟欲引刀自刺左肋。薛琪眼明手快，輕輕一格，匕首便告震落。悟元大師也已油盡燈乾，喉中微響：「碧玉靈……」蛉字尚未吐出，兩腿一伸，便告氣絕。

薛、葛二人，見悟元大師一代俠僧，如此收場結局，不禁相對黯然。合力在兩株蒼松之間，掘一土穴，以安悟元大師遺蛻。葛龍驤並拔劍削下一片樹木，刻上「秦嶺悟元大師之墓」數字，插在墳上，以爲標誌。那三絕真人邵天化遺屍，二人雖然不識，看面上獰惡神情，「期門穴」上中的又是悟元大師成名獨門暗器「九毒金蓮」，知非善類。但亦不忍聽憑鳥獸殘食，遂亦爲之草草掩埋。

諸事了當之後，天已欲曙。薛琪拾起悟元大師所遺匕首，向葛龍驤喟然嘆道：「龍驤師弟，我自幼即隨恩師遠離塵俗，以湛淨無礙之心，靜參武術秘奧。除內家無上神功『乾清罡氣』才窺門徑之外，自信已得恩師心法，不想人外有人，天外有天。初次出

山便逢勁敵，方才『天璇』、『地璣』雙劍合璧的那兩招，『星垂平野』與『月湧大江』，威力何等神妙！我又加上練而未成的『乾清罡氣』，助長『青霜劍』精芒，依然傷那青衣怪叟不得，實乃窩火。眼下你我只好分頭行事，你去天蒙寺，我回冷雲谷。」

說罷，薛琪飛奔而去。

葛龍驤卻站立悟元大師塚前，久久無法平靜。他想，取不義之財，到頭來反被錢財所累。嘆一念貪慾，不知殺害古往今來多少英雄豪傑；一隻碧玉靈蜍，不過靈石仙乳、萬載空青凝結之物，能治些傷毒、盲啞等病而已，竟然勾惹起江湖中無限風波。

冤冤相報，殺劫循環，何時得了？就拿這塚中人物悟元大師來說，雖然披上袈裟，依舊塵緣未淨。不但懷璧傷身，臨死之時，還口呼碧玉靈蜍，念念不忘此物，真算何苦？只是冷雲仙子再三諄囑，此寶關係恩師與她多年恩恩怨怨，不可落入群邪之手，卻偏偏失去。薛琪又已回山，自己孤身一人，要想在三年後中秋約期之前，從蟠塚雙兇手中將此寶奪回，恐怕萬難。

再說自己已然下山行道，闖蕩江湖，卻連本身來歷、父母姓名均不知曉。在山之時，恩師固然百問不答，大師兄尹一清也總是推稱時機未至，笑而不言。推測起來，自己定然身負沉痛奇冤，而仇人又極其厲害，師父、師兄方才如此。內情難悉，委實氣沮。再加上自己與冷雲仙子葛青霜同姓，恩師又說是另有淵源；與葛仙子見面時，心頭忽然興起一種如見親人的微妙之感；葛仙子又囑咐「武林十三奇」的八邪之中，苗嶺陰魔不會對後輩出手；等找到龍門醫隱柏長青，索還那件「天孫錦」後，仗寶護身，其餘諸邪均不足懼；但若見一個瘦長黑膚老婦，卻須遠避，萬萬不能招惹。

這一連串的莫名其妙之事，把個小俠葛龍驤，攪得簡直滿腹疑雲，一頭玄霧。腦海之中，一個個的問號，越來越大，越轉越快，越想越解不開，到了後來，連滿山林木，在葛龍驤的眼中，都幻化成了問題標誌。

葛龍驤觸緒興愁，爲前塵隱事所感，呆呆木立在悟元大師的孤塚之前，足有一個時辰。雙眼於不知不覺之中，流下漣漣珠淚，和著林間清露，濕透衣襟，胸前一片冰涼，這才猛然驚覺，抬頭一看，天邊已出現紅霞。受人之託，即當忠人之事，何況悟元大師又是垂死遺言。遂向悟元大師墓前，合掌施禮，扭轉身形，辨明方向，倚仗一身超絕輕功，根本不走大路，就從這萬山之中，撲奔終南主峰、太白山中，那悟元大師與師兄悟靜、師弟悟通，遁世修行所居的天蒙禪寺。

任憑葛龍驤輕功再好，數百里的山路，究非小可，何況途徑又非熟悉，邊行邊問，到得太白山時，已近黃昏。聞知天蒙寺建在半山，攀援不久，即遙見一角紅牆。葛龍驤心急傳言，加功緊趕，霎時已到廟門。一看情形，不禁跺腳暗恨，怎的又是一步來遲，

大事不妙。

原來兩扇山門，一齊被人用掌力震碎，一塊金字巨匾「天蒙禪寺」裂成數塊，亂列當階。葛龍驤未敢輕易進廟，傾耳細聽，廟內順著山風，似乎傳來幾聲極其輕微的呻吟喘息。不禁俠心頓起，哪顧艱危，雙手一揚，先用掌風把那殘缺山門全給震飛，人卻反從牆上飄然入廟。

誰知廟內並無敵蹤，只見一個身著灰色僧衣的老僧，七竅流血，屍橫在地，一探鼻息，早已斷氣。滿殿佛像東倒西歪，一齊損壞殘缺。葛龍驤正在四處矚目，又是幾聲輕微呻吟喘息，從後殿傳來。

葛龍驤青鋼長劍出鞘，橫在當胸，慢慢轉到後殿。順著那呻吟之聲，在一座傾倒的韋陀像下，看見一片灰色衣角，遂蹲身下去，兩手將韋陀佛像捧過一旁。下面壓著一個老僧，一見葛龍驤，口角微動，欲言無力。葛龍驤見狀，忙自懷中取出一粒恩師秘煉靈丹，扶起老僧，塞向口內，說道：「在下葛龍驤，係衡山涵青閣不老神仙門下弟子，此丹係家師秘製，功效甚宏，大師且請養神靜聽，在下敘述此來經過。」遂將悟元大師黃山得寶、西嶽遇害等經過情形，詳述一遍。

老僧自服靈丹，神色似稍好轉，聽葛龍驤把經過情形講完，低聲嘆道：「老僧悟靜，與師弟等遁世參禪，久絕江湖恩怨。不想今日嶗山四惡中的冷面天干班獨，突然尋

上門來，一語不發，倚仗絕世武學，行兇毀寺。悟通師弟因不識來人，憤他亂毀佛像，竟與對敵，交手三招，便吃震死。老僧昔年曾見過班獨一面，知道厲害，意欲留此殘生，爲師弟報仇。剛剛逃往後殿，背後掌風已到。萬般無奈，凝聚全身功力，護住後心，順著掌風挨他一擊。雖然心脈當時未被震斷，但他功力過高，真氣已被擊散。班獨那『五毒陰手』，夙稱武林一絕，得隙即入，再加上這韋陀佛像一壓，穴道無力自閉，毒已攻心。再好靈丹，也不過助我暫留中元之氣，苟延殘喘，留此數言罷了。我正詫奇禍無端，此刻聽小施主之言，方知孽緣前定，在數難逃。老僧皈依佛祖，五蘊早空，寂滅原無所憾，只是我師兄弟三人，同遭劫運，天蒙一脈竟至此而斷。佛家講究因果循環，前世種因，今生得果。雖不敢稱報仇雪恨，但如此惡賊，若任其猖狂，則不知殺戮多少生靈。一般武林中人，對這嶗山四惡，莫說招惹，聞聲即將色變。唯有尊師諸大俠，冠冕群倫，能爲江湖張此正義……」

說到此處，悟靜大師又已氣若游絲，喘不成聲。葛龍驤忙又遞過一粒靈丹，悟靜大師搖頭不納，還是葛龍驤硬行塞向口內，稍停又道：「老僧此時業已魂遊墟墓，小施主何苦糟蹋靈丹？小施主既然如此古道熱腸，趁老僧一息尚存之時，想有兩事相託。」

葛龍驤天生性情中人，見天蒙三僧遁世參禪，竟如此收場結果；佛殿之中，一片死寂殘破，觸目傷情。正在淒然垂淚，忽聽悟靜大師此言，連忙接口說道：「大師儘管吩咐，葛龍驤無不盡力。」

悟靜大師面含苦笑說道：「我師兄弟相交好友之中，功力最高之人，當要推『武林十三奇』中的丐俠，獨臂窮神柳悟非。小施主若與其相遇之時，請將此事因由相告。再者，先師曾言，我天蒙寺中，有一件鎭寺之寶，就是這韋陀佛像掌中所捧的降魔鐵杵，但用處何在，未及言明，即告西歸。我天蒙一脈，至此已斷，老僧意將此杵贈與小施主，略酬厚德。因小施主尊師諸大俠學究天人，胸羅萬象，或可知曉此杵用……」

一語未完，雙睛一閉，竟在葛龍驤懷中圓寂。

三　三竹渡水

葛龍驤連遇慘事，思觸萬端。低頭見懷內悟靜大師遺容，不由一陣心酸，淚珠淒然又落。心中暗自禱道：「大師好自西歸極樂，葛龍驤必盡所能，剪除這般慘無人道的凶神惡煞。」方念至此，前殿疾風颯然，有人入寺。

葛龍驤輕輕放下悟靜大師遺蛻，閃向殿角。他輕功極好，這一放一縱，聲息甚爲輕微。哪知前殿之人耳音太靈，業已聽出後殿有人，恨聲喝道：「後面是嶗山四惡中的哪個老鬼？敢作敢當，何必藏頭縮尾，還不快滾將出來見我！」

葛龍驤聽來人口氣甚大，竟然未把嶗山四惡看在眼內，正在暗自揣測這是何人，對問話未予即答。哪知來人性如烈火，見無人應聲，已自闖進殿來。竟是一個滿頭亂髮蓬鬆、一臉油泥，身披一件百結鶉衣，右邊衣袖飄拂垂下，顯然右臂已斷，只剩一條左臂的老年乞丐。想係暴怒過甚，一對環眼，瞪得又圓又大，要噴出火來。

進殿後，先望見地上悟靜大師屍體，滿口鋼牙亂挫，抬頭把兩眼炯炯精光注定葛龍

驤，不由分說，左掌一揚，呼的一聲，一陣極爲強勁的劈空勁氣，如排山倒海一般擊到。

來人一現身形，葛龍驤便已想起悟靜大師遺言，料定這老年獨臂乞丐，必是天蒙三僧的方外好友，獨臂窮神柳悟非。自己下山之前，大師兄尹一清曾把江湖中各門各派主要人物的形貌功力，一一詳加分析。當然最高不過「武林十三奇」。但十三奇中，自己恩師不老神仙諸一涵、冷雲仙子葛青霜、龍門醫隱柏長青及天台醉客余獨醒，被江湖中尊爲「四正」。苗嶺陰魔、蟠塚雙兇、嶗山四惡與黑天狐，則列爲「八邪」。唯獨這獨臂窮神柳悟非，性情極暴，不論何事，睚眥必報，一意孤行。即極惡之人，若有一事投其脾胃，亦成好友。所以本質雖善，行徑卻在半正半邪之間，爲「武林十三奇」中最特殊的人物。但他「龍形八掌」與「七步追魂」的劈空掌力，卻極具威力，遇上之時，千萬不可招惹。若能與其投緣，行道江湖，必然得益不少。

此時見他果如傳言，性烈如火，不問青紅皂白，舉掌就下辣手，掌風又來得勁急無倫。知道他心痛好友慘死，誤把自己當做殺友仇人，憤恨已極，出手就是他那威震武林的「七步追魂」內家重掌。

葛龍驤哪肯硬接，雙足微點，身形斜拔。但聽掌風過處，喀嚓連聲，倒在地上的那尊韋陀神像的一隻右臂，被震成粉碎，手中所捧的那根所謂天蒙寺鎮寺之寶，悟靜大師

臨危時相贈的降魔鐵杵，也被柳悟非的「七步追魂」掌力，震得飛起數尺，噹的一聲，掉在地上。

葛龍驤身形落地，一聲：「柳老……」前輩兩字猶未出口，柳悟非龍形一式，跟蹤又到，一聲不響，獨臂猛推，劈空又是一掌。

葛龍驤「風飄柳絮」，身形閃退丈許，已然被柳悟非這蠻不講理的行爲，激起怒火。劍眉雙挑，暗想：「管你什麼『武林十三奇』中最難惹難纏的丐俠，我就鬥鬥你這人見人怕的獨臂窮神！」他是倒著斜縱而出，人在半空，就怒聲喝道：「柳悟非！你不要以老賣老，窮凶極惡。殺害天蒙三僧之人，是嶗山四惡中的冷面天王班獨。悟靜大師適才還遺言請你替他們報仇雪恨，哪知你枉稱武林前輩，竟然有眼無珠，不分邪正，口口聲聲想找嶗山四惡。你倒睜大眼睛仔細看看，我這十八歲的少年，是嶗山四惡中的哪個老賊？你不要以爲你『七步追魂』掌力無雙，再若如此蠻不講理，我葛龍驤也就不管什麼尊卑禮法，叫你嚐嚐『彈指神通』的滋味如何？」

獨臂窮神柳悟非，性情怪僻無倫，落落寡合，生平只有天蒙三僧與中條山無名樵子等幾個好友。悟元大師歸途繞道中條之時，柳悟非正與無名樵子在後山密林之中，盡醉高臥，次日方回。一見留書，即往秦嶺兼程急趕。無奈定數難回，等到達天蒙寺，先見悟通大師橫屍前殿，察看傷勢，果如悟元大師留書所云，中了嶗山四惡的「五毒陰

手」，才向後殿叫陣。等到衝入後殿，悟靜大師又告萎化，悟元雖然不見，料亦凶多吉少。

多年良友，一旦全亡，老花子柳悟非怎得不毫髮皆指，肝腸寸斷。他本來就是性急之人，再加上這萬丈怒火，見人就圖洩憤，不分青紅皂白，追著葛龍驤，劈空就是兩掌。誰知兩掌均空，對方不但不爲威勢所懾，反而駐足責罵。獨臂窮神柳悟非縱橫一世，正邪兩道均極敬畏，何曾聽過這等不遜之詞。但葛龍驤這一大罵，反而倒罵得獨臂窮神柳悟非服貼起來，盛氣稍平，怒火漸息。

他越想越覺得對方罵得太有道理，自己已知人是嶗山四惡所傷，卻對人家一個十八、九歲少年發什麼窮火。而對面這少年，明明知道自己是有名的難惹魔頭，依然不卑不亢，據理責問，這份膽識委實可佩。適才避自己掌風，輕功卻又那麼美妙。再一仔細端詳，人品、相貌宛如精金美玉，無一不佳，柳悟非竟然越看越覺投緣，忽地縱聲長笑起來。笑還未已，眼光又與地上悟靜大師遺屍相觸，笑又突轉低沉，漸漸由笑轉哭，最後索性嚎啕大哭，久久不歇，與山間夜猿悲啼，若相呼應，淒厲已極，不堪入耳。

葛龍驤年輕氣盛，對這獨臂窮神柳悟非，出言責罵之後，料定接著就是一場驟雨狂風般的驚心血戰。故在責罵之時，業已調勻真氣，準備應敵。哪知大謬不然。自己一開口，對方就傾耳靜聽，自己越罵，對方臉上越現笑容。等到罵完，獨臂窮神柳悟非，絲

毫不怒，只把一對精光四射的怪眼注定自己，不住端詳，看到後來，一語不發，卻突然來個縱聲長笑。

葛龍驤簡直被他笑得摸不著頭腦，直到柳悟非由笑轉哭，心中暗想這風塵奇俠，真個性情過人。聽他越哭越慘，越哭越兇，不由也被勾得陪同垂淚。看他對自己，已無惡意，遂走將過去，婉言勸道：「柳老前輩，請暫抑悲懷，容晚輩相助，先把兩位大師後事了結，再行設法誅戮那嶗山四惡，以報此仇，並爲江湖除害如何？」

柳悟非舉起破袖，把滿面淚痕一陣亂拭，對葛龍驤把怪眼一瞪道：「丈夫有淚不輕彈，只因未到傷心處！我柳悟非，名雖悟非，生平卻絕不悔悟前非！因此正派中人對我敬若鬼神，一干邪惡魔頭卻又對我畏如蛇蠍。生平就交下這麼幾個好友，一旦傷亡，教我怎麼不哭？你這小鬼，我看不錯，如願和老花子訂交，就叫我一聲柳大哥，不要什麼老前輩長，老前輩短，叫得人噁心作嘔。我老花子向來是不羈俗禮。你方才說出『彈指神通』，我已知你來歷。休看你師父諸一涵被武林中尊敬愛戴，老花子卻嫌他酸裏酸氣，一面孔正經道學，太討人嫌！你方才說什麼天蒙三僧均被冷面天王班獨殺害，此間不見悟元，難道他在途中，就遭毒手了麼？」

葛龍驤暗想這老花子著實怪得出奇，這類異人不可以常禮拘束，既然如此，索性高攀一下，接口道：「恭敬不如從命，柳大哥請聽我敘述此事經過。」遂自廬山冷雲谷投書開始，一一述至現在。

獨臂窮神柳悟非聽完之後，怪眼圓睜，精光四射，冷笑一聲說道：「我這兩位老友是佛門弟子，寺後現有大缸，遺體可以火化。至於悟元埋骨華山，目定難瞑，等我替他們報仇之後，再行撿骨攜回此廟便了。葛老弟，我老花子看你年紀輕輕，膽識不錯，才想交你這個忘年之友，既然攪上這場渾水，可願隨我遠赴嶗山，找那班獨老賊，算算這筆血債。然後我再幫你找那青衣怪叟酈華峰，奪回碧玉靈蜍，也教他們雙兕、四惡，嚐嚐老花子的這條獨臂厲害。」

葛龍驤答道：「大哥有令，萬死不辭！只是我尚奉冷雲仙子之差，欲往龍門有事。不如彼此約定，涼秋八月，桂子飄香之時，就在四惡老巢嶗山相會如何？」

獨臂窮神柳悟非點頭道好，老少二人把悟靜、悟通兩位大師遺體火化之後，回到殿中。

葛龍驤一眼瞥見被柳悟非掌力震落在地，那根所謂天蒙寺之寶的降魔鐵杵，才想起幾乎遺忘此物，辜負了悟靜大師垂死相贈的一番好意。上前拾起一看，似與一般韋陀神像所捧降魔杵並無不同。杵上未加裝飾，黑黝黝的就如一段烏鐵，捧在手中也不甚沉，簡直看不出絲毫奇處。遂遞向獨臂窮神柳悟非道：「悟靜大師垂危以此相贈，言之諄諄。說是他們天蒙寺的鎮寺之寶，因他師兄弟均未收徒，此脈已斷，不然還不敢贈與小

弟，只是龍驤駑鈍，不知其妙。大哥功參造化，學窮天人，又與天蒙三位大師多年至友，可知此杵用途麼？」

柳悟非接過鐵杵，審視至再，順手往地上一敲，也不過把磚震裂一塊，對葛龍驤瞪眼說道：「人家都說我老花子怪僻絕倫，其實我最通情達理。世上事，逢甚等樣人，說甚等樣話。你碰上個文質彬彬的書生秀士，掉上幾句文，顯得風流儒雅，原不足非，但若和我老花子這樣江湖豪客，來點什麼酸溜溜的，就不啻自找沒趣。什麼『功參造化』、『學究天人』，方今武林中，配得上這兩句話的，除了你師父與冷雲仙子之外，誰足當此？這支鐵杵用途，老花子一時真還參詳不透。但我與天蒙三僧知交多年，向未聽他們提過此物，其隱秘慎重，可以想見。以此推斷，必非凡物！你好好帶在身邊，他日見你師父再問。良朋已逝，這觸目傷心之地，老花子不願久留，我們今日訂交，緣法不淺。你師父『彈指神通』與『天璇劍法』，武林中無出其右，看你神情器宇，已得真傳，毋庸越俎代庖，不如你我去至前面峰頭，把老花子的龍形八掌，傾囊相授，就算我這當大哥的給你的見面禮吧！」

葛龍驤大喜過望，再三稱謝，在殿中找了一塊青布，把那根降魔杵包好，揹在背後。二人相偕離開這無端遭劫的天蒙禪寺，去至一個較低峰頭的平坦之處。由獨臂窮神柳悟非，在月光之下傳授葛龍驤自己的看家本領「龍形八掌」。

這龍形八掌，是獨臂窮神的成名絕學，又名「龍形八式」，名副其實的一共只有八個式子。但這八式循環運用，變化莫測，卻又不殊數千百招。

柳悟非在十三奇中排名第五，豈是偶然？他天生蓋代奇才，因爲自己右臂在早年爲仇家所斷，只剩下一隻左臂，欲在江湖中與人一爭雄長，非有出奇武學，不克爲功。所以埋首二十年，融各派掌法精粹，再參以自己的獨創奇招，練成這「龍形八式」；再加上「七步追魂」的內家重手，果然再踏江湖，就誅卻斷臂強仇，揚名天下。最妙的是，他這「龍形八式」，每回用法均隨心變化，次次不同，外人簡直不知道這獨臂窮神會有多少掌法，但又無論千變萬化，無不涵育在這基本八式之中。

葛龍驤天賦異稟，獨臂窮神又是悉心傳授，不到兩個時辰，不但把招術記熟，連分合變化的精微之處，也已體會不少。

柳悟非見葛龍驤聞一反三，良好資質，自欣眼力無差，輕拍葛龍驤肩頭，笑道：「老花子這套掌法，自練成以來，除傳過中條山無名樵子兩式之外，從來無人得窺全貌。我這掌法學時極易，但其中變化運用，卻全靠本人的天才功力，自行參詳。雖不敢自詡這『龍形八式』天下第一，但我老花子以殘廢之人，稱雄武林，一半憑了這套掌法。你年紀正輕，根基又好，照今日所學不斷精研之外，自己獨到見解心得，不妨摻入糅合，使這套掌法，比在老花子身上更爲發揚光大，就算不負我這半夜辛勤了。約期尚

有二月，朝夕勿懈，在山東再見之時，老花子望你對此已有相當成就。」

話才說完，陡然氣發丹田，一聲長嘯。柳悟非身形，就在長嘯聲中，憑空拔起八、九丈高，在空中向葛龍驤微一揮手，飄飄落往峰下。

人跡已杳，那聲長嘯所震起山谷回音，猶自嗡嗡不息。崖壁間山猿夜鳥，都被驚得四散飛逃，亂成一片。

葛龍驤目送獨臂窮神離去後，暗嘆這位風塵異人，實如天際神龍，來去不留痕跡。自己交上這麼一位怪老哥哥，真叫妙絕！在衡山學藝之時，常聽師兄尹一清泛論天下英雄的成名絕技、各派絕學。「璇璣雙劍」自然冠冕武林，但若論掌法，卻當推獨臂窮神柳悟非的「龍形八式」，為個中翹楚。

自己下山以來，已然得了不少好處：悟元大師的一支匕首，因天蒙三僧齊遭劫運，無法歸還，現在懷中；背上一根天蒙鎮寺之寶，降魔鐵杵；冷雲仙子囑向龍門醫隱柏長青，索還轉賜的一副能避刀劍掌力的「天孫錦」；再加上自己新交這位柳大哥所傳，武林中人夢寐難求的「龍形八掌」。真是所遇皆奇，所得盡妙！不由高興已極，就在峰頭，把新學掌法又行演練一遍，越演越覺變化無窮，越練越覺妙用莫測！

葛龍驤心花怒放，完全忘卻連日趲程趕路辛勞，把這「龍形八式」一遍練完，又練一遍。也不知練了幾十百遍，直到渾身精力用盡，疲莫能興，才和衣倒在山石之上，大

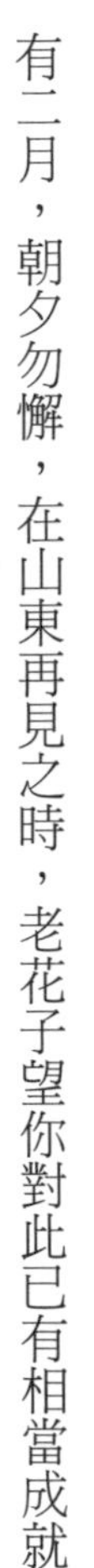

睡一覺。醒來之後，因心中已無急事，遂下山從官塘大路，仍然取道潼關，往龍門而去。

葛龍驤襁褓從師，十數年來，未出衡山一步。但他極得師父、師兄寵愛，此次奉令廬山投書，順便行道，一切江湖秘典、武林避忌，及中原各省路途，均被指點詳盡得熟而又熟。華山之行，雖然事與願違，但肩頭總算暫無重擔，沿途流覽，十日之後，方到洛陽。

洛陽北帶黃河，南襟伊洛，東制成皋，西控崤阪。自周以降，東漢、北魏等十朝建都於此，四塞險固，古蹟極多。衡山涵青閣主人不老神仙諸一涵，學究天人，胸羅萬象；葛龍驤朝夕浸潤，文武兼修，對這歷代名都，企懷已久。一朝涉足，哪得不盡興流連？

一連數日，不但把洛陽城內及近郊的各處名勝，遊賞俱盡。就連那「龍門山」的溪寺、九間房、老君洞、千佛崖等有名勝景，也都足跡皆遍。但問起龍門醫隱柏長青其人，當地漁樵山民個個搖頭不識。這一來倒把個小俠葛龍驤，由滿懷興致，弄到煩躁異常。

這日，他久尋不得，心中氣悶，在龍門山下一個小酒樓中，要了半隻燒雞、兩盤滷

菜和一壺白酒，自斟自飲。心中暗自盤算，柏長青外號叫做「龍門醫隱」，怎的以他「武林十三奇」這等高人住在此山，竟會無人知曉。難道是另外的「龍門」不成？但冷雲仙子囑咐到洛陽附近訪尋，分明就是此間，絕不至誤。名山在目，大俠潛蹤，如何找法，真把自己難倒！越想心中越悶，不住傾杯，霎時間酒盡三壺。他本不善飲，微覺頭暈，已有醉意。

這家酒樓，臨流而建，共有兩層，窗外就是伊水。葛龍驤幾杯急飲，已然不勝酒力，起立憑窗閒眺，忽然瞥見窗下樓柱之上繫有一條小舟。遠望長河，此時將近黃昏，斜陽在山，水煙渺渺，景色甚佳。葛龍驤回頭笑問店家道：「店家，樓下這條小舟，想是你們店中之物，可肯借我獨自蕩槳，一覽長河晚景麼？」

店家眼力何等厲害，見葛龍驤雖然帶有長劍，但是衣冠楚楚，器宇非凡，儼然貴胄公子，絕非行騙之徒，連忙笑顏答道：「這船正是小店之物，公子想要遊河，儘管使用就是。」

葛龍驤隨自懷中，取出紋銀一錠，約重十兩，遞向店家說道：「這錠紋銀，除酒菜所需之外，就算是借用船資便了。」店家哪裡想到，這年輕客人如此慷慨。在當時十兩紋銀，像這樣梭形小船，慢說是租，就是買也足夠買上兩條。喜出望外，不住滿口道謝，連稱賞賜過厚。葛龍驤一笑下樓，走上小船，店家為他解開繩索。葛龍驤雙槳微撥，船便飄然蕩往河心，溯流而上。

時序雖已入秋，但暑熱仍然未退，唯水面涼風，揚袂送爽，頗足宜人。葛龍驤的八成酒意，爲之減卻三分。隨興操舟，不知不覺之中，已然上行十里左右。

伊水到此，河床稍闊，煙波浩渺，被那將落未落的斜陽、散綺、餘霞一照，倒影迴光，閃動起億萬金鱗，十分雄快奇麗。右岸千竿修竹，翠篠迎風，聲如弄玉，景色看去甚是清幽。葛龍驤雙槳一抄，將船攏岸，找棵大樹繫住小舟，往竹林之中信步而行。

這片竹林甚是廣闊，穿出竹林，眼前突出一座孤峰，峭壁雲橫，山容如黛，頗稱靈秀。一條瀑布自峰頂飛瀉，轟轟發發，玉濺珠噴。

葛龍驤方才仰頭觀賞，突然似見峰頭人影微閃，心中一動，悄悄退回竹林。果然待不多時，自峰頭飛落一個玄衣少女。

那少女不但一身玄色勁裝，就連頭上青絲，也是用的玄色絲巾包紮。下得峰來，微一偏頭，向竹林之內斜睨一眼，即行走往河邊。

葛龍驤在林中暗處，從側面看去，看不真切，彷彿只覺得此女丰神絕美，見她走向河邊，似要過河。心想此間又無渡船，自己小舟繫在河流彎曲之處，隔著竹林，料難發現。少女下峰之時，輕功不俗，但此處河寬，約有十丈，倒要看她怎生過去，遂自林中暗暗尾隨。

那少女走到河邊，先向左右一望，見無旁人，遂伸手折斷三竿翠竹，去掉枝葉，成了四尺長短的三根竹杖。在手中微一掂量，玉手微揚，一根竹杖，向河中擲去三、四丈遠。身形緊跟隨勢縱起，等到將落之時，就在空中，又把第二根竹杖向前拋出二、三丈遠近。

這時，第一根竹杖恰好在水面，玄衣少女單足輕點，微一借力，連水珠都未帶起一點，身形已自再行往前騰起，手中的第三根竹杖也已拋出。就這樣地在河心波濤之上，憑藉小小竹杖借力，三起三落，玄衣少女已然渡過十丈以外寬闊的大河，向對岸山中姍姍走去。

葛龍驤遙望玄衣少女，凌波三杖，渡過長河，用的竟是輕功中極上乘的「一葦渡江」身法。宛如驚鴻過眼，美妙無倫。尤其那三根竹杖，因爲凌波借力，所拋遠近輕重，均需次次不同，她卻能拋得恰到好處，未見絲毫匆迫，人已到達對岸，不要說是身上，只怕連鞋底都一點不濕。暗暗讚佩之餘，猛然心中一動。自忖此女武功，分明已臻上乘，非江湖中輕易能見，這「龍門山」中，難道竟藏有如許高人？何不尾隨一探她所去之處，或可因此而發現關於「龍門醫隱」柏長青的蛛絲馬跡，也未可知。

主意打定，眼望玄衣少女，離河已遠，心急追蹤，反正剛才在酒店之中，留銀甚多，就算小舟失去，也無所謂。遂也依樣畫葫蘆，連拋三根竹杖，渡過長河，遙遙尾隨前行玄衣少女。

一連越過三座山峰，玄衣少女突然步下加快，宛如電掣星馳，在險峻絕頂的山道之中，如飛縱躍。尙幸葛龍驤輕功極好，雖然路途甚生，但亦步亦趨，未曾被她拋下。

此時殘陽早墜，入山甚深，暮色已重。眼前又是一座峻拔孤峰。葛龍驤一面追蹤，一面暗自好笑。此地已當不屬「龍門山」的範圍，苦苦躡跡人家一個陌生少女，若被發現，豈不被人疑爲儇薄之徒？何況就憑此女這身輕功，來頭絕不在小，如果惹出一場無謂的是非閒氣，那才真叫自作自受。

他正在暗自思忖，前行玄衣少女，突然折向峰腰轉角之處，身形已然不見。葛龍驤生怕空費半天心力，結果把人追丟，豈不好笑？腰中用勁，施展「八步趕蟾」，幾個起落，便已趕到那玄衣少女適才轉折之外。剛剛轉過峰腰，眼前一亮，臉上陡覺「烘」的一熱，冠玉雙頰，頓泛飛紅，呆呆地站在當地，進退兩難，作聲不得。

原來玄衣少女未曾遠去，就在轉角山道之上，卓然而立。葛龍驤幾步急趕，再猛一轉彎，幾乎和少女撞上，慌忙收住衝勢，二人相距已然近僅數尺。葛龍驤見這玄衣少女，駐足相待，分明早已發現自己追蹤，生怕人家誤會，要想解釋幾句，又不知從何談起，弄得口中期期艾艾，簡直尷尬已極。

玄衣少女看葛龍驤這副窘相，又是個俊美少年，越發認爲他做賊心虛，與自己原來所料不差，冷笑一聲說道：「好個不開眼的小賊，在伊水東岸，看你在竹林之中遮遮掩掩、鬼鬼祟祟，便知定非好人！你夤夜追蹤我一個孤身少女，意欲何爲？你縱然瞎了狗眼，認不出姑娘是誰，難道你就沒聽說過『玄衣龍女』麼？」

葛龍驤一聽直叫糟糕，自己行徑本來引人起疑，挨一頓罵，倒無所謂。只是這個夤夜追蹤孤身少女的罪名，卻萬萬不能擔當，必須洗刷清楚。把心神一定，抬頭正與玄衣少女目光相對，只見她柳眉罩煞，鳳眼籠威，已然氣憤到了極處！慌忙把手一拱，和聲道：「姑娘……」

「姑娘」二字剛剛出口，玄衣少女怒道：「誰耐煩和你這種萬惡狂徒，嘮嘮叨叨，還不快與姑娘納命！」玉手一揚，朝葛龍驤當胸便是一掌。

葛龍驤萬想不到玄衣少女不容分說，說打就打。人立對面，近只數尺，對方又非庸俗之輩，武功極高！這一掌又是欲儆狂徒，含憤出手，快捷無倫，哪裡還能躲避，只得偏頭讓過前胸，以左肩頭上硬受一掌。哪知這少女掌力奇重，葛龍驤竟被她一掌震出五、六步外，左肩頭火辣辣的一片疼痛，動轉已自不靈。

葛龍驤此時真叫有苦難言，自己行跡詭秘，本啓人疑，自覺理虧；不但挨罵無法還口，連挨打都不便還手。肩頭挨了一下重掌，還怕玄衣少女跟蹤再打，忙又躍退數尺，亮聲叫道：「這位姑娘請勿誤會，且慢動手，聽我一言！」

玄衣少女並未追擊，只是滿面鄙夷之色，哂然說道：「像你這種淫徒惡賊，死有餘辜！不然我也不會用向不輕用的透骨神針，驟下毒手。反正你已難活，有話容你講上幾句就是。」

葛龍驤聽這玄衣少女，口口聲聲指定自己是那種淫徒惡賊，不由有氣。什麼透骨神針全未在意，憤然說道：「姑娘請勿過份口角傷人，在下葛龍驤，乃衡山涵青閣主人門下弟子。姑娘既然身負絕藝，闖蕩江湖，當知『不老神仙』武林清望。他老人家門下，可容有傷天害理、敗德悖行的弟子麼？」

玄衣少女聞言一愣，但又似不信葛龍驤所言，依然冷笑一聲說道：「看不出尊駕來頭還真不小！莫看你是冠冕武林的諸大俠門下弟子，但你黑夜追蹤孤身陌生少女，連越幾座山頭的目的何在，我是仍要請教。請你照實直陳，切莫謊言自誤！」

葛龍驤此時左肩被少女所傷之處，已不甚痛，微覺有幾絲涼氣，麻辣辣地直往內侵。但覺少女仍然不信所言，氣憤過甚，也未置理，劍眉雙挑，傲然說道：「我奉家師之命，去至廬山冷雲谷投書；冷雲仙子葛老前輩，命我到這洛陽龍門一帶，找尋一位前輩奇俠『龍門醫隱』柏長青，索還冷雲仙子多年前寄存在柏老前輩處的一件寶物，轉賜給我。來到洛陽以後，久尋未獲。這龍門山中，至少來過四、五次以上，均得不到柏老

前輩的絲毫蹤跡。今日河中蕩舟，偶然乘興走入竹林，見姑娘從高峰飛落，尤其那渡河之時用『一葦渡江』的凌波身法，美妙無倫！才想起此山未聞有其他武林高人，姑娘具有此身手，或與柏老前輩相識。這才跟蹤一探，不想招致姑娘誤會。咎由自取，葛龍驤無恨於人。如今我罵也挨過，打也挨過，輕狂魯莽之罪，想可抵消。所受之傷，我自己能治則治，功夫無法冒充，請看我恩師這獨門傳授『彈指神通』，江湖中可有別家能擅麼？」說完屈指輕彈，面前一株大樹橫枝，應手而折。

玄衣少女一面聽葛龍驤侃侃敘述，一面嬌軀已在微微打顫，一張吹彈得破的粉面之上，隨著對方說話，而逐漸變色。等到葛龍驤把話說完，用「彈指神通」把樹枝擊斷，她柳眉深蹙，頓呈滿面憂容。

忽的妙目一轉，向葛龍驤說道：「這才叫大水沖倒龍王廟，一家人不識一家人！小妹柏青青，龍門醫隱正是家父。不知者不怪罪，葛師兄可肯恕你這年輕小妹，冒昧無知、衝撞之罪麼？」

葛龍驤一聽玄衣少女，是龍門醫隱之女，彼此均有淵源，想到剛才無謂爭吵，反而覺得不好意思。再看柏青青迎著自己姍姍走來，俏目流波，滿臉嬌笑。一身緊窄的玄色勁裝，映著初升皓月，越發顯得身段窈窕。端的神比冰清，人如花豔，美俏無倫。由不得心生愛好，哪裡還存有半絲怒氣，亦自笑道：「柏姑娘說哪裡話來，原是龍驤魯莽，挨打活該……」

話猶未了，玄衣少女柏青青已然走到面前不足三尺，兩道秋水眼神，直注葛龍驤眉心之間。陡地櫻唇微啓，「葛師兄」三字剛剛出口，玉手駢指，已如疾電飄風，連點葛龍驤左肩、乳下以及胸前的三處要穴。

葛龍驤適才受傷，就是因爲距離過近，驟出不意所致。此刻雙方已然把話講開，誤會冰釋，玄衣少女柏青青還一口一聲葛師兄，嚦嚦嬌音，叫得自己連肩頭傷痛，都已忘卻。哪裡想得到這柏青青竟會在笑靨堆春之中，又下辣手，根本連稍微閃避都來不及，三處要穴均被點中，左半身血脈立時截斷。人雖不致昏迷，已然無力支持，跌臥在地。

柏青青見葛龍驤已被點倒，剛才那一臉嬌笑，頓時化作了滿面愁容，一雙大眼之中，兩眶珠淚盈盈欲落。盤膝坐在葛龍驤身側，悲聲說道：「葛師兄暫勿氣憤，且聽小妹把話說明。家父在武林之中，名望甚高，平生只對葛師兄尊師諸大俠及冷雲仙子二人，低頭拜首。尤其是冷雲仙子葛老前輩，家父因爲當年受過大恩，銘心刻骨，曾經立過誓言，終身聽從葛老前輩之命，但有差遣，萬死不辭！小妹今日遠行歸來，在伊水東岸，就發現師兄在竹林之中遮遮掩掩，疑是歹人。本來我有藏舟，可以渡河，因見師兄尾隨在後，想使你知難而退，才用那『一葦渡江』身法。不想師兄依然追來，連追我數座山峰。這才料定無差，必係狂妄之徒，乃駐足相待，欲加懲戒。因小妹行道江湖，最

恨的就是這種敗人名節之輩，心想殺者無虧；再加上一與師兄對面，看出身法神情似是高手，唯恐一擊不中，才把尙未完全練成，家父一再叮囑不准擅用的『透骨神針』，藏了三根在手。師兄不察，以致受傷。

「後來聽清師兄來歷，才知大錯鑄成，小妹不禁肝膽皆裂。因爲此針具有奇毒，一經打中，連針帶毒順血攻心，時間一長，便無解救！乃家父專門煉來準備日後掃蕩武林惡魔雙兇、四惡之用。師兄中針之後，因一時氣憤，並未覺察厲害，竟然還用『彈指神通』表明身分。這一運用真氣，只怕針毒發作更快。倘有三長兩短，即便家父將小妹處死，此罪亦難抵贖，更對不起那諸、葛二位老前輩了。所以才借說話之便，暗暗下手，先行截斷師兄左上半身血脈，暫抑針毒攻心。此間離寒舍，已不甚遠，待小妹將師兄抱回家去，請家父爲師兄醫治，等到痊癒之後，師兄任何責罰，小妹一概領受就是，此時且請師兄暫時忍受委屈吧！」她一面說話，一面妙目之中珠淚直落。

葛龍驤雖然周身無力，跌臥在地，因柏青青係武林名醫之女，點穴手法極高，也只覺左上半身不能轉動，口仍能言。左肩傷處，因血脈已被暫時截斷，並無痛楚感覺。聽她說得那等厲害，尙不信！見柏青青嬌靨之上，掛著兩行珠淚，宛如梨花帶雨，備覺楚楚可人。心中好生不忍，連忙笑道：「柏姑娘，快休如此，龍驤輕狂魯莽，自取罪愆，與姑娘何涉？少時見了柏老前輩，我會自行認錯。既入江湖，劍底刀頭，傷損難免，些

許小事，千萬不必掛懷！不過我有一事相求，請姑娘把我穴道解開，尊宅既不甚遠，龍驤想尚能行走，不然重勞姑娘，龍驤可就有點不敢當受了。」柏青青抹去淚珠，嫣然一笑道：「蒙師兄海量相涵，小妹感激不盡。我年十七，想必幼於師兄，如不嫌棄，以後叫我青妹如何？那『透骨神針』非同小可，雖然暫閉血脈，也不能久延，再若運動，發作更快。小妹功力醫術，均不足療此，必須立時動身，去見家父。你我均非世俗兒女，此心湛然，拘甚俗禮。小妹一時該死，重傷師兄，既不見怪，已然深情刻骨！些許辛勞，師兄若再推辭，教小妹問心何安呢？」

說完已自兩手連捧帶托，將葛龍驤抱在胸前，旋展勁功，朝亂峰深處疾馳而去。

葛龍驤人已受制，只得由她。何況他自兩歲時，即被諸一涵帶回衡山；十數年來，除師父、師兄朝夕督促，讀書學劍之外，未親外物；直到奉命投書，在廬山冷雲谷中才開始與異性接觸。冷雲仙子天人仙態，自己一見即興孺慕之思；谷飛英則稚年小妹，未足縈心。

薛琪雖然僅大自己兩歲，但言談舉止太過老成，故而雖然長途跋涉，同赴華山，自己心中只是把她當做個大姐姐，與師兄尹一清一般敬重；並還覺得尹師兄和這位薛師姐，無論武功人品，俱相類似，他日還想從中拉攏，撮合良緣，本身毫未起過情愛之念。

但對這位玄衣龍女柏青青，心中卻有一種說不出來的滋味，除了初見面時，被她硬指爲淫賊惡徒，略感氣憤以外，竟然越看越覺投緣。等到雙方說明來歷，知道誤傷自己，又怕自己好勝，不肯自閉傷處穴道，藉著笑語殷勤，冷不防地連點自己三處要穴，暫阻針毒攻心。下手又快，心思又巧，此刻索性不避嫌疑，要把自己抱回家去醫治。雖然師門威望，及諸、葛二老與龍門醫隱的宿昔淵源，有以致之，但她女孩兒家肯令自己暱稱青妹，一片真誠，確實不易。觀女可觀其父，足見「龍門醫隱」柏大俠一定豪氣沖天，性爽不俗。

突聞柏青青言道：「這『透骨神針』之毒，雖能排出體外，但也必須禁受極端痛苦。師兄稟賦雖好，亦絕非十日之內可以復原。何況家父透骨神針只傳用法，解法尚未及傳，小妹卻因欲赴一位至交姐姐之約，偷偷離家。不料對方突然失約，悵悵而返，把一番徒勞跋涉的怨氣，全對師兄發洩起來，以致闖此大禍。師兄雖大度寬容，允向家父緩頰，苟免罪責。但這等魯莽從事，一意孤行，賢愚不辨的行徑，也夠小妹自羞自愧的了。」

葛龍驤見柏青青不但丰神絕世，並且倜儻大方，婀娜之中，富有剛健，絲毫不帶一般女兒的忸怩之態。本在嫣然笑語，說到最後，眼角之中已然隱含淚水，盈盈欲泣，分

外顯得嬌媚，令人愛極。忙又好言相慰，並把自己奉命下山經過，向她娓娓細述，以解心煩。

柏青青靜靜聆聽，聽到葛龍驤一頓大罵，卻罵服了個獨臂窮神，方始破涕爲笑。

兩意相投，就這片刻光陰，業已交如水乳。在笑語相親之中，眼前已到一處絕壑，柏青青向葛龍驤笑道：「下到壑底，再經過一處水洞，就到我家。這段下壑途徑極不好走，彼此淵源甚深，不算外人，既已不避嫌疑，師兄右手尚能轉動，索性抱住小妹，免得有虞失閃，我這就要下去了。」

葛龍驤一想柏青青既然如此大方，自己再若假裝道學，反顯做作。何況在她懷中！展眼看去，那深壑黑洞洞的，不知多深，懷中再抱一人，著實難走。

遂向柏青青笑道：「青妹放心，龍驤遵命！」一伸猿臂，輕輕攏住纖腰。柏青青嬌靨之上，又是一陣霞紅。把頭一低，抱定葛龍驤在那窄滑不堪的小徑之上，直下深壑。

那壑深逾百丈，雖然兩壁略帶傾斜，並未完全陡立，且已經人工，略除草樹，闢有小徑。但露潤苔湧，柏青青懷中又多一人，無法利用藤蔓攀援，全靠兩腿輕登巧縱。饒她輕功再好，也不免累了個香汗微微，嬌喘細細。偶然在極其難走之處，微微稍側，手中自然抱得更緊，好幾次都幾乎鬧了個偎頰貼胸。

兩人俱是一般心思，雖然各爲對方丰神所醉，均懷愛意，究係初識。在這深夜荒

山，孤男寡女，軟玉溫香，投懷送抱，雖說從權，畢竟越禮，均自竭力矜持，生怕一落輕狂，遭人小視。所以迭次身軀相接之時，兩人心中都如小鹿亂撞，不住地騰騰狂跳，幾乎彼此可聞。幸而壑深樹密，月光難透，一片漆黑之中倘還較好，不然四目交投，益發難以為情。

好不容易下到壑底，柏青青舒氣微噓。又轉折幾回，在一片松蘿覆蓋之下，現一古洞。二人入洞以後，越發黑暗，伸手已然不辨五指。葛龍驤暗想，這位龍門醫隱，真個古怪，倘若就住在這麼一個黑洞之內，豈不悶死？方在自忖，耳邊忽聞水聲蕩蕩，洞勢也似逐漸往下傾斜。柏青青又行數步，輕輕放下葛龍驤道：「出此水洞，便到寒家。師兄暫請稍憩，待小妹喚人相接。」說罷合掌就唇，低做清嘯。

葛龍驤在美人懷中，縷縷蘭麝細香，正領略得銷魂蝕骨，突聽快到地頭，反而微覺失意，把身受重傷早已忘卻，竟恨不得這段行程越遠越好。一聽柏青青突作清嘯，發音甚低，毫不高亢，但從四壁回音，聽出傳送極遠。知道柏青青不但輕功絕倫，連內功也極精湛，不過稍遜自己一籌半籌而已，不由更添幾分愛意。

過不多時，洞中深處略見火光微閃，柏青青笑道：「家人已然駕舟來接，師兄傷處不能動轉，仍由小妹抱你上船吧！」葛龍驤自然正中下懷，剛由柏青青再度抱起，那點火光已自越來越大，看出是一隻自己黃昏之時，在伊水所蕩的那種梭形小船。

船頭插著一根松油火把，一個青衣小童在船尾操舟，雙槳撥處，霎時便到面前。小童一躍上岸，垂手叫聲：「青姑。」兩隻大眼，卻不住連眨，好似揣測這位「青姑」懷中，怎的抱著一位少年男子。

柏青青笑向小童問道：「雄侄，怎的竟是你來接我，這晚還未睡麼？」

小童答道：「自青姑走後，老太公日夜輪流，派人在水洞迎候，此刻輪到我值班。這船太小，這位相公似身上有傷，擠碰不便。青姑請入舟中，我從水內推船便了。」

柏青青笑道：「雄侄確甚聰明，無怪老太公疼你。勞你水內推舟，改天我把你想學已久的那手『海鶴鑽雲』的輕功，教你便了。」

小童喜得打跌，立時脫去衣履，擲入小舟，只穿一件背心和一條犢鼻短褲，跳入水中，扶住小舟，掉過船頭，等二人走上。柏青青懷抱葛龍驤，走入舟中坐定，小童雙足一蹬，推舟前進。船頭水聲汩汩，竟比槳划還快。

葛龍驤見這小童，不過十二、三歲，伶俐可愛，問起柏青青，才知是她族侄，名叫天雄，因極得龍門醫隱喜愛，常日陪侍身邊，已然得了不少傳授。

二人方在傾談，柏天雄突自水中抬頭叫道：「前面已要轉彎，青姑招呼那位相公，趕緊低頭臥倒。」

原來洞頂至此，突然低垂，離開水面不過二尺。柏青青無法可想，只得使葛龍驤左

肩向上，和自己雙雙並頭臥倒舟中。小舟原就窄小，這一雙雙並臥，哪有肌膚不相親之理。耳鬢廝磨，暗香微度，人非草木，孰能無情？葛龍驤心醉神迷，情不自禁，在柏青青耳邊低聲說道：「青妹，這段水程，龍驤願它遠到天涯，綿綿不盡呢。」

柏青青見他出語示情，羞不可抑，半晌才低低答道：「龍哥怎的如此癡法？你傷好之後，我請准爹爹，和你一同江湖行道，日久天長，戀此片刻水洞途程做甚？」

葛龍驤話雖說出，一顆心跟著提到了嗓口，又無法揣測柏青青的反應是喜是怒。她這一聲「龍哥」，一句「日久天長」，聽得葛龍驤簡直心花怒放，渾身說不出熨貼舒服。如果不是半身被制，幾乎就在舟中手舞足蹈起來。

舟行極快，幾個轉折過去，已到水洞出口。一出洞外，葛龍驤眼前一亮，不覺一聲驚呼。

四　龍門醫隱

原來那水洞出口之處，卻是一片湖水，湖雖不算太大，亦不甚小，水卻清澈異常。四面高峰環擁，壁立千仞，宛如城堡。這時正值月朗中天，環湖花樹，爲柔光所籠，凝霧含煙。岸上燈光掩映，人家並不見多，但卻充滿了一片清妙祥和的安謐之氣。

湖心湧起一座孤嶼，小童柏天雄望嶼催舟，其行如箭。霎時便近嶼旁，柏青青心懸葛龍驤傷勢，小舟離岸尚有丈許，便行捧定葛龍驤，凌空縱過。落地之後，向一座上下兩層的玲瓏樓閣之中，如飛跑去。

那座樓閣，雖然共只兩層，方圓卻有十丈，通體香楠所建，不加雕漆，自然古趣。閣中陳設，也極爲雅潔。最妙的是四面軒窗不設，清風徐來，幽馨時至，令人心清神爽，塵慮全消。柏青青轉過當中照屏，三兩步搶上樓梯，就聽得一個蒼老清亮的聲音問道：「是青兒麼？怎的如此急遽，在外邊闖了什麼禍了？」

柏青青哪顧答話，一躍登樓，把葛龍驤輕輕放在靠壁的一張軟榻之上，轉身對坐在

一座藥鼎之旁，身著黃衫的清瞿老者，急急叫道：「爹爹，他在前山誤中女兒三根透骨神針，雖經我暫行截斷血脈，時間業已不短，爹爹快來與他醫治。」

柏青青情急發言，把龍門醫隱柏長青聽得個沒頭沒腦，好生莫名其妙。

柏青青四歲喪母，父女二人相依爲命，何況又是獨生掌珠，柏長青自然對她慣縱異常。但柏青青此次出遊不稟，女孩兒家親自抱回一個年輕陌生男子，妄用尙未相傳、被她暗暗偷走的透骨神針傷人。但卻又他呀他的叫得十分親熱，未免覺得過分不羈。心中生氣，長眉微揚，面罩寒霜，冷冷問道：「此人是誰？怎樣傷的？傷在何處？」

柏青青素來驕縱已慣，十數年來何曾見過爹爹這般神色，不禁眼眶一紅，泫然欲泣。

葛龍驤見此情景，忙在榻上說道：「晚輩葛龍驤，係衡山涵青閣主人門下弟子，奉廬山冷雲谷冷雲仙子葛老前輩之命，來此拜謁柏老前輩……」

龍門醫隱不待講完，一躍便到榻前，一眼看出傷在左肩，解開衣衫，略一審視，回頭向柏青青沉聲斥道：「丫頭該死！還不快取我的太乙清寧丹和九轉金針備用。」

柏青青幾時受過這樣的責罵，兩行珠淚頓時滾下香腮。一張嬌靨上也又羞又急又氣，變成桃紅顏色。貝齒緊咬下唇，勉強忍住珠淚，委委屈屈地捧過來一只銅盤，上面放著一個白玉瓶和一枚青色圓筒。

葛龍驤與柏青青一路傾談，知她心性極其高傲，見狀好生不忍，遂把奉命來此的緣由經過，及前山與柏青青因誤會相爭等情，對龍門醫隱略述一遍；把錯處全攬在自己身上，自承黑夜深山追蹤一個陌生少女，自然跡涉輕狂，略受儆戒，實不為過。替柏青青開脫得乾乾淨淨。

龍門醫隱柏長青靜聽葛龍驤講完，手捋長鬚，哈哈大笑道：「少年人性情多端偏狹，不想賢侄竟能如此豁達恢宏，無怪那兩位蓋世奇人，垂青有加了！」

說完，轉對柏青青道：「青兒，既然你師兄大度寬容，為你開脫，此事我也不再怪你。經此教訓，以後逢人處事，必當特別謹慎小心，千萬不要任性胡為。須知我在家雖然對你寬縱，但如犯了重大有違禮法之事，卻照樣重責不貸呢。」

柏青青自知把事做錯，默默無言，低頭受教。等龍門醫隱把話講完，把小嘴一努，撒嬌說道：「爹爹就是這樣，做錯了事，我認錯改過就是。排揎嘮叨了這麼老大半天，還在無盡無休。難道真要把我罵哭了，等你再來哄我。女兒誤傷葛師兄，心裏已然急得要死，巴不得他趕快痊癒，太乙清寧丹和九轉金針均已在此，您老人家還不快點替葛師兄治傷麼？」

龍門醫隱柏長青對這個嬌憨愛女，實在無可奈何，向葛龍驤搖頭苦笑，伸手取過那只白色玉瓶，一開瓶塞，滿室便覺清芬挹人。

自瓶內傾出綠豆般大小的三粒碧色丹丸，柏青青連忙遞過一杯溫水，龍門醫隱把藥丸納入葛龍驤口中，命他和水徐徐嚥下。

過了片刻，龍門醫隱向葛龍驤笑道：「賢侄且請暫忍痛苦，功力真氣千萬不可妄提，全身任其自然鬆懈。你針毒已解，老夫要使你所中那透骨神針，逆穴倒行，自出體外了。」

葛龍驤點頭笑諾，龍門醫隱隨在盤內那枚青色圓筒之中，傾出一把長約五寸、細如髮絲的金色軟針，抽了三根在手，又囑咐了一聲：「全身聽其自然放鬆，不可用功力抗拒。」手指點處，肩頭、乳下、前胸，適才被制的三大要穴，全被解開。那三枚「九轉金針」，也正好隨勢插在這三處要穴之中，僅有寸許露出體外。龍門醫隱柏長青的一隻右掌，卻緊貼在葛龍驤左肩傷處，手臂微微顫動。面容嚴肅，頷下的五綹長鬚，不住飄拂。

葛龍驤自穴道一開，不禁把滿口鋼牙一咬，左半身簡直就如同散了一般，陣陣奇痛鑽心。尤其那三枚「九轉金針」所插之處，又痠又麻，說不出的難過。覺得龍門醫隱柏長青的一隻右手，就好像一片燒紅的烙鐵一般，燙得左肩頭上，難受已極。他此時方始相信，柏青青在前山那等情急，說這透骨神針厲害無比之語，並非恫嚇，不是虛言。

柏青青站在榻旁，看自己爹爹為葛龍驤施醫，是用「九轉金針」護住要穴，然後用

「少陽神掌」凝練本身真氣，慢慢傳入葛龍驤體內，吸取導引那透骨神針，逆血歸元，重回本位。這種療法，不但傷者要受莫大痛苦，連施醫之人，也要損耗不少真氣精力。這才知道，無怪爹爹一再叮嚀，此針不可妄用。照此情形，萬一誤傷那些罪不致死之人，豈不憑空造孽？再看葛龍驤雖然咬牙忍受，毫不出聲，但額頭上黃豆般大的汗珠，已經疼得滾滾而落。不禁芳心欲碎，眼圈一紅，珠淚隨落，伸手握住葛龍驤捏得鐵緊的右手，淒聲說道：「小妹一時魯莽，害得龍哥如此受苦，真正該死！教我問心怎安呢？」

美人情意，最難消受。葛龍驤見柏青青當著龍門醫隱，竟然仍叫自己「龍哥」，反而覺得臉上訕訕地有點難以爲情。因不便答言，只得就枕上微微擺首，示意自己對此痛苦，尙能忍受，叫柏青青放心無妨。

說也奇怪，男女間的感情，就那麼微妙，就有那麼大的魔力！心上人柔荑在握，眼波頻送，靈犀一點，脈脈相通。方才那極難忍受的傷痛，竟自然而然減去了一大半以上，心頭上、眼瞼中，再不是適才的那種痠、疼、脹、急的苦痛，而這水閣之中的清樸古趣，一切的一切，都無非只是一個人——柏青青，亭亭玉立，凝黛含愁，淚眼相看，俏生生的身影。

也不知過了多久，龍門醫隱柏長青，腦門上一陣熱氣蒸騰，猛然一聲歡呼大喝：

「好了！」三根細如牛毛、長約一寸、略帶血絲的銀色細針，應掌而起。左手忙自懷中，又取出一粒白色丹丸，置入葛龍驤口中，順勢起下先前所插的三支「九轉金針」，朝他肋下輕輕一點，再往頭上、胸前推拿按摩幾下。

葛龍驤頓覺痛苦全失，精神也已疲極，雙眼無力再睜，垂首自闔。迷惘之中，只覺得方才眼瞼中柏青青的倩影，已經由悲轉喜，漸漸地越笑越甜，影子也越來越大，終於佔據了葛龍驤的整個心房、腦海。帶著無限歡悅，無限甜蜜，無限溫馨，栩栩然、飄飄乎地入了酣然夢境。

龍門醫隱柏長青，把右掌中自葛龍驤體內，用神功吸回取出的三根透骨神針，放在銀盤內，長吁一聲，如釋重負。自己頭上，同樣也是一頭汗水，取過面巾擦淨。只見愛女還自握住葛龍驤一隻右手，目含淚光，向榻上癡癡注視，不禁暗暗點頭，會心微笑。

他這獨生嬌女，因自幼即外用藥物浸煉，內服自己秘煉的易骨靈丹，各種內家上乘武術，更是傾囊相授，故而雖然年才十七，一身功力已不啻武林一流高手。人又靈慧絕美，自然心性高傲，尋常人物哪裡看得上眼。平日總為她將來終身之事擔心，不料姻緣果似早有夙定，這三根透骨神針，竟似為他們二人繫上一絲紅線。自己冷眼旁觀，誠中形外，他們二人雖係初識，相愛似已甚深。本來諸一涵冠冕群倫，與葛青霜同為自己在武林中所僅心悅誠服之人，他的弟子還能錯到哪裡。

這葛龍驤，風度器宇，俊雅高超，誰看了都愛，無怪愛女一見傾心。這一來多年心事，一旦了卻，老頭子也樂了個呵呵大笑，伸手輕撫柏青青的如雲秀髮，說道：「丫頭，你這場禍倒是闖得不錯，雖然爲爹爹找了不少麻煩，但也了卻我多年心願，此人確實不凡，一切事有爹爹替你做主。」

柏青青知道心事已被爹爹看透，玉頰飛紅，嬌羞不勝。他們父女間不拘禮法，脫略已慣，回頭向龍門醫隱啐道：「爹爹，壞死了……」一語未完，柳腰一擰，口中嚶嚀一聲，翩若驚鴻般地逃入東面自己所住香閨，喀嗟上栓，閉門不出。

龍門醫隱柏長青，見愛女如此嬌媚，回頭再看看葛龍驤的颯爽英姿，又不禁樂了個微微發笑。知他至少要睡上數日才醒，遂爲葛龍驤擦淨額間、頸間汗漬，並替他蓋了一條薄被，也自回房歇息。

葛龍驤這一場婆娑春夢，又長又美，沉睡之中，依然不時露出得意笑容。直到覺足神暢，微開雙眼，只見夢中人兒雲鬟半墜，坐在榻邊，手捧一只玉碗，脈脈含情，正朝自己注視。

柏青青見他醒轉，含笑說道：「龍哥，你一睡三日，定然腹餓。這碗銀耳，是小妹親手煮來，內中還加了我爹爹的秘製靈藥『益元玉露』，龍哥吃了當可提早數日恢復元氣呢。」

葛龍驤一聽自己這一覺，竟然睡了三日，不由暗自好笑，被柏青青一提進食，腹中果似甚餓。但自覺神清氣爽，苦痛已無，怎的聽柏青青口氣，竟然還需數日才得復原，未免有些不信。見她持碗來迎，像是要餵自己，怕龍門醫隱闖進來，不好意思，把腰一挺，欲待坐起，口也急呼道：「不敢有勞青妹，龍驤已然好……」

哪知他不坐還好，這一猛然作勢，只覺腰背之間痠軟異常，絲毫用不上力，一下竟未坐起，重又跌倒枕上，眼前金星亂轉，才知元氣果然斵喪過甚，倔強不得。

柏青青見狀嗔道：「龍哥怎的如此見外，那透骨神針是我爹爹特地煉來，準備二次出山，對付蟠塚雙兇及嶗山四惡所用。威力何等厲害，便解救也極費真力。他老人家用『少陽神掌』和『九轉金針』，為你倒吸此針，耗力甚多，自你睡後，也便靜坐用功，此刻尚未完畢，你道是騙你玩的？趕快讓小妹服侍你吃下這碗益元玉露所煮銀耳，以你稟賦，再睡上一個好覺，明日此時當可下榻行走，再經三、四日休憩，便能復原如初了。」說罷，皓腕輕伸，半抱葛龍驤，用軟枕替他墊好後背，自己側身坐在榻邊，手執銀匙，就碗舀起銀耳，一口一口地餵將過去。

葛龍驤自出世以來，幾曾受過如此殷勤愛護。那銀耳不但清香甜美，極其好吃，服後果覺臟腑空靈，精神益暢。更何況心上人近在咫尺，眼波流盼，笑語相親。回首奇逢，恍疑身入天台仙境，不禁心醉神迷，癡癡無語。

柏青青看他這副神情，掩口失笑。葛龍驤倏地驚覺，俊臉通紅，只得藉食遮羞，一碗銀耳，三口、兩口便自吃完。柏青青剛待起身，葛龍驤情不自禁，伸手握住她一隻皓腕。柏青青眼珠一轉，柔聲笑道：「龍哥你尚未全好，遐思傷神，好好再睡上一覺吧。」

葛龍驤此時哪有絲毫睡意，他心靈朗潔，本來亦無甚邪思，只是愛極柏青青，聽龍門醫隱用功未完，兩心既已相投，想趁機會親熱親熱。聞言正待涎臉糾纏，猛覺黑甜穴上又著了纖纖二指，神思一倦，腰後墊枕，被人放倒，耳畔模模糊糊地聽得幾句什麼「龍哥，天長地久……」便又沉沉睡去。

次日清晨醒來，只見日前駕舟至水洞來接的小童柏天雄，捧著替換衣衫及盥洗用具，在榻前侍立。試一起坐，果已大勝昨日，只是四肢仍覺痠軟無力而已。

起床盥洗、更衣以後，精神益爽。憑欄四眺，才知當地真個仙景無殊！湖水雄奇清深，環湖峰崖滿佈苔蘚，宛如青嶂四峙。上面卻又生著無數奇花異卉，秀木嘉林，無限芳菲，翠色欲流，映入眉宇。

尤其是這閣前一片，盡是芙蕖，正值花時，亭亭千朵，凝露含珠，清風過處，芳馨拂鼻。

葛龍驤細看那些四周高崖，大都壁立，苔蘚雖多，藤蔓卻少。好似無法上下，東西

稍廣，北面略尖。從整體看來，像一心形，不禁暗嘆造物之奇，真極鬼斧神工之妙！這好一片地方，偏偏留下那個水洞，使之不致與世隔絕。龍門醫隱當年發現這一片世外桃源，不知費了多少心力。

正在觀賞，身後龍門醫隱一聲輕咳，笑聲說道：「賢侄來自名山，你師父涵青閣左近，仙景超凡，對我這沙洲蝸居，恐怕看不上眼吧？」

葛龍驤轉身施禮，因與柏青青訂交在前，改口笑道：「伯父說哪裡話來，家師居處，未加絲毫修建，雖也靈妙，比起此間，天然之外，加以人工，顯有不逮。佳地必有佳名，這一片大好湖山，不知伯父如何取賜呢？」

龍門醫隱撚髯笑道：「賢侄眼力甚佳，但這話卻講錯了。當日我發現此間，確非現狀，經移來幾家族人，合力加以修築整頓，才有今日面目。但亦即因此點，雖然靈奇，似嫌略有匠氣，比起衡山涵青閣的那種自然清妙，就差得遠。我因在這四峰圍擁，略似心形，取名『天心谷』，這座沙洲草閣，正居中心，遂名『天心小築』，至於適當與否，既然遁世逃名，本來連此已是多餘，也就不深究了。」

葛龍驤聞言，猛然想起冷雲仙子所告隱語，隨即笑道：「醫術爲仁術，天心是我心！伯父以蓋世神醫，所居名『天心小築』，再也恰當不過。只是不但家師與冷雲仙子命小侄傳言，請伯父再出江湖，共同剷除那些魔頭，爲蒼生造福。便那苗嶺陰魔邴浩，

亦囑小侄代告，三年之後，在黃山始信峰頭，要憑功力重定武林十三奇名次。伯父要想高蹈自隱，遁世逃名，恐非易事呢！」

龍門醫隱聞言喜道：「賢侄此來是代冷雲仙子索還那副『天孫錦』的麼？此寶寄存我處，已有多年。當初訂此隱語之際，冷雲仙子曾言，派人前來我處取還此物之日，也就是她與令師一段嫌怨將有化解之時。老夫苦候此日已久，不想今朝實現。只要他們兩人『璇璣雙劍』再出武林，這些惡煞凶神根本無所遁跡。我這多年埋首，苦煉神功靈藥，要想到時約同年友好掃蕩妖氛、澄清寰宇的心願，竟與諸、葛雙仙相同。大概這干魔頭惡貫已滿，行將齊歸劫運，真是快事！只是那苗嶺陰魔邴浩，多年前即已走火入魔，在苗疆一個地洞深處，半身僵硬，形同活死人一般，不能轉動，怎的竟然又現魔跡，並與賢侄相晤呢？此人功力蓋世，唯惡行尙不甚彰，且向例不對後輩出手，但也足爲他日隱患。賢侄來時，老夫只顧與你療傷，途中經過均未問及，僅從青兒口中略知一、二。樓梯聲響，想是青兒做來點心，賢侄數日未食，想必饑餓，且請一面進食，一面詳談吧。」

葛龍驤轉眼看去，果見柏青青雙手捧著食盤，從樓下走上。剛想起立致謝，心中一轉，暗想此是何人何地，小家子氣徒足惹人笑話，還是大方爲佳，遂含笑說聲：「有勞青妹！」

柏青青把食盤放在几上，解掉腰繫圍裙，嫣然笑道：「龍哥，你這人什麼都好，就是有點兒頭巾氣。一點點事，勞呀謝的，聽起來教人好覺生分。你重傷才好，元氣尙未全復，不宜油膩，我特地爲你下了兩碗素麵，快來嚐嚐，我和爹爹也陪你吃上一碗。」

葛龍驤見心上人今日憂煩盡去，笑靨生春，一派爽朗嬌憨，風姿絕致，知他父女不拘禮法，喜愛隨和，腹中實也想吃，也就不再客氣。走過一看，麵共四碗，量不甚多，湯作青色，連一點油珠都看不見，麵上還堆著不少冬菇、香菌、竹筍所切細絲，顏色甚爲好看，休說是吃，看去都令人食慾大動。入口一嚐，清香鮮美，毫不油膩，委實好吃已極。

不老神仙諸一涵，內家上乘功力雖已爐火純青，登峰造極，但未辟穀；一個亦武亦文，風流絕世人物，飲食一途，自亦講究。故而葛龍驤對於此道，頗不外行。微一辨味，便知柏青青是先用好湯將麵下出，然後用隔夜燉好的上佳火腿雞湯，以極細棉紙，一張張地把湯上浮油慢慢拖吸乾淨，然後將麵調入；再加上筍絲、香菌、冬菇等配料，才能如此清香可口。所以休看幾碗素麵，卻須隔夜準備，可見對自己情意之深。想到此處，不由抬眼斜睨，恰與柏青青目光相對。柏青青低鬟一笑，葛龍驤雖然倜儻，也不敢在前輩面前過分失儀放肆，趕緊震攝心神，把奉命下山，途中經過，向龍門醫隱一一詳行陳述。

龍門醫隱柏長青聽葛龍驤敘完，說道：「老夫昔年原住這龍門前山，無意中發現此間峰巒湖蕩。清秀靈奇，還在其次，主要卻是在此發現一株罕見靈藥『朱藤仙果』。此果若能配以『千歲鶴涎』，即可煉成一種專解萬毒的無上聖藥。而俠義道中引為大忌的，那黑天狐宇文屏的五毒邪功，即無所懼了。但發現之時，朱藤仙果尚未成熟，故招族人移居此間，一來開闢這片與世無爭的桃源樂土，二來也看護這株仙果，並乘此間與世隔絕，無人滋擾，把『少陽神掌』的功力再加凝進。但『千歲鶴涎』是可遇難求之物，直到前年，『朱藤仙果』已將成熟，鶴涎仍未尋得。哪知無巧不巧，想是天厭妖孽，果熟之日，就在果藤生果之處，發現一堆『千歲鶴涎』。遂以之慢慢熬配靈藥，再有十日，便可功成。適才聽賢侄說起，與獨臂窮神柳悟非訂約嶗山之事，老夫覺得你們人手太單，嶗山又是四惡老巢，著實可慮！不如在我這『天心小築』暫住十日，等我爐內靈丹煉就，老夫與青兒陪你走趟山東，以助昔日故人老花子一臂之力，並也讓這般狂傲凶殘的妖孽們，嚐嚐我這多年來精研苦煉的『透骨神針』和『少陽神掌』。」

葛龍驤大喜過望，向龍門醫隱笑謝道：「伯父仗義相助，小侄感激不盡。但那獨臂窮神性如烈火，小侄恐他先到山東，倚仗武功，可能硬闖嶗山，獨鬥四惡，未免吃虧。伯父靈藥未成，可否與青妹後行?小侄一、二日內體力復原之後，先行趕往山東，以便告知那獨臂窮神，已有伯父及青妹相助，請他略候數日，等到彼此會齊，謀定再動，似

較穩妥。不知伯父以為如何？再者，『黑天狐』宇文屏名列武林十三奇，但她形相武功，卻極少聽小侄恩師及師兄道及。在廬山行前，冷雲仙子更一再叮嚀，見一黑膚長瘦老婦，務須遠避，莫非就是此人？頃聞伯父所云她那五毒邪功，俠義道中引為大忌，想來定具特殊威力。伯父可肯見教，使小侄萬一狹路相逢，知所趨避麼？」

龍門醫隱柏長青，聽諸一涵既放門徒下山行道，卻連黑天狐宇文屏的「五毒邪功」均未細加講解，初覺詫異，猛然想起此少年姓葛。

再與十九年前，諸一涵、葛青霜反目緣由略一對證推敲，心中已自恍然，微笑答道：「賢侄恐須三日以後，元氣方能盡復。我與青兒俟爐內靈丹一就，即行趕往，免得老花子狂性大發，吃了暗虧。此意甚佳，就如此決定。至於那黑天狐宇文屏的五毒邪功，乃她在仙霞嶺中得到一冊《五毒真經》以後，搜盡天下奇毒之物，苦練成的五種暗器、兵刃及氣功，莫不蘊藏五毒。計為『蠍尾神鞭』、『飛天鐵蜈』、『守宮斷魂砂』、『萬毒蛇漿』及『蛤蟆毒氣』五種，端的厲害無比。尤其是末兩樣『萬毒蛇漿』和『蛤蟆毒氣』，更是防不勝防，當者無救。所以江湖中人，對她均避如蛇蝎，引為大忌。她外形正如冷雲仙子所云，是個長瘦黑膚老婦。雖然我已有藥可治她五毒邪功所蘊奇毒，但那無邊痛苦亦自難當。賢侄功力不逮，萬一相逢，還是遠避的好。這兩日養病閒暇，就令青兒陪你蕩舟湖上，略賞我這『天心谷』中景色，賢侄若愛此間，他年我倒

歡迎你來此做久居之計呢。」說罷手捋長鬚，目注青青，不住微笑。

柏青青何等玲瓏，聽出爹爹言外有意。當著葛龍驤之面，雖然灑脫，也自微羞，見葛龍驤已把兩碗素麵，吃得精光，忙藉著收碗，走往樓下。

葛龍驤先未聽出，忽見柏青青好端端地星目電閃，瞟了自己一下，頓時臉泛霞紅，低頭收拾碗盞，走往樓下。心想青妹大方已極，怎的忽現嬌羞？略一尋思，猛然會意，不由得喜心翻倒，知道眼前這位未來泰山，已然暗透口風，雀屏中選。將來只要恩師點頭應允，自己與柏青青便是一對神仙眷屬。

人逢喜事，備顯精神。葛龍驤心花怒放，應對如流，無論書劍琴棋、武功文事，均有奇言。龍門醫隱柏長青對他簡直越看越愛，越聽越好，深覺此子倜儻俊奇，丰神絕俗，足為愛女匹配。老少二人契合無間，一席清談，葛龍驤又得了龍門醫隱掏心窩子的不少內家上乘精微奧義。

攜手花前，並肩月下，蕩舟湖上，笑傲峰頭，這數日間，葛龍驤與柏青青是形影不離，雙雙廝並。

柏青青心疼情郎，把爹爹採盡三山五嶽靈藥，辛苦煉就的「太乙清寧丹」和「益元玉露」，也不知給葛龍驤吃了多少。神醫妙藥，世人一滴難求，葛龍驤吃了這麼多，元氣不但早復，較前更盛。晃眼三日，想起獨臂窮神柳悟非性情太急，無助堪虞，雖與柏青青如膠似漆，難捨難分，但赴約誅邪，替天行道，終究是正務。何況不過幾日小別，只好把兒女私情先撇一旁。

這日黃昏，在水閣之中，葛龍驤提出明日辭行之意。龍門醫隱毫未挽留，正色說道：「賢侄不為私情而誤公義，確實難能。少年英傑氣度胸襟，果然不同流俗，足慰我望。爐內解毒靈丹，此時正在緊要，明日清晨命青兒送你，不必再來見我辭行。至多七日，我父女必然趕赴嶗山。賢侄帶信給我那獨臂故人，就說他昔年老友，率女馳援，請他暫勿輕舉，等人手到齊，籌策而動。」

葛龍驤唯唯應諾。當夜晚間，柏青青送來一疊五色冰紈，葛龍驤接到手中，只覺輕如無物，方待問話，柏青青已先笑道：「龍哥怎的不識此物，這不就是你奉冷雲仙子之命，來向我爹爹取回昔日寄存的『天孫錦』麼？此寶乃天蠶絲所織，寶刀寶劍所不能傷，各種暗器與尋常內家掌力亦不足懼，妙用甚多。爹爹因我十四、五歲即常常出山行道，放心不下，故將這『天孫錦』與我貼身穿著。龍哥明日遠行，特地與你送來，睡前可穿在小衣以內。嶗山四惡毒辣凶殘，舉世無出其右，龍哥有此寶在身，小妹就放心多了。我隨爹爹同行，自有照應，無需此物，何況又是冷雲仙子指明要贈給你，千萬不可為我擔心，而不肯收受呢。」

葛龍驤見理由一齊被柏青青佔住，無法再推。那「天孫錦」雖然霞光燦爛，但柔軟

絕倫，不知怎有那等妙用。忽然想起悟元大師那柄匕首，遂自懷中取出，向柏青青笑道：「青妹如此深情，龍驤只得如命。這柄匕首，乃秦嶺天蒙三僧中的悟元大師遺物，吹毛立斷，削金切玉，送與青妹以做防身之用吧。」

柏青青接過一看，那匕首色如燦銀，鋒刃之間，隱隱如騰雲霧，知非常物，入鞘揣向懷中，嫣然笑道：「二人同心，其利斷金。龍哥深意，小妹矢不相忘。明日還須長途跋涉，應該早點歇息，我不打攪你了。」

身形一晃，閃開葛龍驤伸出的右手，柳腰微擺，幾個春風俏步，便到東面閨房，朝葛龍驤回眸一笑，隨即閃身入室。

葛龍驤爲她這種嬌憨情態，悠然神往。如言把那件「天孫錦」穿在貼身，果然猶有餘溫，香澤微聞，歡然尋夢。

次日清晨，龍門醫隱柏長青正在靜坐用功，守爐煉丹。因昨夜有言，葛龍驤不敢驚擾，由柏青青親自操舟，送出水洞。

雖然小別，也足銷魂。一雙情侶，自然免不了又是一番旖旎纏綿。葛龍驤堅請回舟，柏青青哪裡肯依，一直送他攀登絕壑，又恐怕他把路走錯，一送再送。到達伊水岸邊，對面就是那片竹林，柏青青眼眶微潤，黯然說道：「龍哥！你來從此來，去從此去！聚是歡情，別成愁緒！武林十三奇中，除黑天狐外，就數嶗山四惡凶狠刁殘。龍哥

雖然已有『天孫錦』至寶防身，但不知怎的，小妹依然總是放心不下，務望千萬不可氣傲好勝，與那一輩子死不服人的獨臂窮神柳悟非輕舉妄動，以免遠人含憂！好在不出七日，爹爹和我定然趕到；那時人手稍多，功力長短之間也有照應，或明或暗聲討四惡，就不足慮了。」

葛龍驤與柏青青本在挽手同行，見她滿面愁色，心中甚爲感動，把手一緊，笑道：「青妹深情，龍驤銘刻肺腑。我要獨自先行，就是怕那獨臂窮神性急壞事。那嶗山四惡中的冷面天王班獨，在華山我已會過，他那震懾江湖的『五毒陰手』，並不比我這學而未精的『彈指神通』高出多少！何況這些日來，我又得了伯父不少的教益，並承獨臂窮神柳悟非傳授了他獨步武林的『龍形八掌』，冷雲仙子所賜『天孫錦』盡可護身，恩師秘傳的『天璇劍法』也尙能克敵；再加上我必定謹遵伯父和青妹的諄諄囑咐，俟人齊謀定而動，青妹怎的還不放心？你送我太遠，伯父功課完畢，必定懸念，快快請回。七日小別，瞬即重逢，何須如此著急？對岸竹林，是我日前來路，爲紀念我倆初逢，及讓青妹看看我近日功力精進，以便寬心，我再試試這『一葦渡江』身法。」

說罷，從身畔樹上折下一根較粗樹枝，向河中抛出四、五丈遠，身形卻用「龍形一式」平著躥出。飛到河中，足尖微點所抛樹枝，一個「潛龍升天」，雙臂一抖，竟然拔起三丈多高，在空中稍一轉側，改成頭下腳上，身軀微一屈伸，「天龍御風」，真像一

條神龍一般，便向對岸飛落。

他這一躥、一拔、一屈、一伸，用的全是獨臂窮神柳悟非所傳的「龍形八式」，再加上絕頂輕功「凌空虛渡」，果然神妙驚人，把那寬約十丈的長河，名副其實地「一葦飛渡」。

柏青青見他有些功力，芳心大慰，不住地朝著對岸，揮手示意。

葛龍驤休看方才說得嘴強，其實這樣一個美擬天人的紅顏知己，雖然小別，心頭酸酸的也滿覺不是滋味。人雖過河，哪裡捨得就此走去，兩人就這樣地隔河對望，癡癡延停。

良久以後，還是葛龍驤見柏青青不住地以巾拭淚，並還眼望大樹，竟似也要折枝渡河，知道委實不能再留，這才長嘆一聲，咬牙跺腳，飛入竹林，沿河而去。

柏青青芳心似碎，淚眼相望，直到葛龍驤形影皆無，才滿懷淒涼，獨自踅轉。邊行邊想，自己也著實太癡，頂多數日，爹爹靈藥煉成，馳援情郎，從此便可長相廝守，行道江湖，神仙不羨！怎的此時就這樣放他不下。想著想著，不禁破涕爲笑，空山無人，也自覺嬌羞，足下加快，馳回水洞。

她想的原是不錯，但好事多磨，古今亦然。等龍門醫隱柏長青父女趕到山東，葛龍驤已遭魔劫，一切如火如荼的詭奇情節，漸漸展開。柏青青和葛龍驤這一對英雄兒女，

不知要歷盡多少離合悲歡，才得花好月圓，但這些都是後話，暫時按下不提。

且說龍門醫隱柏長青用那百年難遇的「朱藤仙果」，配以「千歲鶴涎」所煉的解毒靈丹，不知怎的比預計略爲遲緩，直到葛龍驤走後的第八日，爐火才告純青。柏青青早已心急難耐，連忙幫著爹爹，收拾一切。龍門醫隱把「天心谷」中事務交代族人，告以此去率女江湖行道，歸期未定。谷中百物皆備，無故不可出山，以免萬一生事，能手不多，稍一應付不來，便成巨變。

安排既定，龍門醫隱柏長青長衫便履，肩負藥囊，手中提著一柄用「天心谷」中特產的「鐵竹」所做藥鋤。柏青青外號「玄衣龍女」，就因她性喜穿黑。此刻還是用一塊黑帕攏住烏雲，足登紅色小蠻靴，一襲緊身黑衣，再加手挽一件黑色披風，上下皆黑，越發顯得蝤蠐粉頸，雪膚花貌，美豔撩人。仍由小童柏天雄駕舟送出水洞。

父女二人離卻龍門，奔向洛陽，取道開封、徐州、連雲港等地，沿海趕往嶗山。

一路疾行，由豫入蘇，到連雲港，已是海邊。此處雖在江蘇省內，已離山東不遠，稍北的安東衛便屬魯境。柏青青雖自十四、五歲已出山行道，但龍門醫隱嚴令告誡，不准遠行，足跡總在中原一帶。

此刻大海就在目前，一望無邊，波濤壯闊，胸襟自甚爽暢。但離嶗山越近，卻越是

心中不安，總覺得葛龍驤會不聽叮嚀，冒險犯難似的。邊行邊向龍門醫隱說道：「爹爹，怎的女兒自入山東境內，心神老覺不安，我葛師兄不會出甚事吧？」

龍門醫隱隨口笑道：「那是你過分思念你葛師兄所致。我看他少年老成，舉止持重，既明利害，哪會輕身犯險。倒是已入山東，嶗山即日可到，我們『武林十三奇』中，除不老神仙諸一涵、冷雲仙子葛青霜，及苗嶺陰魔邴浩超群逸倫之外，其餘諸人武功互有長短，均在伯仲之間。嶗山四惡輕不離群，聲勢最大。逍遙羽士左沖、冷面天王班獨、八臂靈官童子雨，和追魂燕繆香紅四人，個個俱是一身出奇功力，尤其是心狠手辣，無與倫比。你爹爹雖然在『天心谷』埋首十年，怎知道人家不也在精研苦練，勁敵當前，他們又是以逸待勞，人多勢眾，佔了便宜。所以此去嶗山，凡事均得由我與你柳伯父出面，你和你葛師兄聽命而行，不許妄動。」

柏青青把小嘴一努，說道：「爹爹就是這樣小心過度。聽我葛師兄說，柳老花子的『龍形八式』和『七步追魂』，威力至大。再加上爹爹的『透骨神針』和『少陽神掌』，我就不信打不了這群凶神惡鬼。就是女兒也正想鬥鬥那追魂燕繆香紅呢。」

龍門醫隱正色叱道：「青兒怎的如此不知天高地厚。那繆香紅何等淫凶毒辣，各種迷香暗器及追魂十二燕，武林中人聞名喪膽，豈是你所能敵？你再若這樣的不聽話，妄自逞能，我便立時回轉天心谷，不再管此事了。」

柏青青喲了一聲，說道：「誰不知道『諸葛陰魔醫丐酒，雙兇四惡黑天狐』，論哪一點，這嶗山四惡也得差著一段。蓋世神醫龍門醫隱的女兒，會怕迷香暗器？傳將出去，武林中人不笑掉大牙才怪！我葛師兄奉他恩師與冷雲仙子之命，請爹爹在諸、葛二老『乾清罡氣』的功行未了之前，先行剪除諸邪黨羽，造福江湖，主持公道。嶗山之事，管不管全在爹爹，女兒是非要看看那追魂燕繆香紅的『追魂十二燕』，是怎樣的追魂奪魄不可。」說罷，香肩一伏，柳腰一擺，竟施展輕功，向前猛趕。

龍門醫隱父女來路，係在山西背海一面。到達山腳，天已昏黑。在一村店之中略進飲食，盥洗風塵。依了龍門醫隱，歇息一宵，明早再入山打探。柏青青心急如焚，逼著爹爹連夜探山。

龍門醫隱知道愛女心繫葛龍驤，拗她不過，遂取出一錠紋銀，賞給店家，隨口問道：「店家，前幾日間，可曾看見一位鳳目重瞳、長身玉立、背插一杵、一劍的少年公子，與一個獨臂老花子，過此入山麼？」

山野小店，極難遇著這樣慷慨的過客，數十文店飯所費，出手就是十兩紋銀，哪得不欣喜欲狂。店家暗道自己連日福星照命，所遇皆是這樣大方人物，唯恐侍奉不周，客人怪罪，忙躬身笑顏答道：「你說的那位老人家，可是只剩一條左臂的麼？這位老人家衣服雖然穿得破舊，卻不是那乞討花郎。在小的店中住了三日，把我們養來下蛋的十幾

隻肥雞，和準備過年喝的兩罈陳年高粱酒，全都吃光以後，說是等人等得不耐煩了，前天才走，丟下一錠五十兩的大元寶，做雞、酒、店錢。賞賜太多，小的夫妻幾年也澆裹不完，至於您說的什麼鳳目重瞳的少年公子，那獨臂老人家也曾問過小的，卻始終未曾見過。」

柏青青一聽店家之語，芳心益自忐忑不寧，暗想葛龍驤先行八日，怎的蹤跡杳然，究竟是已經失陷嶗山，還是路上出了變故？越想越急，逼著爹爹，把行囊放在店內，立時入山。

山居之人，爲禦虎狼，大都練過兩手，這店家一看龍門醫隱柏長青父女神情，便知會武。見他們準備入山，湊上前去巴結笑道：「這嶗山之中蛇獸頗多，二位尊客看來雖會武功，若要逛山，最好白天才妥。尤其那臨海一邊的『大碧落岩』一帶，千萬不可前去。」

龍門醫隱柏長青，謝過店家照應，笑說不妨。手執鐵竹藥鋤，與柏青青二人飄然出得店門，轉過山角，四顧無人，雙雙展開輕功，直撲嶗山深處。

行出約有六、七里路，柏青青問道：「爹爹，此地以前可曾來過？這座嶗山幅員不小，萬壑千峰，到哪裡去找四惡居處？」

龍門醫隱答道：「來是未曾來過，但聞得四惡巢穴所在之地，名爲『大碧落岩』。適才店家也曾提到，是在海邊。我們只要把那臨海諸峰，一座座地排搜過去，哪怕搜他不出。」

說話之間，攀援又已不少。此間山路，極爲陡峭逼人，甚是難行。父女二人走到一處峰腰，突然左前方隱隱傳來一陣低沉喘息之聲。二人同時一驚，剛待駐足細聽，喘聲已息。

龍門醫隱父女略一徘徊，方想舉步，喘聲又起。這回心神專注，聽得較真，是從左前方十數丈處，一片茂密松林之內發出。聲本來極低，但因夜靜山空，柏長青父女又均係內家高手，神寧氣靜，耳聰目明，不然也就難以聽出。

龍門醫隱二次聞聲，略一凝想，對柏青青附耳低低說道：「青兒，你聽得出麼？林內之人是個內家高手，正用上乘功力『莽牛氣』，自行療傷。敵我未分，你不准輕舉妄動。」

柏青青靈犀一點，專注情郎，聽爹爹一說林內有人受傷，不由得又想到葛龍驤身上。末後兩句也未聽清，雙肩微晃，飛身便起，兩個縱落，已近松林。嬌軀剛剛往下一落，林內一聲怒叱，呼的一陣劈空勁風，帶著被掌風掃斷的碎枝松針，向柏青青迎頭打到。

玄衣龍女輕功最是擅長，雙足剛剛及地，掌風已到胸前。因見來勢過於勁急，不肯硬接，一個「風飄飛絮」，人起半空，倒揮雙掌，藉著那股勁風，借力使力，一退兩丈。危機雖然脫過，但已驚心。

暗忖林內何人，這種內功勁氣，竟似不在爹爹之下。

龍門醫隱柏長青，見愛女冒失縱出，情知不妙，跟蹤趕到，柏青青業已脫險，同時聽得那怒叱聲，已知林內何人。剛朝柏青青微一擺手，林內「哈哈」一聲怪笑，走出一個蓬頭散髮、滿面油泥的獨臂老年乞丐，果然正是自己忖度中人，昔年舊友，獨臂窮神柳悟非。

柳悟非突見龍門醫隱，微怔片刻，怪笑一聲說道：「柏老頭，老花子三到龍門，你舉家他往，這十幾年間，藏到哪裡去了，夜入嶗山，難道你也和那四個惡魔，有什麼過節不成？」

龍門醫隱微笑說道：「多年不見，老花子的火爆脾氣一絲未改。我和嶗山四惡有甚過節？迢迢千里，率女馳援，還不是怕你這老花子單掌難敵八手。不想你不但毫不感激，一見面不分青紅皂白，對我這小女，就來上這麼一招『七步追魂』，難道這就是你對遠來故人之道麼？」

柳悟非把怪眼一翻，道：「這就奇了！老花子要鬥嶗山四惡，你是怎麼知道？我就不信你這老怪物，遁跡了十多年間，學會了陰陽八卦不成。至於你這女兒，一掌『七步追魂』不會白挨，老花子傳她三招『龍形八式』，老怪物！你說抵得過麼？」

這時柏青青也已走過，略調真氣，未曾受損，向獨臂窮神柳悟非檢衽施禮，芳唇微啓，欲言又止。

龍門醫隱睹狀會意，笑向柳悟非道：「什麼『龍形八式』和『七步追魂』，老花子你且莫賣弄你那幾手看家本領。我來問你，好端端的放著小客店的肥雞、白酒不吃，跑到這松林之內，練起『莽牛氣』來。是不是你已經恃強逞狠，獨探四惡老巢，吃了什麼虧了？還有你那新交小友葛龍驤，八日之前，就先來此處找你，可曾見到沒有？」

獨臂窮神柳悟非，哦了一聲，說道：「我說你這個老怪物，縮頭不出的十幾年間，真學會了什麼通天徹地之能、鬼神不測之妙，會憑空地來到嶗山，與老花子打個接應。原來葛龍驤那小鬼，對我說奉師命有事去龍門，是去找你。老花子的性格，你所深知，雖然我與葛龍驤約期兩月，但一想起我那三個和尙朋友，片刻難安。一閉上眼，就像是站在面前，要我替他們報仇雪恨。老花子一生恩怨，大半是爲人而結，實在忍耐不住，略微提前來到嶗山，在小客店吃了三天別具風味的燒雞村酒。雞雖肥美，酒卻太差，等到雞、酒都被吃光，葛小鬼仍不見到，老花子不耐再等，這才獨探嶗山。

「哪知嶗山四惡的一頭一尾，逍遙羽士左沖，和小淫婦追魂燕繆香紅，均已外出，

只剩下那罪魁禍首冷面天王班獨，和八臂靈官童子雨二人在山。老花子見機不可失，現身叫陣，班獨老賊不服，先行動手。拚鬥到兩百招外，老花子已然略佔上風，不料八臂靈官童子雨忝不知恥，竟然加入聯手對敵。四惡功力精進甚多，遠非昔比。這一來老花子以一對二，雖仍不致落敗，取勝亦難。又是三百招過去，依然秋色平分。老花子打出怒火，叫足混元真氣，護住周身，不顧八臂靈官童子雨的襲擊，猛撲老賊班獨一人，給他來個硬打硬撞，『七步追魂』換了他一掌『五毒陰手』，方才退走。」

「可惜的是，八臂靈官童子雨從旁牽制，老花子又真不屑與班獨老賊並骨，不然那一掌足夠制他死命。但就這樣，總也夠老賊將息上個十天八日。老花子打人不顧己，少不得也受些震動，來此自行療治，不想卻碰上你這個老怪物。這一來想是天厭妖孽，老花子自用『莽牛氣』療傷，約須三日才能復原，你這老怪物人稱神醫，總有幾手。快把老花子早些治好，立時再上四惡老巢的大碧落岩，趁著一惡受傷、兩惡未歸之際，把班、童二賊宰了，就在他們賊窩裏，吃些賊酒賊飯，等那惡道和小淫婦回來，出其不意，一齊弄死，以爲世人除害如何？」

柏青青心急的就是葛龍驤的蹤跡，聽獨臂窮神柳悟非說了半天，還未提及，不由急道：「柳伯父！我葛師兄你到底是見著沒有？」

獨臂窮神柳悟非見柏青青這等情急，眼珠一轉，會過意來。他素來滑稽玩世，毫無老幼尊卑、禮教之束，對著柏青青端詳至再，竟來了縱聲長笑。笑得柏青青滿面紅雲，惱又不是，急又不得。柳悟非笑完說道：「姑娘！老花子別的本領，不敢說能勝過你爹爹，但我闖蕩江湖，閱人之術，尙有自信。葛龍驤那小鬼，忠厚老實，一生逢凶化吉，遇難呈祥。而且耳輪甚厚，後福必然極好。你們說他先行八日，還未見到，想是途中遇事。姑娘但放寬心，我保他凡事無礙，你可信得過老花子麼？」

柏青青聽葛龍驤下落不明，芳心益急，柳悟非幾句空言，哪能對她有所安慰，雖然不好再說，黛眉深顰，愁容已現。

龍門醫隱一樣關切，但他醫家講究望聞問切，對於相人之術，目亦略通。想起葛龍驤果是福厚之相，眼前事要緊，只得暫時撇開。遂爲柳悟非略診脈相，便即笑道：「老花子逞強拚敵之事，下次再不可爲。你挨這一下『五毒陰手』，雖仗童子功混元力護身，無甚大礙，但真氣頗有微喪。先服我『太乙清寧丹』一粒，回轉小店，我再助長你本身真氣走完『九宮雷府』和『十二重樓』，龍虎一調，便可痊癒。明日晚間，就依你之言，先搗魔窟，然後再查訪葛龍驤下落便了。」說完取出一粒靈丹遞過。

獨臂窮神柳悟非知龍門醫隱醫道當世第一，哪得不服，接過靈丹嚥下，略俟藥力行開，三人起身回店。店家因客人賞賜大方，極意巴結，夜深猶自燒滾茶水相待。見三人同來，喜不自勝，先向柳悟非笑道：「小的猜到老爺子，回來時可能仍到小店，特地遠

往三十里外，弄來幾罈好酒，又買了十隻肥雞，就候著孝敬您呢。話可說明，您要再給錢，可就不敢收了。」獨臂窮神柳悟非微笑相應，時已不早，各自安歇。

五　胭脂陷阱

柏青青次日醒來，見爹爹榻上空空，人已不見。盥洗過後，走到隔室，卻見龍門醫隱柏長青和獨臂窮神柳悟非二人，盤坐榻上，左右掌互抵，各自閉目行功。聽得柏青青入室足音，獨臂窮神正返虛入渾，物我兩忘，毫不為動；就連龍門醫隱也只微開雙眼，看了柏青青一下，未作言語，微微搖頭。柏青青知道爹爹正用本身純陽真氣，相助獨臂窮神療傷，驚擾不得，連忙退出，順手帶上房門。由店家煮來雞湯餛飩，就在門口桌上，一面進食，一面為二老守衛，不許店家打擾。

時到辰末，房內傳來獨臂窮神柳悟非的一陣哈哈狂笑，笑聲之中，二老相繼走出。柳悟非神光煥發，一出房門，就嚷肚餓，催著店家燒雞燙酒，並向龍門醫隱笑道：「老怪物幽谷埋首，果然有些門道。說句老實話，當年武林十三奇排名次順序，『醫』在丐前，老花子著實不服，真想找個機會，和你鬥鬥。但剛才你用本身純陽融合老花子的真氣，周行於『九宮雷府』和『十二重樓』之間，老花子在功成之前，曾略為迎拒，已然試出老怪物果然勝我。雖說老花子略受傷損，元氣新復之際，你未免略佔便宜，但勝我半籌，老花子已自心服你了。」

龍門醫隱聞言不由失笑道：「老花子，不怪人說，你委實難纏。連和治病的大夫也要較較功力，真叫笑話。你那身童子功混元力，方今武林之中，除了『璇璣雙劍』諸、葛二老，與苗嶺陰魔以外，還有何人能夠勝你？柏長青雖蒙抬愛，卻不敢相承。替人治病，我比你強，但你那些什麼『龍形八式』、『七步追魂』，我可有點招架不住。多年老友分甚強弱，老花子的氣量如此偏狹，實在該打。」

獨臂窮神把怪眼一翻說道：「老花子縱橫一世，服過誰來？不想你這老怪物，竟還不識抬舉。諸、葛不談，你說那邴浩老魔難惹，我偏要找個機會鬥給你看。老花子倒有個較量你我功力的絕妙主意在此，你看，店家雞酒俱已備齊，吃飽了，睡上一場痛快好覺，到晚來，齊闖大碧落岩，拿嶗山四惡來做我們比賽對象。誰先宰掉一個，就算誰高。你看這樣比法，可新鮮別致麼？」

龍門醫隱柏長青笑罵道：「好一個新鮮別致的一石二鳥之計。老花子竟然還會如此滑頭，借著比試為名，叫我老頭子替你拚命殺賊。老花子你儘管放心，我父女千里遠來，為的什麼？你不用來上這一套花言巧語，既自居俠義，鋤惡誅邪，責豈旁貸？至於爭名鬥勝之念，不是我自吹，忘之已久，不必再提。倒是你元氣雖復，那『十二周天』

還是費些工夫，再運行一遍的好。因為被你前晚一鬧，四惡輕不離群，可能逍遙羽士左沖，與追魂燕繆香紅，得訊趕回老巢，則以四對三，青兒功力又遜，今晚之戰，未必能輕鬆如意呢！」

柏青青見二老互相諧謔，自己又插不上嘴，頗覺氣悶。好不容易盼到天黑，三人均已養精蓄銳。柳悟非這回倒真老實起來，果然聽從龍門醫隱之言，整個下午都用內家坐功調勻真氣，運轉流行於本身「十二周天」之間。這種內家上乘妙訣，對於復本培元功效最大。老花子行功完畢，恰已黃昏，果然周身輕便舒暢，氣旺神和，天君通泰。

店家掌上燈來，獨臂窮神對龍門醫隱父女說道：「此去『大碧落岩』，路程尚不算近。我們此刻就走，趕到地頭略事歇息，探明賊勢，正好動手。」

龍門醫隱點頭應諾，柏青青更是早已心急。三人因連日言談舉止，均不避店家，故已無庸隱諱，就在店內，結束停當。柏青青玄色緊身勁裝，背插長劍；龍門醫隱手執藥鋤，依舊長衫便履；獨臂窮神柳悟非則不論九夏三冬，都是那件從來不換的百結鶉衣，他向來不用兵刃，此行雖然往鬥強敵，卻依然空著獨手。

出店上山，攀登里許，獨臂窮神柳悟非興發長嘯，展開絕頂輕功，宛如踏空飛行，單挑那峭壁懸崖，奇險之處落腳，但卻又穩又快。只見他右邊大袖啷噹，隨風飄舞，身

形如急箭離弦一般前行。

龍門醫隱見老花子大顯本領，拈鬚微笑，長衫飄飄，意態悠閒，始終與獨臂窮神保留一肩之差，一同前進。

兩位當代大俠、武林雙奇，這一有意無意的略現功力，可把後面的柏青青氣得櫻唇高噘，心中一百二十個不服。暗想連爹爹算上，我倒要看看你們這些武林十三奇呀奇的老輩英雄，到底有些什麼了不起的驚天動地、超人絕學，銀牙一咬，用盡功力，伏身猛趕。

真也虧她，柳、柏二老那飛快的身形，也不過始終甩她個三丈左右。

攀登一座高峰，三人均覺身上一涼，一陣海風過處，眼前已是萬頃碧波。二老神色自若，柏青青雖然不再落後，但她在深山涼夜，海風砭骨之下，身上依然香汗微微，喘息未定。

獨臂窮神柳悟非，對她一挑拇指，讚道：「好姑娘！方才這樣躥山越澗的走法，腳程能跟得上你爹和老花子的，莫說你這樣的紅妝少女，就是武林健者，屈指細數，能有幾人？老花子向來不大說人好話，尤其是一干年輕後輩，不是見了人拘謹得像一條磕頭蟲，毫無骨氣，就是連毛手毛腳還未學到三成、兩成，便已目空四海。唯獨你和葛龍驤那小鬼，老花子看著真叫對眼。英雄俊拔、不亢不卑、威鳳祥麟，真是天造地設的一雙

兩好。這段姻緣，老花子要是不出點力，蒼天不滅我十年壽那才怪。我已看出你爹爹那個老怪物，已然千肯萬肯。老花子一諾千金，嶗山事了，必定上趙涵青閣，找諸一涵那老窮酸，要盅冬瓜湯喝。」

柏青青再也想不到，這獨臂窮神好端端的，竟當面鑼對面鼓的，要替自己做起媒來，兩朵紅雲剛上雙頰，獨臂窮神正色說道：「這樣又不好了，說正經話，害的什麼羞？哪一個能像老花子這樣，光為練功，就斷絕後代。你順著我的手看，左前方突出海中，燈光隱約的那座最高峰頭，便是大碧落岩。你葛師兄是否已陷賊巢，抑還未到，一探便知。你父女快來，老花子先行一步。」

話音落處，獨臂窮神柳悟非的身形，已在四、五丈外。

龍門醫隱父女，仰見那座大碧落岩，甚稱峻拔，高越群峰，並向海中突出。近岩頂一帶，燈光高低參差，隱約於叢樹之中，看來房舍竟不在少。二人此刻哪還有心流覽景色，龍門醫隱做事仔細，先把四周退路，略為打量，便要柏青青施展輕功，直撲大碧落岩。

二人趕到岩腳，獨臂窮神柳悟非已到半腰。陡然眼前黃光一閃，知是岩上守衛發現有人，用燈光照射。本意明攻，遂未理會，依舊攀登。說也奇怪，那燈光竟不再照，也無人加以阻擋襲擊。此時獨臂窮神蹤跡已杳，柏長青暗地搜查幾處房舍，所見俱是些四

惡徒眾下人，但個個神色安詳，似不知有人侵擾。

龍門醫隱眉頭一皺，向柏青青附耳說道：「獨臂窮神名震天下，既然千里尋仇，豈會一次即行罷手？四惡明知必有再舉，何以不加防範？實有可疑。固然知道來者必是武林中一流高人，徒眾動手，平白送死，樂得故示大方，也有可能。但必須防他們另有毒計奸謀，這峰頭寸土尺地，都無異虎穴龍潭，你不准離我身邊半步，免得我面對強敵之時，分神礙事。」

柏青青初生之犢，豈畏猛虎，口雖應諾，心頭未以爲然，舉手朝東一指，輕聲說道：「爹爹，那面那座高大廳堂燈火輝煌，何不前往一探？」

龍門醫隱順從愛女之意，雙雙飛身叢樹，隱蔽前進。到達離大廳丈許之處，恰好有一株參天古樹可以藏身，所以龍門醫隱就在此間暗觀動靜。但柏青青耳朵甚聰，聽出廳內談笑之人，有一女子在內，不時格格嬌笑之中，似有「葛龍驤」三字隱約入耳，這一來，她哪裡還能按捺，也不向龍門醫隱招呼，一個「俊鶻凌雲」，沖天便起，撲向廳房。

剛臨切近，突然自廳房簷下，黑暗之中，伸出滿頭亂髮的一張人面，正是那位獨臂窮神。柏青青見他早到，半空中猛提真氣，輕輕落下，龍門醫隱也已趕到。因怕屋面易被來往之人發現，三人一同藏身簷下，用足勾住屋椽隙間，將身倒掛，用舌尖慢慢濕透

紙窗，微微拱破。一看室內上首榻上，盤坐一個黑衣瘦小老頭，面容蒼白，似在運功；榻下几旁，卻分坐著一個道裝巨人，一個身穿百褶紅裙，年約二十七、八，貌相頗美的妖媚少婦。

榻上老頭向少婦說道：「四妹趕回再好不過，大哥今夜亦可回山。我等四人聚齊，柳老花子再來時，叫他好好地嚐上一嚐『五毒陰手』的真正滋味。」

窗外的龍門醫隱，在嶗山四惡之中，雖只會過大惡逍遙羽士左沖一人，但餘人形貌卻耳熟能詳，知道榻上老頭就是冷面天王班獨。老花子所言不差，班獨受傷果不大輕，聽他話音，若想元氣恢復如初，尚須數日。想至此間，已見那紅衣少婦追魂燕繆香紅，媚笑一聲，答道：「二哥，那柳老花子平素目空一世，但對我們兄妹尋隙，他倒也未敢過分大膽。據小妹所知，老花子還有幫手在後。洛陽龍門隱居的那個老鬼不知怎的，竟也跟來作怪。最可笑的，他們還有一個前行少年，叫做什麼葛龍驤的，才到開封，便被我路遇擒住。本想當時殺卻，偏偏無巧不巧地碰上了那位風流教主摩伽淫尼，千姐姐、萬姐姐地硬求得我將那葛姓小鬼，送與她銷魂幾日，採盡元陽之後，負責凌遲處死，提頭見我。此刻那葛小鬼，想來正在做那死前歡娛。仙霞嶺天魔洞中，定然無遮大會，欲死欲仙，參禪歡喜……」

說到此處，追魂燕倏然似有所覺，回身叱道：「窗外何人？夜入我大碧落岩，追魂

燕繆香紅敬迎大駕。」她這裏話方出口，窗外震天般的一陣哈哈狂笑，跟著砰然幾響，四扇窗框被老花子獨臂窮神柳悟非的掌力擊得木裂紙碎，四散飛揚。一個手執藥鋤的長衫便履老頭，正與柳悟非二人，當窗而立。

八臂靈官童子雨與追魂燕繆香紅，雙雙起立，手指來敵剛待發言，龍門醫隱身後突然轉出一個玄衣美女，柳眉倒剔，杏眼圓睜，一聲嬌叱，雙手一揚，兩蓬銀光針雨，分襲廳內三人。

三惡因龍門醫隱與獨臂窮神，均是武林中第一流俠義道中人物，動手過招，向來明面對敵，人既現身，絕不暗算。正待答話，哪裡防到還有這麼一位本來行事就隨心所欲，不顧江湖過節的嬌縱女俠。此刻聞得情郎噩耗，更是怒火沖天，見面便下殺手。兩蓬龍門醫隱十多年深山苦煉的透骨神針，宛如光雨流矢，把三惡身形一齊籠罩在內。

八臂靈官童子雨，運用內力輕功，連擋帶躲，雖然弄了個手忙腳亂，算是尚未受傷，但那位肇事根苗的冷面天王，卻一聲悶哼地吃了大苦。

原來童、繆二人，見柏長青、柳悟非在窗外現身，雙雙站起準備答話，躲避自然較易，冷面天王班獨則不但內傷未癒，又是盤坐在榻上用功。柏青青右掌中的一把透骨神針，整個的招呼了他。事出不意，如何閃法？萬般無奈，勉強提氣，左臂引袖一拂，打出一陣劈空強風，想把飛針震落。

不想龍門醫隱此針，乃是特爲除他兄弟而煉，專破內功真氣，厲害非常。柏青青真力稍弱，班獨袖風過處，倒也被他震落半數以上，但終是內傷未癒，功力不足，仍有四、五根神針透衣而入，俱中左臂，冷面天王微哼一聲，猛然離榻躍起。

龍門醫隱怕三惡驟下毒手，愛女難免受傷，伸手忙把柏青青拉回身後，戟指三惡，朗聲說道：「老夫十多年來遁跡深山，本已不問世事，無奈爾等所作所爲，過分傷天害理，神人共憤。這才與柳兄連袂北來，欲爲世人除害。今日左沖不在，班獨中我透骨神針，亦僅一日活命。剩下童、繆二人，不堪一擊，況我等另有急事待辦，姑且暫免刑誅。左沖歸時，可告以兩月之內，柏長青與柳悟非將再上嶗山，替天行道。」

龍門醫隱說完，見嶗山三惡均默不出聲，僅各把一雙兇睛，瞪得似要冒出火來。知道四惡縱橫江湖，何嘗受過這等欺凌，無奈眼前自忖力所難敵，只得強忍。江湖中除「武林十三奇」，近十年間，又出了兩個窮凶極惡人物，人稱「北道南尼」，「北道」名三絕真人邵天化，「南尼」就是適才繆香紅口中所說，仙霞嶺天魔洞的摩伽淫尼。

此人最善「素女採陽」採戰之術，葛龍驤竟然落在此尼手中，後果簡直不堪想像。仙霞嶺在閩、浙、贛交界之處，離此甚遠，必須星夜馳援，絲毫遲緩不得。倘或略有失閃，不但愛女必然痛不欲生，諸一涵及葛青霜面前，自己和柳悟非二人也無顏交代，哪裡還肯在此久留。何況萬一逍遙羽士左沖回山，一番惡戰，最少打上兩天才得解決。所

以趁嶗山三惡勢窮力蹙，蓄怒無言之際，拉住柏青青，朝獨臂窮神柳悟非互使眼色，一齊退去。

追魂燕繆香紅目送三人走後，銀牙一咬，頓足說道：「好！你們兩個狂妄老兒，姑奶奶叫你們跑趟冤枉長路，嚐嚐我那摩伽妹子『天魔妙舞』和『六賊銷魂蕩魄仙音』的厲害。」

說完，轉面對班獨問道：「聽柏長青老賊說得那等厲害，似非虛語，二哥覺得左臂傷勢如何？」

冷面天王班獨何等人物，一中透骨神針便知不妙，肩頭要穴早經自閉，主意業已打好，聞言一聲獰笑道：「幾根針傷，算得了什麼。愚兄一時大意致中暗算，我不把柳老花子和那女娃挫骨揚灰，難消我恨。三弟，把你身邊靈藥取出備好，為我止血。」

說完，翻手抽出壁上所懸長劍，追魂燕繆香紅一聲驚呼。劍光閃處，好狠的冷面天王，竟自行活生生將一條左臂，齊肩砍斷。八臂靈官童子雨聽二哥叫自己備藥止血，已知他要捨臂求生。龍門醫隱柏長青善者不來，所煉神針，既敢行前誇出大話，必非普通藥物能解，除此以外，確似別無法救。衡量輕重，遂未相攔。等他左臂一落，八臂靈官童子雨的一包上好拔毒生肌傷藥，立時敷上傷口，並即時爲之包紮。

班獨真不愧「冷面天王」之稱，自斷一臂，依舊神色自若，絲毫未變。包紮停當，

又服下兩粒靈丹，由童子雨、繆香紅兩人，陪回靜室安歇。童、繆也各自回轉所居之處，暫時不表。

再說龍門醫隱柏長青父女與獨臂窮神柳悟非三人，退下大碧落岩，趕回所住小店。一路之上，柏青青聽爹爹和獨臂窮神談話中，透露淫尼摩伽的各種狠毒淫行，芳心猶如刀絞。回店取得行囊，老少三人毫未休歇，連夜離開嶗山，撲奔閩、浙邊境。

往返奔馳，時已不早，行約六、七十里，已是翌日清晨，恰好路過一處集鎮。三人昨夜迄今，未進飲食，均覺腹餓，遂就一家小店略用早點。此處依然離海不遠，龍門醫隱遙眺海上翻騰巨浪，忽的心中似有所觸，回頭向獨臂窮神問道：「我雖然遁跡深山，約略似聞那摩伽淫尼，因所作所爲太犯江湖大忌，並也略爲忌憚我們這幾個老不死的，故而足跡向來不履中原，只在閩、粵一帶爲非作惡，怎的此次會跑到開封，向追魂燕繆香紅要起葛龍驤來？再者嶗山四惡列名武林十三奇，功力雖比你我稍遜，但數丈以內金針落地，亦當立覺，青兒輕功雖過得去，尚還未到飄絮無聲的最高境界，古樹騰身，落在廳屋，班獨等三惡在內，焉有不知？老花子你仔細思維，我們隔牆所聞，莫非有詐？」

獨臂窮神柳悟非，聞言怪眼連翻，略爲思索，猛的拍案叫道：「老怪物所言不差，

慢說尚未聽說摩伽淫尼到過中原，就是那追魂燕繆香紅，還不是天字第一號的萬惡淫婦。葛龍驤那等人才到她手內，會捨得送人？我們昨夜竟爲所弄，真正混蛋！由此推測，葛龍驤中途遇難，必定是真，人困仙霞，則係淫婦繆香紅『驅虎吞狼』的解圍毒計。此刻葛小鬼必然仍在嶗山，以他那副模樣，目前頂多受些風流罪過，性命決可無虞。何不來個將計就計？三惡知道我們已然被誘，遠赴仙霞，我們卻就在今夜，給他來個潛返嶗山，殺他個事出意外地措手不及。」

龍門醫隱父女二人同聲讚好，一齊仍從來路折轉嶗山。因爲此番決定奇襲，不再投店，就在山林之中歇息運功，到得黃昏，起身前往。哪知就這半日遷延，葛龍驤幾已陷入萬劫不復之境。

當夜秋月，分外清明。三人趕到大碧落岩，已見月光之下，岩頭有人影晃動，似在互相交手。不由足下加快，攀過山腰，已然辨出，正是柏青青朝思夕想的小俠葛龍驤，被八臂靈官童子雨、追魂燕繆香紅，兩個成名人物合手聯攻，一步一步地退向突出海中的一片絕壁之上，形勢危殆已極。

柏青青見魂夢相縈的心上人兒，危在頃刻，心急如焚，翻腕拔出背後長劍，奮力搶登。獨臂窮神與龍門醫隱，一個是生性嫉惡如仇，見嶗山雙惡八臂靈官童子雨、追魂燕繆香紅如此無恥，竟然合手欺凌後輩，不由得心頭發怒；一個是心疼愛婿，不約而同，

一齊提氣加功，與柏青青趕攀絕壁。

原來葛龍驤自與柏青青強忍情懷，長河分袂，一口氣疾行數里。再回頭望時，山環水折，已然不見伊人。連日兩意如膠，情分太重，不由得鼻頭一酸，雙目潤濕，呆立多時，才回頭上路。

這日來到開封，六代建都，頗多名勝。葛龍驤文武兼資，生性倜儻，又是初次涉足江湖，暗忖一路行來，腳程甚快，何況原與獨臂窮神約期兩月，先行趕往已夠小心，遇上名城勝蹟，略爲觀賞，也不至於誤事。

他到時本在下午，因意欲觀光，遂找家旅店，定了房間。一問店家，開封景色以龍亭鐵塔稱最。龍亭即北宋故宮遺址，似較著名，但到後一看，不過是些樓閣矗立，下接長堤，左右各有一片湖水而已，無甚可觀。自己幼處名山，此番經歷之「冷雲」、「天心」兩谷，又均係人間仙境，眼界看高，越發覺得俗景囂雜，徒令人厭。心內一煩，連鐵塔也未再去。回到店中，到店前附設酒樓之上，要來幾色店家拿手酒菜，自斟自飲。菜中一條黃河活鯉，一半煎炸，一半做湯，倒是極其鮮美。酒又甚好，魚鮮酒美，意方略解。

忽然樓梯聲響，走上一人，滿堂酒客全覺眼前一亮。葛龍驤座位正對梯口，抬眼看

去，只見來人是個二十七、八少婦，上下衫褲，均係一色紅綾所製，連一雙天足所穿，也是紅色蠻靴。全身紅得耀眼，相貌卻徐娘手韻，美得撩人。尤其是一對水汪汪的桃花俏目，滿室亂瞟，足令人色授魂飛，神迷心醉。

驟見之下，葛龍驤彷彿覺得有點面熟，像在何處見過此女。正在拈杯沉思，一陣香風過處，那紅衣少女已然走過葛龍驤身畔，有意無意地踩了他一腳，俏目流波，掩口一笑。這一笑，使葛龍驤突然想起，下午在龍亭潘楊湖的長堤之上，曾與此女對面相逢。在迭肩而過之時，也是這樣對自己盈盈回眸一笑，不想又在此間相遇。

此女神采不正，蕩逸飛揚，不知是何路數。

紅衣少婦姍姍走到葛龍驤隔座，面對葛龍驤，抬手一掠如雲秀髮，慢慢坐下。店家過來招呼，少婦也要了個活鯉兩做，自斟自飲。

葛龍驤忽然瞥見少婦鬢邊，插著一支紅色金屬小燕，製作精巧，栩栩如生。心中一動，想想好似曾聽師兄說過，這類紅色小燕，是位武林成名人物標記，但究竟是誰，卻一時想他不起。他心內思索，眼光自然而然又掃向隔桌，但突為紅衣少婦的一項動作所驚，臉上不由微微變色。

那紅衣少婦正欲舉箸挾魚，俏目微抬，恰與葛龍驤眼光相對。又騷媚入骨地蕩然一笑，螓首略晃，雲髻一偏，鬢邊那隻紅色小燕，「噹」的一聲，跌落樓板之上。少婦離

座彎腰拾起，重行插在鬢上。

這樁小事，別人看來平淡無奇，但葛龍驤行家眼內，卻已大有文章，並對這位紅衣少婦，益發加了幾分警惕之意。

原來那隻紅色小燕，就這樣從頭上往下輕輕一落，便已淺淺嵌入樓板。少婦二指箝燕，順手微拂，嵌痕隨平，只是那塊樓板當中凹了一塊，若不注意留神，並看它不出。這種內功勁力，分明已達借物傷人之境，葛龍驤怎不暗自驚嘆。何況這酒樓之上空座甚多，這紅衣少婦單與自己相鄰，一雙勾魂攝魄的冶蕩秋波，更是不時送媚。剛才顯露一手上乘內功，用意難測。自己莫要為了這一耽延，惹上些事，可犯不著。匆匆飯罷下樓，略為流覽街市，便轉回旅店，準備早些歇息，明晨趕路。

但葛龍驤一到院中，便覺有異。自己房內燈光明亮，室門虛掩，好似有人在內。推門一看，更是愕然。自己床上坐著一人，竟是那位兩度相逢的紅衣少婦。

少婦見葛龍驤回轉，自床上盈盈起立，瓠犀微啓，媚笑迎人，曼聲言道：「湖堤酒館，兩接光塵。公子器宇風華，翩翩濁世！賤妾一見即難自已。冒昧過訪，可嫌唐突？」

葛龍驤莫說是見，連聽都未聽說過，一個青春少婦，竟貪夜坐在陌生男子的房中床上。紅衣少婦的姿容不惡，但他心頭腦海全為柏青青清麗絕俗的倩影所佔，只覺得眼前

紫電青霜

此女媚態憎人。但人家滿面堆春，笑靨相向，想翻臉斥責，也自不好意思。故而口中囁嚅，竟自答不上話。

紅衣少婦見他這般神態，莞爾笑道：「如賤妾眼力無差，公子尚具武家上乘身手。尊師何人及公子姓名可否見告？公子如此倜儻人物，煢煢無伴，客館孤衾，不嫌寂寞麼？」

葛龍驤見這少婦，如此蕩檢逾閒，出言竟自露骨相挑，簡直越來越不像話。心中有氣，聽她看出自己會武，問起師門，心想憑她酒樓顯露的那手功夫，必是武林中哪位成名人物，乾脆打出恩師旗號，使其知難而退，豈不免得糾纏。當下莊容答道：「在下葛龍驤，家師衡山涵青閣主，上一下涵。男女有別，黑夜之間諸多不便。姑娘如無要事，可否請回，明日有緣相晤，再為請教如何？」

紅衣少婦明明聽葛龍驤自報係諸一涵門下弟子，竟似未聞。見他出言逐客，絲毫不惱，用手略整衣襟，依舊滿面堆歡。俏目一瞟葛龍驤，媚笑得越發銷魂蝕骨，慢慢說道：「好一副風流相貌，想不到竟配上個鐵石心腸。公子你說得好，『有緣相晤』，這『緣』之一字，奇妙無倫！求之不來，推之不去。今夕無緣且散，但看公子這勁節清貞，能堅幾日。」

說完，少婦雙肩微晃，身已出門，留在屋中的只是一片氤氳香氣。

葛龍驤跟蹤追出，空庭渺渺，已不見人。不由一身冷汗，暗想此女不但內勁驚人，這手輕功分明又是極上乘的「移形換影大挪移法」。

憑她這樣年齡，遍想武林中人俱無此等功力。聽她行時言語，恐怕免不了一場滋擾，還是趕緊歇息，明日絕早離開這是非之地為妙。

回到屋中，因被這不知來歷的紅衣少女攪得心煩，見桌上放有冷茶，一連喝了四、五杯，便即安睡。

葛龍驤下山以來，雖然屢有奇遇，功力大增，但吃虧的是江湖上險詐風波，經歷太少。那少女鬢邊所簪紅燕，是件有名標記，武林中人多半見之喪膽，他卻未曾識出。人家先入屋中相待，蓄意挑情，怎會經自己稍一推拒，便即走去。也不仔細思索，有無可疑之處，冒冒失失的幾杯冷茶下肚，幾乎把一生清白和名門威望，斷送得乾乾淨淨。

一夢初轉，葛龍驤只覺得鼻端濃香馥郁，身下也似錦衾羅褥，綿軟香滑。哪裡還是開封旅店之中那些硬床粗被光景，頭腦間也覺微微暈眩，好似宿醉未醒，不由大吃一驚。慌忙睜目一看，身臥牙床錦帳以內，室中繡幕珠簾，分明女兒閨閣。開封所遇紅衣少婦，此刻簪環盡卸，雲髮垂肩，正側坐床邊，滿面媚態，含情相視。

身上除了一襲粉紅輕紗，竟似別無衣著，葛龍驤哪敢再望，把腰一挺，剛待躍起，忽覺功力竟似消失，全身癱軟，僅手足略能輕微轉動。這一驚非同小可，不由汗出如

雨。

少婦微微一笑，輕抬藕臂，用香巾替他擦去額間汗漬。這一回身相向，越發真切。紅紗之內果然寸縷皆無，膚光細緻，一雙溫香軟玉的新剝雞頭，隱約顫動，嚇得葛龍驤趕緊閉上雙目。少婦噗哧一聲笑道：「公子，我說如何？前夕無緣，今宵緣至！人生朝露，逝者如斯，不趁著年少青春，追歡作樂，尚復何時？食色人之大倫，何必裝出這副道學相來。你不要以爲你是名門弟子，而把我當做了下三濫的蕩婦淫娃。老實告訴你，我與你師父諸一涵，一同名列武林十三奇，此番見你生情，想來真是緣法。你打聽打聽，哪一個男子敢像你這樣對我違拗，不早已在『追魂燕』下作鬼。」

葛龍驤瞠目叫道：「你是嶗山四惡中的追魂燕繆香紅？」

少婦笑道：「繆香紅就繆香紅，何必加上四惡，你儘管放心，雖然傳說嶗山四惡，手毒心狠，但柔情一縷，能化百煉精鋼，對你卻絕無惡意。繆香紅行年四十，閱人無數，非從即殺。即從我之人，也頂多三度，便採盡元陽，癆瘵而死。但此番對你確動真情，非等意投，絕不強迫。你在開封服我鎖骨迷陽妙藥，除非在十日之內，陰陽開闔，二五真精妙合而凝以外，永遠癱瘓無法解救。那藥一醉五日，此地已是山東境內。你不必胡思亂想什麼脫逃之方，安心在我這『怡紅別苑』小住些時，先行見識見識，等你徹悟人生真趣所在，俯首稱臣，稍嚐甜頭，我再帶你回轉嶗山大碧落岩，傳授水火相調、

互易元精、駐顏長壽的無上妙法。」

葛龍驤一聲呸道：「賊淫婦！你死到臨頭，尚不自覺。龍門醫隱柏長青與獨臂窮神柳悟非兩位武林奇俠，已然連袂同上嶗山，要爲天蒙三僧和無數屈死鬼魂索命。小爺前站先行，不想誤中你這賊婦迷藥。堂堂磊落男兒，寧死不污。任憑你舌上生蓮，妄圖苟合，那是休想。葛龍驤別無他言，但求一死。」

追魂燕繆香紅格格笑道：「你這種鑽牛角尖的話，早已在我意中。休看你此刻嘴強，繆香紅如若無法擺佈像你這樣的人兒，還稱的是什麼世間第一淫女。柏、柳兩個老賊，活得太不耐煩，竟敢闖我嶗山生事。蒙你先期相告，足感盛情。我此刻就帶你同返嶗山，安排巧計，把兩個老厭物解決之後，再行無憂無慮地快活他個天長地久。」

葛龍驤情急之下，口不擇言，機密盡洩，方在痛悔，繆香紅玉腕揚處，一條綠色手帕在他鼻端微拂，濃香刺腦，又失知覺。

追魂燕繆香紅雖出狂言，但聞得龍門醫隱與獨臂窮神，這兩位被綠林奸邪目爲煞星的當代奇俠，竟連袂同赴山東，來找自己兄妹們的晦氣，哪得不暗暗驚心。用迷香帕把葛龍驤再度迷昏之後，立時帶他同返大碧落岩。

她這「怡紅別苑」離嶗山老巢，約有兩日多的路程，趕到之時，恰好就是龍門醫隱父女與獨臂窮神三人，往探嶗山的當日下午。

繆香紅先把葛龍驤安頓在自己所居的「萬妙軒」內，然後往見冷面天王和八臂靈官。此時班獨受獨臂窮神的掌傷未癒，聽繆香紅得訊，龍門醫隱亦將來此，心想這幾個老鬼名不虛傳，一個老花子柳悟非，差點兒就把大碧落岩鬧了個天翻地覆，倘若再加上一位蓋代神醫武林大俠，簡直令人皺眉。但總以爲柳悟非與自己同樣受傷，縱或稍輕，復原總得幾天，能拖到大哥逍遙羽士左沖回山，人手便足應付。遂吩咐徒眾，小心瞭望，發現生人探山之時，立即稟報，不准出手攔截，功力相差過遠，平白送死。

哪知當晚便獲報獨臂窮神柳悟非，偕同老頭、少女二度犯山。

冷面天王班獨聞報暗自心驚，日前與老花子柳悟非硬拚內力，自己受傷頗重，他怎的這麼快復原？同來老頭想是龍門醫隱，少女雖不知名，既然敢上嶗山，必非弱者。大哥向來輕不外出，此時恰好離山，三弟、四妹恐非醫、丐二人敵手，這大碧落岩今夜只怕是凶多吉少。

追魂燕繆香紅，見班獨聞報沉吟，濃眉緊皺，知他愁急來敵過強，眼珠一轉，微笑說道：「二哥不必愁急，怎的忘了我們兄妹所訂信條：『遇弱逞強，遇強施智！』柳老花子既然傷得二哥，再加上柏長青老賊，我和三哥料難取勝。但他們有個先行小鬼，叫做什麼葛龍驤的，被我路遇搶來。此人乃衡山諸一涵門下弟子，料那醫、丐兩個老鬼，

看得必重。二哥、三哥但放寬心，少時如有動靜，可裝作不知，隨著小妹口風答話。就在這葛龍驤身上，小妹要略施妙計，使那兩個老不死的，平白無端地跑幾千里冤枉長路，並還樹下強敵。好騰出一月、半月時光，找尋大哥商議報仇良策。」

剛剛話完，屋上極輕一響。繆香紅口角哂笑，話題突轉，把葛龍驤當做香餌，揑造了一番無中生有的危語虛言，故意讓隔窗三人，入耳驚心，好中她這條嫁禍江東的緩兵妙計。

果然柏、柳二老，心急葛龍驤安危，暫撇來此目的，把必勝之機輕輕放過。但那三不管的玄衣龍女柏青青，卻憋不住芳心震怒，兩把滿天光雨的透骨神針，終於使冷面天王自斷一臂。

繆香紅把冷面天王班獨送回居室，別過童子雨，踅回所居「萬妙軒」中。邊走邊自暗暗盤算，仙霞嶺天魔洞離此千里迢迢，摩伽淫尼一身詭奇邪功，又極不好惹，柏、柳等三人此去，再順利也非十天半月可以回程。在此期間，不但禦敵之事可以從容籌畫，葛龍驤那隻入口的綿羊，還不是聽憑自己恣意擺佈。

她自見葛龍驤那種俊朗丰神，對一干其他面首均已味同嚼蠟，且葛龍驤越是倔強，繆香紅越覺有趣，立意勾動情懷，使他自行就範，一嘗甜頭之後，哪怕他這種血氣未定的少年不俯首貼心、鞠躬盡瘁地一世臣服。

繆香紅本來夜不虛夕，此刻一來遠道回山，再經過那場提心吊膽的一關，略覺勞累；二來準備次日以全副精神，引誘葛龍驤入彀，竟自無興淫樂，早早歇息。

次日午後申牌時分，追魂燕繆香紅問過班獨傷勢，在軒中密室，端了幾樣精緻酒菜，與葛龍驤相對同飲。葛龍驤雖然手足均未束縛，但全身筋骨痠軟，走不上三、五步，即覺疲不能支。他怕酒中下有春藥之類，一滴不敢沾唇，菜也不吃，就像一尊木偶似的，與繆香紅默然相對。

繆香紅見他這副傻相，竟自越看越愛，嬌紅上頰，春意盎然。移椅和葛龍驤雙雙並坐，一伸玉臂，把他摟入香懷，先朝頰上親了兩口，然後一噘櫻唇，丁香微吐，竟把酒菜等物一口一口地哺將過去。

可憐葛龍驤，空自急得全身顫抖，但欲抗有心，相拒無力，只得隨人擺佈。

果然未出所料，酒中有異。幾口度過，葛龍驤漸覺百脈賁張，一股熱氣自丹田騰起，心動神搖，幾乎不堪自制。但不老神仙諸一涵，這位武林第一奇人所親手調教的弟子，畢竟不凡，在這一念便分人獸之間，居然還能咬緊牙關，把剛剛爲藥物引得升騰的那股慾念，硬用本身真靈苦苦克制，慢慢地外慾漸消，神明稍復。

追魂燕繆香紅一陣銷魂笑道：「好小鬼！想不到你還真有兩套。也罷，今天索性讓你開足眼界，大大地見識一下。」說罷，推開葛龍驤，盈盈起立，竟然自解羅襦，輕分衣帶起來。

霎時間，外衫盡卸，只剩下一件貼體褻衣。葛龍驤心頭直如千百小鹿，騰騰亂撞，不住地暗唸「阿彌陀佛」，愁急眼前這關「胭脂地獄」，是怎生闖法。

猛然追魂燕繆香紅玉手一揮，身上最後的那件貼體紅羅肚兜，也已飛出屏風之外，完全肉身相見。她雖年過四旬，但精於採補，有術駐顏，一身肌膚依然欺霜賽雪。胸前一對雞頭軟肉，堆酥凝脂，挺秀豐隆。腰細臀肥，粉彎雪股，再一蓄意扭動相挑，乳顫臀搖，淫情萬種。試問古往今來，多少豪俠英雄，能有幾人過得這種美人關口。

葛龍驤低眉垂目，哪敢仰視。繆香紅見他這般情態，知道功成不遠，蕩笑連聲，把個精赤條條、一絲不掛的嬌軀，縱入葛龍驤懷中，一面親熱糾纏，一面替他寬衣解帶。

葛龍驤本在強用真靈克制慾火，哪裡還禁得起繆香紅這樣一鬧，真靈頓弱，慾火重燃。情知力已用盡，魔劫難逃。不但恩師清望威名和十九年教養辛勞，毀諸一旦，龍門醫隱、獨臂窮神二老對自己的深切期望，和柏青青的刻骨深情，也將轉瞬成空。自己早就想一死以存清白，但周身無力，求死都難。霎時間內外慾火，只一交煎，靈明盡泯，必然永墜欲海，萬劫難超。心中焦惶無計，猛然一口嚼碎舌尖，一陣徹骨奇痛，靈明恢復不少。「呸」的一聲，連血帶水，吐了正在懷中百般獻媚的追魂燕繆香紅，一頭一臉。

繆香紅知道葛龍驤力絀計窮，被春情慾火煎熬得難以禁受，蓄意激怒自己，以求一死，哪肯讓他如願。絲毫不惱，嗤的一笑，自葛龍驤的懷中躍起，走到几旁拿了小槌，在一個金鐘之上，「噹噹噹」地連敲三下。過不多時，屏風後走進一個精壯大漢，繆香紅把手一招，大漢三把兩下脫光衣履，二人竟然就在葛龍驤眼前，胡天胡地，佈起淫席。

葛龍驤哪裡見過這等風流陣仗，慌忙掉頭卻顧，強攝心神，就在椅上學起佛家禪定來。

他主意倒是打得不錯，無奈道高一尺，魔高一丈。他這裏雜念猶未摒清，天人正在相戰之際，榻上二人已入妙境，不但鳳倒鸞顛，窮形極致，並且漸從有色轉到有聲。繆香紅自稱「天下第一淫婦」，那種助興春聲，哪得不至淫至穢，銷魂蝕骨。

聲色交迫，葛龍驤萬事全休，四肢百骸，慾火齊騰，一點真靈已然消失乾淨。一睜雙目注定榻上二人妙相，兩頰燒得飛紅，手扶椅背，顫巍巍地，似要掙扎站起，撲向榻前。

繆香紅媚笑說道：「我道是諸一涵教出來個什麼樣的鐵漢金剛，真能色相無侵，元精不洩。原來也不過就只能禁得起這點陣仗。蠢傢伙！小公子春情正熾，你任務已完，還不快滾。今日念你有功，姑且免吸元陽，饒你多活三日。」

好狠的繆香紅，玉腿一抬，把那正猴在身上，難解難分的赤條條大漢，一下踢飛丈許，摔在地上，半天才慢慢喘息掙扎，爬出室外。

葛龍驤此刻心熱如焚，目紅似火，就渴望著繆香紅來和自己好合追歡。

繆香紅狠就狠在這裏，饅頭已然到口，偏還不吃，伸手一擰葛龍驤面頰，笑道：「先前胃口被你吊足，此時也讓你這小鬼忍一會饞。爲了讓你見識見識，鬧了這一身風流大汗，怎好相親？等我沐浴一下，洗掉剛才蠢貨的那身髒氣，再來和你這小冤家，消消停停的，細味陰陽妙訣和人生真趣。」

話完，風情萬種，扭動赤條條的嬌軀，轉入屏後小間。霎時水聲蕩蕩，已然入浴。

六　危崖撒手

葛龍驤慾情火熾，心癢難熬。繆香紅這一走，真恨不得找件東西咬上幾口，方能解氣。四周一望，忽然看見自己所用長劍，和天蒙寺住持悟靜大師所贈的那根降魔鐵杵，俱在東牆几上。

嶗山四惡到底不同尋常賊寇，繆香紅這間密室佈置得頗爲精雅。雖然室中淫惡無邊，但四壁陳設亦有書畫等物點綴。那放置葛龍驤杵、劍的幾間壁上，就掛著一幅墨荷，用筆甚高，神韻生動。

葛龍驤一見這幅墨荷，靈光一點，復現心頭，暗暗罵聲自己該死。廬山投書之時，冷雲仙子葛青霜，曾令師妹谷飛英採來「雪藕金蓮」款待自己，告以雪藕只是好吃，蓮實卻是七年一結，異種仙根，功能祛毒清心，極爲名貴。共賜三粒，除當時服食之外，尚餘兩粒在身，也許對繆香紅暗害自己的那種鎖骨迷陽毒藥，具有克制之效。怎的歷盡艱危，竟未想起一試，忙自貼身取出一顆。因爲這是最後希望所寄，是否沉淪慾海，在

此一舉，遂戰戰兢兢服下。

果然冷雲仙子所賜靈物，效用非凡。葛龍驤滿口苦澀回甘之後，慾火頓清，藥毒竟解。一試四肢雖仍痠痛，屈伸已是自如，真氣雖然甚弱，也能提用，簡直喜心翻倒。一聽屏後水聲仍響，悄悄起立，取回降魔寶杵，插入身後，長劍卻藏在所坐椅側，人則藉這片刻光陰，調息凝神，培元固本。

過有片刻，蘭湯息響，追魂燕繆香紅春滿眉梢，依舊是袒裎裸裼，未著寸縷，僅在身外加上一襲淡綠色的蟬翼輕紗，自屏後姍姍轉出。葛龍驤心頭又是一陣狂跳，面上卻竭力矜持，未露絲毫神色！中指、拇指暗暗相扣，把全身真氣貫注指尖，師父絕技「彈指神通」，已然預行準備應用。

追魂燕繆香紅在開封旅店之中，下在茶內的那種迷陽妙藥，確實連她自己也無藥可解，所以不但未防葛龍驤脫逃，連他所用杵、劍也未收起。剛才爲挑逗葛龍驤情慾，與大漢的一翻糾纏，宛如隔靴搔癢，越加勾動淫興。此刻蘭湯浴罷，綺念更殷，恨不得拿一碗水，把葛龍驤夾生吞下，才覺快意。

她一心只在追歡淫樂，東壁几上的杵、劍已無，竟未在意。走到葛龍驤面前，故意賣弄風情，嬌軀滴溜溜的一轉，那件淡綠色的蟬翼輕紗，宛如蝴蝶飛舞，飄起半空。玉腿時蹺，柳腰款擺，乳波臀浪，再加上寶蚌含珠，張開翕合，妙相畢呈，表演了一套天魔豔舞。

葛光驤此時靈明早復，這種無恥醜態，哪裡還能對他有所效果，冷笑一聲，雙目開處，精光四射。繆香紅到底行家，方出之時，爲慾念所迷，未有所覺。此刻已然暗訝葛龍驤臉上怎的已復常態，不是方才那種被內火煎熬的桃紅顏色，再一眼瞥見他手上拇、中二指互掐，不由更吃一驚。但仍以爲自己鎖骨迷陽妙藥，葛龍驤無法自解。剛把豔舞一停，還未喝問，葛龍驤猿臂伸處，中指一彈，一道疾猛罡風，直襲追魂燕繆香紅的丹田要穴。

繆香紅作夢也未想到，葛龍驤身邊竟然藏有「金蓮寶」之類靈藥。自從用計騙走龍門醫隱父女和獨臂窮神之後，十拿九穩地把葛龍驤當做了網中之魚、口邊美食，所以對這種突然發難，毫無所防。何況葛龍驤這幾天來，受足了骯髒惡氣，早已恨透此女，立意除卻。

「彈指神通」先發，人卻隨後站起，抄過几旁長劍，低喝一聲：「淫婦納命！」罡風直襲繆香紅丹田。她此時周身赤裸，淫情方熾，臨時驚覺提氣閃避，已自不及。想必是惡貫將盈，葛龍驤所發「彈指神通」，無巧不巧地正中她那不便之處。

追魂燕繆香紅悶哼一聲，柳眉緊蹙，眼光滿含怨毒地盯了葛龍驤一眼，身軀一扭，閃入屏後。

葛龍驤哪知這名震江湖的嶗山四惡，此時實力已然大損。功力最強的逍遙羽士左沖外出未歸；冷面天王班獨，不但身受獨臂窮神掌傷未癒，還被柏青青打了一把透骨神針，自斷一臂；只剩下童子雨、繆香紅二人；而繆香紅也身負重傷，暫難對敵。

他知道身處龍潭虎穴，師父「彈指神通」確爲武林絕學！剛才臨近發難，竟仍然未能將追魂燕繆香紅立斃指下，心懾敵方威勢功力，哪裡還肯追擊，但求脫身，尋得柏、柳等人，再作計議，所以見繆香紅退入屏後，也自雙足一點，穿窗而出。

但他地形太生，三轉兩轉，退路尙未找到，八臂靈官童子雨已然得訊追來。巨大的身軀由半空飛撲而下，「五毒陰手」劈空掌力，化成一股腥毒狂飆，宛如排山倒海，當頭壓到。

葛龍驤連日爲藥物相侵，周身疲軟。雖然仗冷雲仙子所賜蓮實，解毒清心，功力總比平時要打上一些折扣。見這八臂靈官童子雨掌力雄猛沉渾，不敢硬接，轉身滑步，用了一招獨臂窮神柳老花子，在秦嶺所傳的龍形八式「神龍戲水」，身軀一晃，脫出了八臂靈官童子雨，凌空下擊的威力圈外。

童子雨下午被柏、柳二老鬧得強忍的滿腔怒火，此時要想全部發洩，見葛龍驤不敢接招，得理之下，哪肯讓人。雙掌連揮，回環追擊。只聽得掌風勁急，呼呼作響，沙飛石走，葉落木搖。好強的威勢！直迫得葛龍驤憑藉著一身超絕輕功，閃展騰挪，一再退避。

葛龍驤連躲一十七掌，不由被他追得心頭火發，劍眉雙挑。心中暗忖：「大丈夫寧教人死，也要名存。憑恩師在武林中所樹威望，門下弟子如此膿包，豈不羞煞。任憑你嶗山四惡有通天徹地之能，大碧落岩是鬼泣神愁之地，葛龍驤拚著一身骨肉，也要鬧你個天翻地覆。」

他主意打定，此時正好又是轉身退避八臂靈官童子雨的急勁掌風。雙足剛一點地，用一個「細胸倒翻雲」，凌空倒縱三、四丈高，反而竟落在八臂靈官童子雨的身後。左手劍訣一領，猿臂長伸，掌中青鋼長劍「穿雲捉月」，刺向八臂靈官後腦。

葛龍驤這種反擊身法，用得極其巧妙，童子雨也自驚心，側身旁竄，閃過來劍，葛龍驤把握機會，反客爲主，冠冕武林的「天璇劍法」盡情施展，一柄青鋼長劍，點刺劈斫，光密如幕，招術更是神奇莫測。起手十招之內，八臂靈官童子雨這等成名人物，竟也被他弄得有些手忙腳亂。

三十招過後，彼此扯平，一個憑藉深厚功力，一個仗著精妙劍術，相持不下。但到將近五十招時，「萬妙軒」方面，一條紅影如電掣風馳一般趕到。追魂燕繆香紅一身紅色緊身勁裝，成名兵刃兼暗器的追魂十二燕所連成的長鞭，盤在腰間，銀牙緊咬，臉色鐵青，一照面，就照定葛龍驤劈空連擊三掌。

武技之道，稍差毫釐，便分勝負。葛龍驤天分再高，遇合再好，也禁不住這兩位武林十三奇中人物，合手聯攻。本來的扯平局面，一經繆香紅加入，立時急速逆轉。不到十招，手中長劍先吃八臂靈官童子雨，一掌震飛，跟著胸前又挨了一下繆香紅的「五毒陰手」。

若不是那件蓋世奇珍「天孫錦」貼體護身，腑臟早被震碎。

追魂燕繆香紅真想不到葛龍驤能有這高功力，兩個前輩成名人物，合手對付這麼一個年輕後生，竟還不能輕易得手，未免太覺難堪。自己適才被他「彈指神通」正中要害，差點當時殞氣。略爲服藥調息之後，此憤難平，這才負傷追出。不想好不容易趁他兵刃脫手疏忽之際，當胸打了他一掌「五毒陰手」，誰想僅僅將其震退幾步，仍自無妨。不由羞怒到了極處，厲嘯一聲，頭上青絲根根倒立，人如拚命一般，瘋狂進撲。八臂靈官童子雨也自雙臂一振，全身骨節山響，把內家重手盡情施爲。

童、繆二人這一竭力進攻，葛龍驤哪還能抵擋得住，只得邊戰邊退，一步一步地，被八臂靈官童子雨和追魂燕繆香紅，慢慢逼到突出海中的那片危岩絕壁之上。

葛龍驤身臨絕境，脫逃無望，心膽反而一壯，立意把這嶗山大碧落岩，當做自己的葬身之地，不再退避躲閃。長劍既失，索性施展獨臂窮神的看家掌法「龍形八式」，並不時雜以「彈指神通」，避強就弱，不和八臂靈官童子雨相對，卻單找追魂燕繆香紅硬

打硬接。

繆香紅適才在「萬妙軒」中，挨的那一下「彈指神通」，著實不輕。現在動手之中，每一提用真氣，血海氣海之間，覺得難過已極。

葛龍驤這一捨命相撲，真還幾次險些攔截不住，被他衝過身旁，逃往峰下。

葛龍驤元氣新復，對戰兩名高手，支持之久，已自不易。暗忖再鬥片刻，自己真力一竭，還不是死？落在這兩個蓋世魔頭手中，不知要受多少折磨。何如趁早自行了斷，以保師門清白。

動念之間，身形已被逼到絕壁邊緣，退無可退。危岩百丈之下，就是浩瀚汪洋，惡浪山立。葛龍驤此時本已拿定主意，甘做波臣。方待拚竭最後功力，以作一擊，倘若不能傷敵，即行跳海，但眼角瞥處，龍門醫隱父女、獨臂窮神柳悟非三人，正從峰下如飛趕來。

柏、柳二老已是葛龍驤心懸人物，玄衣龍女柏青青在他腦中，更是夢寐未離。絕望之時，驟見親人，如何不喜？可憐葛龍驤就這心神一分，胸前連中追魂燕繆香紅虎撲雙掌，活生生地被她震出丈許，打下危岩，直落千尺鯨波之內。

但葛龍驤臨崖下墜之時，也竭盡餘力，十指齊彈，銳嘯罡風，直襲那一招得手快意殲仇，正在洋洋得意的追魂燕繆香紅的周身上下。

追魂燕繆香紅連日為葛龍驤英姿所醉，確實勾動真情，但用盡心思，終成畫餅。反而吃了一個啞巴大虧，不由得由愛轉恨，恨入骨髓。好不容易趁著葛龍驤驟見柏青青等來援，喜極分神之際，用虎撲雙掌把他震下危岩，心中大快之時，卻未防到葛龍驤垂危反擊。「彈指神通」的罡風到時，未免倉皇失措。頭面等處雖然躲開，但無巧不巧正在傷上加傷，小腹下一陣痙攣，疼得個追魂燕繆香紅手按丹田，嬌容變色，腳下踉蹌，幾乎站立不穩。

就在這葛龍驤危岩撒手，繆香紅再度受傷的剎那之際，三條人影已如疾電飄風般躍上峰頭。

追魂燕繆香紅一見龍門醫隱與獨臂窮神，並未中自己嫁禍江東緩兵之計，遠赴仙霞，便知不妙。趕緊一把靈丹噙入口內，暫緩傷痛，勉固中元，與八臂靈官童子雨二人凝神待敵。

玄衣龍女柏青青，眼望情郎懸崖撒手，從百數十丈高處，墜入千尺鯨波，夙願成空，肝腸痛斷。一劍當先，奮不顧身地從半空直撲繆香紅而下。童子雨見繆香紅受傷甚重，柏青青來勢過於凌厲，怕她難以應付，雙掌一推，一股腥毒狂飆，從橫刺裡猛截柏青青，代繆香紅先擋一陣。

龍門醫隱心目中的愛婿、獨臂窮神的忘年小友，遽然凋逝，哪得不黯然神傷，對嶗

山四惡越發不能容得！見童子雨發掌暗算，齊聲斷喝，「少陽神掌」和「七步追魂」雙雙出手。

八臂靈官童子雨，日前與冷面天王班獨合戰獨臂窮神一人，尚未討得半分便宜，此時兩位蓋代奇俠聯合出手，哪裡還能相比。勁氣狂飆略一交接，柏、柳二老神色不變，八臂靈官童子雨那巨無霸的身軀，卻被震出五、六步遠，耳內雷鳴，心頭震盪。

柏青青根本未理童子雨會否從旁偷襲，依舊把長劍化成一片寒星，照準繆香紅當頭下擊。繆香紅足下微動，退出丈許。一看周圍形勢，面色突變，探手腰間，嘩啦一響，十二隻追魂燕所綴成的軟鞭，已然摘在手中，向那八臂靈官童子雨出聲喝道：「三哥速退！」

柏青青此時悲憤填膺，目眥俱裂。縱身又待前撲，身旁疾風颯然，肩頭被自己爹爹一把按住，溫聲說道：「青兒稍安勿躁。嶗山雙惡宛如魚在網中，絕難逃走，爹爹必然讓你如願，手刃此女。但她追魂十二燕，成名甚久，霸道已極，未破之前，不可魯莽，且隨在你柳伯父和爹爹的身後。」

獨臂窮神柳悟非也已趕到，站在龍門醫隱右側。八臂靈官童子雨也與追魂燕繆香紅會合一處。

追魂燕繆香紅把追魂十二燕所綴軟鞭，一分為二，分提左右兩手，面對柏、柳三

人，一聲冷笑道：「碧落岩頭，想不到今宵連發利市。那妄自尊大的老鬼諸一涵的得意弟子，被我『五毒陰手』擊下懸崖，你們這兩個老厭物，偏又不中老娘妙計趕往仙霞，卻回來送死。俗語說得好：『閻王注定三更死，絕不留人到五更！』想是你們運數已終，壽元當盡，正好把無故攪鬧我大碧落岩及傷害我二哥之仇，在老娘的追魂燕下，一齊清算！」

這繆香紅詭譎無倫，追魂十二燕已在手中，本應早發，但她自覺服下那麼多靈丹，小腹之間，只由劇痛轉爲陰疼，時時痙攣，真元依然極弱。遂藉著對方警戒自己成名絕技之時，故意拿話拖延，暗察體內傷勢。

一席話完，繆香紅萬念俱灰，知已生存絕望。不老神仙諸一涵震壓武林的「彈指神通」，果然不同凡俗。自己丹田要害兩度受襲，內臟已毀，不過倚仗數十年內外潛修的上乘功力，暫未發作而已。此命既休，當然孤注一擲，倘能僥倖，立斃敵人，苟延殘生，或有萬一之望！登時一張俏面之上，滿佈慘厲。左右手同時一揚，追魂鐵燕聯翩飛起，由合而分，迴翔飄蕩，從東、西兩方，齊向柏、柳三人襲到。

她這追魂鐵燕，向不輕發，經常是連綴一起，當做兵刃使用。鎖、打、纏、拿，別具神妙！分用之時極少，最多一次也只發過三隻，對方即已喪命。像今日所用這種「六六齊發，追魂奪命」的手法，是她壓箱底的看家本領，生平尚未用過。這追魂燕，

係用百煉精鋼打造，製作極巧，用內力借勁發出，能在空中迴翔甚久；燕口之內，並藏有淬毒牛毛細針，等到敵人身側，飛燕互一激撞，燕口自開，毒針電射；又不像普通暗器，有固定方向路線，端的防無可防，避無從避。繆香紅因生死關頭，在此一舉，十二燕左右騰空之後，猶怕無功，跟著又是七粒迷魂香彈，連珠發出。

龍門醫隱柏長青，自識透繆香紅的嫁禍江東詭計，二次再撲嶗山，蓄意殲兇，已與獨臂窮神柳悟非，計議妥當。知道憑真實武功，八臂靈官和追魂燕二人，就連班獨算上，仍非己方敵手。

所需戒備的，就是他們那些不登大雅之堂的下三濫陰毒暗器之類。尤其是薰香迷藥等物，往往使人有力難施。倘幸柏長青是蓋代神醫，囊內豈無解藥？上峰之前，連柏青青等三人均已吞服，對繆香紅的追魂十二燕，也想出了剋制之法。

此時見繆香紅情急拚命，一上手就使出了看家本領——追魂十二燕，左六、右六齊齊騰空，正化成兩蓬燕陣，直襲三人，只等當頭聯翩互撞，燕口機括一開，飛針暴射，兩、三丈方圓之內無可遁逃，再高功力也難免傷損。

但柏、柳二老，並未低估敵人，成竹早已在胸。飛燕一起，便將頭互點，東、西分向而立，各自專對一方。玄衣龍女柏青青手中也扣了三根透骨神針，防範那八臂靈官童子雨，趁二老專心破那追魂十二燕之時，暗行偷襲。

獨臂窮神柳悟非面西而立，氣貫周身，功行獨臂。眼看繆香紅左手所發的追魂六燕，迴環飄蕩，電掣而至，猛的大吼一聲，滿頭短髮，根根倒立，把內家劈空掌力「七步追魂」盡力施爲。那些追魂鐵燕，本來是不能接、不能擋，而又不易躲的極其厲害暗器，此時卻在離身丈許之外，就被老花子的奇勁掌風震飛。來一隻，震一隻，老花子柳悟非貫足全神，不使一隻漏網。根本就不允許那些追魂鐵燕東西相撞，燕口噴針。這一來繆香紅的撒手絕招，遂失靈效。

那邊的龍門醫隱更是來得輕鬆，一根鐵竹藥鋤，好似具有無窮吸力。揮動得並不迅疾，只是極其輕慢、徐舒地在空中畫著太極圖似的圓圈。說也奇怪，那些上下飄翔、飛舞的追魂鐵燕，只要一入龍門醫隱鐵竹藥鋤所畫的青色光圈之中，便一隻一隻地黏在他鋤頭之上。

追魂燕繆香紅不由大驚，知道敵人早有默契，一個用內家罡力凌空發掌，一個卻用極上乘的先天無極氣功，暗化陰柔之勁，貫注鐵竹藥鋤，黏吸自己飛燕，使東西不能互會。最厲害的殺手無法施展，看來也是自己兄妹今日該遭劫數，不然只要大哥在此，或是二哥未傷，從旁給他來上幾掌凌厲無比的「五毒陰手」，老鬼們稍爲分神，追魂鐵燕交會激撞，針雨流矢，這老少三人怎逃活命。如今陰差陽錯，勢窮力蹙，敵人又是謀定而來，只怕連迷香毒彈也是白發。她神思一亂，丹田間傷勢又劇，心頭狂跳，嗓眼發

甜，自知命在頃刻。

龍門醫隱等十二隻追魂鐵燕齊吸鋤頭，突做龍吟，振臂一揮，追魂燕化成一溜光雨，墜向岩下大海之中。這時繆香紅最後所發的連珠迷魂香彈，也自紛紛當空爆烈，七團黃煙散處，異香襲人。果然三人宛如未覺，神色泰然。獨臂窮神柳悟非磔磔狂笑，龍驤虎步，一隻獨掌屈指成鉤，慢慢地走向八臂靈官，只見那麼堅硬的山石上，竟然被他一步踏出一個腳印。

八臂靈官童子雨，知道老花子蓄怒而來，全身功力已然運足，這出手一擊，必定石破天驚，威勢難擋。雖然自知功力稍遜，但總不能撇下繆香紅，獨自逃跑，只好也自凝神納氣，注意應敵。

柏青青自見葛龍驤懸崖撒手之後，心中百念俱灰，切齒之恨，非手刃這追魂燕繆香紅不可。見她飛燕既破，自己早吞解藥，不懼迷香，脫手三根透骨神針打向繆香紅，人也跟著一挺長劍，飛身進撲。

繆香紅此時丹田之間傷勢，已然漸漸發作，身法也趨呆滯，勉強躲開三枚透骨神針，人已被柏青青圈入一片劍影之內。

龍門醫隱柏長青畢竟前輩奇俠，面對如此深仇大恨，仍然不肯自損聲名，以多凌寡，默察敵我雙方形勢。獨臂窮神柳悟非掌招精絕，內力雄渾，雖然八臂靈官童子雨也

是武林絕頂人物，數十年功力在身，不致一時便敗，但相形之下，攻守之間，八臂靈官總是竭力退讓，不敢硬接強拚，老花子柳悟非已然有勝無敗。

這邊這一對，愛女功力當然深知，若在平時，兩個柏青青也不是人家的敵手，但此時繆香紅的成名絕技追魂十二燕已破，人也好像身帶暗傷，不但縱躍閃退之間身形搖晃不穩，連出掌發招也似內力不足，所以柏青青的一柄青鋼長劍，竟也佔著上風。

自己這個獨生嬌女，性情高傲異常，與人落落寡合，好不容易遇上一個葛龍驤，人才出眾，武學超群，彼此一見傾心，互相投契。雖然「天心谷」幾日交遊，何殊已訂百年盟約。自己也何嘗不暗中默認，想等到會見葛龍驤的恩師諸一涵之時，即爲小兒女們了卻終身大事。不料天妒良緣，葛龍驤危岩撒手，生望渺茫。自己這位寶貝女兒，哪得不肝腸痛襲，看她臉上神色，便知傷心到了極處。但願她能手刃繆香紅，略洩心頭萬丈仇火，少時方易勸說。

他想到此時，戰場形勢已有急變。龍門醫隱沉思之下，偶一側目，不由「哎呀」一聲，驚魂皆顫，袍袖展處，忙自縱身趕過。原來柏青青雖然把繆香紅圈入一片劍影之中，但對方是何等人物，一時仍難得手。纏到了四十餘招，已自不耐。她這時把手中青鋼長劍，用了一招「巧女穿針」，點向繆香紅的兩眉之間。繆香紅撤身避劍，一退三丈。但她哪裡知道，柏青青已然怒極心瘋，寧拚一死，也要爲情郎報此強仇。竟自把這

三尺青鋒，當做了飛劍使用。

「巧女穿針」的招術用罷，繆香紅正待還擊。陡然玄衣龍女一聲清叱，玉掌猛推劍柄，一道寒光脫手，直奔繆香紅而去。繆香紅不虞有此，趕緊縮頸藏頭，尖風過處，一綹青絲已然隨劍而落，頭皮也被劃破，鮮血順頰而下。

她這頭皮劃破，並不妨事，但丹田內傷連經跳蕩騰躍，此時恰好大發。繆香紅突覺小腹之下，一陣絞腸劇痛，一聲「不好」猶未出口，玄衣龍女柏青青已然手握一支燦銀匕首，連人撞入自己懷中。猛然覺得腹上一涼，情知此命已休，順手一掌，也拍在柏青青頭頂的「百會穴」上，雙雙栽倒在地。

追魂燕繆香紅死了，柏青青卻還活著。龍門醫隱柏長青爲淫女終受嚴懲而欣喜萬分，但看見女兒栽倒，又極度悲痛，幸好柏青青頭頂「百會穴」上，雖受繆香紅絕命一掌，已自綿軟無力，但僅震昏而已。柏長青撥開女兒青絲細察，也無傷痕，不禁寬心大放。遂爲她慢慢推拿，並餵下兩粒太乙清寧丹。少頃，柏青青悠悠醒轉，龍門醫隱再爲她一診脈象，才展開的雙眉倏又緊皺。

預料中的柏青青，眼見葛龍驤懸崖撒手，心中無疑悲愴已極！其強忍珠淚，不出一聲之故安在，還不是爲了集中精力，誓爲葛龍驤手刃強仇。如今追魂燕繆香紅腹破腸流，陳屍血泊。心願既了，照理方才強自忍抑的滿懷悲痛，此時應該盡情傾瀉，大哭一

場才對。哪知柏青青醒轉之後，看了血泊中的追魂燕繆香紅一眼，面上浮起一絲淒笑，目中卻連點淚珠都無，依在龍門醫隱身邊，婉聲說道：「爹爹！讓我看看我葛師兄墜崖之處，好麼？」

無聲飲泣，自比嚎啕大哭來得淒涼。柏青青這種不哭反笑的淒然神態，更是傷心到了極致的外在表現。柏長青、柳悟非這兩位當代大俠，可算得義氣如雲、肝腸似鐵。此刻也被這種生離死別的兒女情懷，勾引得兩淚如傾，不能自已。

獨臂窮神柳悟非舉起他那隻啷噹破袖，往臉上亂擦，說道：「老花子流年不利，到處都碰上這些傷心之事。想當年我這條右臂，在仇家圍攻之下，被人生生砍斷，身上共負二十一處刀劍之傷，卻連眉毛都沒有皺過一下。不想在秦嶺天蒙寺，和這嶗山大碧落岩，竟然兩度使老花子流出了眼淚。來來來，我們且到崖邊一望。柳悟非說過，生平寧死不悟前非，我看透了葛龍驤面相，英俊瀟灑之中，不失老成持重，分明福慧無窮。雖然眼看他撒手懸崖，但老花子還是不相信他會這樣的一了百了。」

三人一起走到崖邊，只見這崖是一個尖形山嘴，自岸邊向海中陡然突出。崖高百丈，俯視怒海翻濤，鯨波千尺，哪裡還有葛龍驤的半絲形影。

看到此處，柏青青愴懷過甚，仰面長號，縱身一躍，竟然甘爲情殉，跳入無邊孽海。

龍門醫隱伸手一拉，只撕下柏青青一片衣角。獨臂窮神柳悟非一聲大喝，跟蹤躍下，一把抓住柏青青衣領，用「大拿雲手」，反臂一甩。龍門醫隱也是甘冒奇險，腳下用「金鋼拄地」硬功，踏入崖石，把整個上身，斜探崖處，恰好接著，就地連滾。卸卻老花子這奮力一甩餘勁之後，才行起立，緊握柏青青雙手，防她再次任性，面容一整，剛想發話，又復忍住。

獨臂窮神柳悟非，將柏青青甩起，自己已然墜下二、三丈深，猛然獨臂一揚，凌空往下虛劈三掌。他這「七步追魂」內家劈空掌力，果足驚人。第一掌劈下，身軀便即凌空停住，二、三兩掌劈出，借著反彈之力，已將升到崖口。老花子猛然收臂，平掌當胸，吐氣開聲，盡力下按。這一下，竟然憑空拔起丈許高下，橫身伸足，就如同一條神龍一般，飛向崖頂。

柳悟非腳踏實地，大腦門上也是一頭汗水，對柏青青搖頭笑道：「我的好姑娘，你這一回可把老花子整得不輕。那兩下『大拿雲手』和『潛龍升天』，若用得略差毫釐，老花子和你，是一同粉身碎骨。你爹爹自然也難獨生。我們三條命，同沉海底，還不知道是爲什麼死的。事情已過，老花子有個問題，要向你請教一下。葛龍驤究竟是你什麼人，居然連你生身之父，自幼相依爲命的爹爹，全肯拋卻不顧，甘殉一死。」

柏青青哪裡回得上話，全身伶伶一顫，嬌靨飛紅，泫然欲泣。

龍門醫隱心疼愛女，見狀好生不忍，伸手即把她摟入懷中，獨臂窮神正色又道：「在朝事君，一字唯『忠』；在家事親，一字唯『孝』。像我們這些闖蕩江湖，專管不平之人，則應以『義』字當先。休說葛龍驤與你不過是一見傾心，互相愛好；就是你們名分已定，夫婦已偕，你有老父在堂，也應該節哀順變，先孝後節，才是正理。老花子素來不愛教訓人，這番話，不過助你恢復靈智，暫抑悲懷。老花子再說一遍，縱然把這兩眼剜出，我也認爲葛龍驤絕非夭折之相。茫茫孽海，雖非我們之力可以搜尋，但仍應先盡人事，再聽天命。你們父女二人，可在沿海各省慢慢訪查，葛龍驤只要不死，總有消息。老花子與他忘年之交，更應盡力。我自告奮勇，跑趟衡山涵青閣。他師父諸一涵的先天易數，老花子心服口服，確實有點玄妙，看看可能參詳出幾分音訊。事不宜遲，班獨、童子雨兩個老賊，這一耽延，想已逃走。老花子且拿他們的賊窩和一干龜子龜孫們，略洩心頭惡氣之後，就彼此分頭各行其是。」

柏青青被柳悟非這一席義正詞嚴的話，教訓得悲慚交迸。見老花子縱往岩下，回頭一看爹爹，雖在扶抱自己，但也目光冷峻，面罩秋霜。不由又羞又急又氣，嗓眼一甜，哇的一口鮮血噴得滿地桃花，在龍門醫隱懷中，哭了個哀哀欲絕。

龍門醫隱見柏青青口噴鮮血，不但不急，顏色立霽，輕撫她如雲秀髮，柔聲道：「青兒休要這等氣苦，爹爹方才是故意激你的。你手刃繆香紅，被她盡命還擊，震昏倒

地之時，我與你診脈，發現你急痛傷肝，再一強自壓制，中元抑鬱過甚，對身體傷損極重。所以才讓你柳伯父說你一頓，再故作不情，激得你把心頭積鬱惡血，自行吐出，再加調治便無大礙了。但就這樣，你二、三日後，神思一懈，也非病上個十天半月不可。至於你葛師兄遭難之事，但放寬心，爹爹也同意老花子的看法，自從天心谷內，我爲他治針傷，就覺得此子稟賦特強。不但相貌端莊，丰神瀟灑，並還一身仙骨珊珊，將來成就，簡直不可限量。所以才讚許你眼光獨到，默認是我未來佳婿。本來越是靈氣所鍾人物，磨難也就越重，他師父諸一涵，人稱不老神仙，先天易數極具靈驗。老花子仗義遠赴衡山，必能得回音訊。我們就如他所言，遊遊這沿海幾省，一面爲你略解心煩，一面找探你葛師兄的下落……」

說到此處，岩下濃煙四起，冒出多處火頭。柏青青本極靈慧，經老花子柳悟非與爹爹再三開導，業已瞭解徒悲無益，再若如此，只增老父傷心，還不如從他們之言，花些工夫，沿海查訪，或許還有個百分之一的希望。見山下火起，不知班獨、童子雨二賊已否逃走。獨臂窮神爲葛龍驤長途跋涉，遠上衡山，也應一爲謝別，並約定時地會面。這岩頭塊石寸土，均足以觸目傷心，更是不願再留。遂起身用羅帕拭淨淚痕和口角血污。向龍門醫隱淒然說道：「女兒一時糊塗，幾成不孝，現下已然明白。柳伯父在岩下曾否遇敵，尚未可知，應該速去接應，以後之事一切由爹爹做主，女兒遵命就是。」

父女二人，下得這座危岩，只見四惡手下的家人、徒眾，正被老花子殺得到處奔逃，已有不少人橫屍在地。醫家心腸本較惻隱，龍門醫隱方待勸阻，柏青青已先縱過，攔住獨臂窮神柳悟非，說道：「首惡既逃，脅從可恕。侄女代為求情，請柳伯父為我葛師兄留積幾分福德。」

獨臂窮神柳悟非兩眼殺得通紅，突見柏青青不但不幫著自己幹，反而竟為嶗山餘孽求情，大出意外。微愕片時，仍先縱身把向四外奔逃諸人，一一截回，然後向柏青青點頭笑道：「若論班獨恃技奪寶，慘戮天蒙三僧，繆香紅蕩惡淫兇，及左沖、童子雨等平素令人髮指的所作所為，把他們這干餘孽，全數殺光亦不為過，何況再加上葛龍驤這場如山之恨。但你既能如此寬宏，以德報怨，實在難得。即此一念，便足以上格天心，葛龍驤必然獲福無量。老花子從你之言，饒卻這干餘孽。」

老花子說罷，走向觳觫待命諸人，伸手在每人身上各自點了一下，正色說道：「爾等隨嶗山四惡多行不善，本應一體行誅，看在柏姑娘講情，姑免一死。方才你們均已被我點了『五阻重穴』，這是我獨門手法，無人能解。從此你們武功盡廢，但只要真心改過，回頭向善，仍與常人無異。倘若妄想胡行，稍一過分用力，便即口吐黑血而死。此間各處房屋，均已被我點燃，少時火勢一合，便為山靈蕩滌羶腥，還為一片乾淨樂土。趁現下火尚不大，你等速去自覓金銀，安安分分地度這下半世吧！」

眾人譁然散去。龍門醫隱知道柏青青鬱病甚深，暫時不宜長途勞煩，遂與獨臂窮神柳悟非約定，自己帶同愛女，就在這附近養病，等柏青青病好便即南行。因秋冬之際，風信向南，葛龍驤倘若僥倖不死，隨水漂流，必往南下。柳悟非衡山晤見諸一涵之後，可往蘇、浙沿海一帶相晤，居停之處，各留暗記，彼此一尋即得。

果然蓋世神醫的指下無差，柏青青未出山東境內，便已病倒旅店之中。但有這樣一位岐黃妙手在側，自無大礙，不過慢慢將息，暫且按下不表。

再說那位獨臂窮神柳悟非，從山東與柏長青父女作別，橫跨豫、鄂，遠赴衡山，路途雖然甚遠，但以老花子這身功力，又是不分晝夜，加勁疾馳，也頗快速。

這日已過湘潭，環回八百餘里的南嶽名山，隱隱在望。老花子見到地頭，心情略懈，便感到連日奔馳，有些神乏。遂找家村店，要了好酒，一大盤臘味，自斟自飲，稍爲休憩。心中暗暗盤算，諸一涵歸隱以來，足有十九年未見，涵青閣只聽說在祝融峰金鎖峽後，恐怕還不易找。昔年彼此闖蕩江湖之時，他那先天易數便極靈驗，自己曾有幾次艱危，俱係他預示玄機，力勸先期作備，才得歷盡凶險，一一度過。這二十載睽違，自己固非昔比，諸一涵靈性養性、內外功行與先天易數的慧覺神通，更當倍進。此行一來爲葛龍驤請卜休咎，二來把晤故人，三來順便告以苗嶺陰魔邴浩約期三年後的中秋之

夜，在黃山始信峰頭，聚會武林十三奇，印證武功重訂名次之事，一舉倒是真有數得。

老花子十斤酒罷，疲勞盡復，精神抖擻，撲奔衡山。鶉衣飄舞，攀援直上。猱升多時，山風起處，雲霧竟開，已到峰頂。

他正在攏目四眺，突然一縷簫聲，隨風入耳。山高風勁，再加上四外的泉響松濤，音本甚雜，但那吹簫聲在這群響之中，依然清晰異常，絲毫不爲外擾。風聲徐徐，虞韶莊籟，極爲悅耳。一曲既罷，峰角轉出一個手持玉簫，二十八、九歲的白衣少年，見了老花子口稱「柳師叔」，便即拜倒在地。老花子用手相挽，說道：「快些起來，我老花子最受不了的，就是這套繁文俗禮。你莫非就是二十年前，諸一涵身邊的小清兒麼？」

白衣少年恭身答道：「小侄正是尹一清，今奉師命，前來迎接柳師叔。」尹一清前頭領路，轉過崖角，老花子不禁連連點頭，自己素來豁達不拘，但身處這清秀山境，竟也略慚形穢。原來當地寬廣只有三、四畝許，其平如鏡，石質溫潤瑩滑得可以鑒人。一座整個用翠竹建成的三層樓閣，背倚孤峰，面臨危岩，一壑中分。孤峰頂上，一條百丈玉龍淩空倒掛，轟轟發發，玉濺珠噴，直注千尋大壑。恰恰與那青色竹樓，織了一道銀瀑飛簾，樓中卻連一絲水珠都濺不著。樓左地上，從石縫之中挺生著數十支修竹，色作正碧，又細又長，鐵骨穿雲，翠篠鳴風，與泉響松濤，匯爲清籟。

峰壁之上，古松藤蔓滿佈，洞穴亦多。鄰近竹樓的正面壁上，有兩株奇松。一株碧

綠綠苔蘚之中長出，宛若長龍舒展，附壁斜行，先是往上延伸，倏又折頭向下。松針細長，枝繁葉茂，直似那絕壁之間，撐出一張珠纓華蓋。另一株則雄虬斜屈，錯節盤根，形態奇古。松頂正與那株下垂奇松，斜角相對，絕似一龍一蟒，發威欲鬥情景。

兩松之間，有一洞穴，石門緊閉。洞頂山壁之間，被人硬用「金剛指」之類神功，在山石之上鐫出「小嫏嬛」三個大字，字作章草，雄奇飛舞。

尹一清並未揖客入樓，卻導向峰角下的一座竹亭之內落座。那亭也係一色綠竹所建，甚爲高敞，亭頂卻非茅草，是用各色鳥羽覆蓋，金碧生輝，頗爲雅緻。尹一清想是知道老花子癖好，以酒代茶。那酒斟在杯內，碧綠噴香，高出杯口約有分許，竟不外溢。老花子一杯入口，喜得跳起來道：「這是最難得的『猴兒酒』，你從何處弄來？」

尹一清笑道：「此山猿猴甚多，小侄十年以前，就收服了兩隻猿王，以供山居役使。柳師叔剛到祝融峰前，小侄便得靈猿密報，這酒也是那兩隻猿王，特地釀來奉獻家師之物，比那些尋常的『猴兒酒』，似還無此香醇呢。」

柳悟非哈哈笑道：「我就說你師父雖然名冠十三奇，先天易數確具靈妙。但也不至於念動神知，會算出我老花子今日來此，原來是幾個猴兒作怪……」

話猶未完，尹一清接口笑道：「家師因功行緊要，不見外人，每隔七日，僅容小侄一謁。前次謁見之時，囑咐小侄，說是偶占先天易數，日內有遠客爲我葛龍驤弟之事來訪，柳師叔來意，可如家師之言麼？」

柳悟非怪叫一聲，說道：「咦！二十載光陰，我就不信你師父能練成了役鬼驅神的半仙之體。」

尹一清擎杯笑道：「神仙之說，虛幻難憑。家師也只因隱居以來，與外界絕緣，欲擾既少，於極靜之中，返虛生明，精進慧覺。再加上龍驤師弟及師叔，均非外人，心靈偶有感應而已。並非事事前知，此是家師柬帖，師叔請看。」

柳悟非接過一看，柬帖為諸一涵親書，大意為：近二十年來，自己與葛青霜相繼歸隱之後，連龍門醫隱、獨臂窮神、天台醉客等前輩奇俠，也多不問世事，以致邪惡橫行，良善匿跡，江湖武林之中，著實需澄清整頓。而雙兇、四惡及黑天狐等人，也均劫運將臨，大數將盡。但那苗嶺陰魔邴浩，功力本就驚人，尤其在苗疆地洞之中，走火入魔二十多年，雖然半身不能轉動，內家各種功力，卻反被他借機苦練到了登峰造極地步，終於參透八九玄功，修復久僵之體，二次出世。這個魔頭，雖然從來不對後輩動手，惡行也不甚著，但他性情難測，常憑好惡而定是非；倘若被四惡、雙兇等人所惑，聯手與正派中人作對，卻是莫大禍患！故而特遣葛龍驤往廬山冷雲谷投書，約請冷雲仙子同作出岫之雲，為武林中主持公道，並為正邪雙方做一最後了斷。但自己與葛青霜，為欲有充分把握，制勝那苗嶺陰魔，非等到所練玄門無上神功——「乾清罡氣」的九轉

三參的功行，爐火純青之後，不能出手。冷雲仙子乃令葛龍驤，訪謁龍門醫隱柏長青，請他聯合獨臂窮神、天台醉客等人，在這兩年之內，隨機稍挫諸邪凶焰。靜中偶參先天易數，知有故人遠臨，非柳即柏，並係因求卜而來，可能應在葛龍驤的身上。此子臨下山時，曾爲預卜，知其劫難甚重，遇合亦奇。但萬事數雖前定，卻隨心轉，再好福命，只一有心爲惡，天災奇禍照樣臨頭。反而言之，縱然命途多舛，但能諸善奉行，也必遇難呈祥，逢凶化吉。自己授徒，先修心術，次重武功，即係此意。葛龍驤行道江湖，若能謹守師門規戒，不惑不懼，凡事順天之道行之，終遇三災五厄，亦無大礙。否則，死無足惜。先天易數雖然略可感應事理，但去前知尚遠，休咎無法預言，僅從卦象判斷離火之中反生癸水，若占行蹤，當在南方沿海一帶。故人遠來存問，因功行正在緊要火候，悵難把晤；我輩道義之交，當不在意等語。

柳悟非看罷，著實讚佩諸一涵的胸襟豁達，析理精微，不愧爲領袖武林的冠冕人物，他閉關練功，自然不好相擾。其柬帖所云，卜人行蹤，當在南方沿海一帶之語，恰與龍門醫隱父女所約相合。自己足跡多年未履江南，正好一遊，順便慢慢打探葛龍驤有無下落。

遂向尹一清道：「你師父的先天易數，確實驚人！老花子此來，果然是爲你師弟葛龍驤之事。他爲助老花子及龍門醫隱父女，誅戮嶗山四惡，致在嶗山絕頂，一時失手，

被追魂燕繆香紅打下萬丈懸崖，葬身駭浪驚濤之中，不知生死。老花子和他秦嶺訂交，忘年好友，這才盡力奔波，找你師父求卜，不想他已洞燭先機，預爲指示。老花子一生東西南北，總是爲人，此番少不得再逛趟江南煙水。你再次謁見你師父之時，可代老花子問候，並告以苗嶺陰魔邴浩，在秦嶺命葛龍驤傳語相邀你師父，暨冷雲仙子、龍門醫隱、天台醉客、老花子等人，三年後的八月中秋，在黃山始信峰頭，聚會十三奇，印證武功，重訂名次。老花子話已講完，就此去也。」

七　紅塵怪客

老花子由衡山直奔江南，玄衣龍女柏青青山東養病，葛龍驤懸崖失手，這三頭一齊按下不提。

地異時移，在那被譽為淮左名都，竹西佳處的揚州，此時正值蘭期梅信。城北勝地瘦西湖，靠紅橋邊的一座小酒樓上，正有一個二十八、九的清秀儒生，和一個十五、六歲少年憑窗把酒。

儒生眉頭不展，面帶憂色，少年卻仍意氣飛揚。窗外飛花散絮，正降大雪。少年口中吟道：「杜郎俊賞，算而今重到須驚。縱荳蔻詞工，青樓夢好，難賦深情。二十四橋仍在，波心蕩，冷月無聲……白石詞人不但倚聲之道，清逸無倫，小詩亦自工絕！『自作新詞韻最嬌，小紅低唱我吹簫。』是何等韻致？二哥坐對名湖，憂容不釋，莫非仍在擔心你那『小紅欲歸沙叱利』麼？」

儒生眉頭更皺，四顧酒客不多，剛待開言，忽然目注窗外。

少年隨他目光看去，只見湖上一葉小舟，沖雪而來，一個中等身材、頷上微鬚，五旬上下的黃衫老者，與一個十四、五歲、腰懸長劍的美貌少女，正在棄舟登岸，走入酒樓。

少頃，樓梯響動，老少二人走上，因便憑窗臨眺，就在儒生等隔桌落座。店家過來招呼，老者吩咐把店中的拿手佳餚，做上四色，再來二十斤地道的洋河大麯。

儒生聞言不覺一驚，暗想洋河烈酒，遠近馳名，這大麯的後勁，比高粱還大，再好海量，三、五斤下肚，也必醉倒，怎會一要這多？不由偷眼望去，老者正在持杯偏臉眺湖，少女卻正對自己。覺得此女美秀之外，眉宇之間，英氣逼人，分明身負絕高武學。但兩眼神光，卻又隱而不露，不是自己這種行家，絕看不出。但憑那一身正氣，斷定絕非仇家黨羽，遂對少年說道：「三弟，對頭本身藝業，已自不俗，何況聽說還有絕世高人助陣。大哥邀友未歸，約期已然近在明宵，勝負之數正難逆料。期前你切忌再行淘氣生事，分我心神。」

少年笑道：「二哥做事就是這樣婆婆媽媽的太過小心，要依我早就把那小紅姑娘，接回家來當二嫂了。絕世高人會幫粉面郎君那種惡賊才怪！前夜我新拜了一位了不起的師父，他老人家說，要我們儘管安心吃酒睡覺，不論那惡賊邀來什麼樣的山精海怪，到

時包打勝仗無疑。」

儒生嗔道：「三弟休要信口胡言，你拜了什麼師父？」

少年道：「我這位師父名氣太大，現在說出來，被對頭爪牙聽去，嚇得他不敢趕約，豈不大煞風景。反正他老人家說過，對頭如無人幫，他也就不出面；但對方不管約來多少狐朋狗黨，全由他老人家，獨自打發。單留下那粉面郎君與你公平相鬥，以決定佳人誰屬。」

儒生急道：「看你說得倒像真有此事，那位老人家究係何人？你再不說，我可真要惱了！」

少年仍自搖頭笑道：「名字絕不能說，不然他老人家一氣，不收我了，豈不大糟。不過我可以告訴你，我這師父就是在這酒樓上拜的。前天晚上，我請他老人家，像隔壁的這位老伯伯一樣，吃了二十斤洋河大麯，還陪他遊了半夜瘦西湖。老人家說我對他脾胃，一高興就把我收做他唯一的弟子了。」

儒生還待追問，突然隔座黃衫老者，朗聲吟道：「日日深杯酒滿，朝朝小圃花開，自歌自舞自開懷，且喜無拘無礙。青史幾番春夢，紅塵多少奇才？不須計較更安排，領取而今現在！」

儒生早已心醉對方器宇風華，聽他琅琅所誦，是南宋名家朱希真作品，頗有寬解自己愁懷之意。心想揚州近日哪來這麼多奇人，整衣走過，向黃衫老者一揖到地，陪笑說道：「晚輩杜人傑，舍弟人龍，景仰老前輩海量高懷，特來拜謁。前輩及這位姑娘怎樣稱呼，可能不棄見示麼？」

黃衫老者回頭向杜人傑淡淡一笑道：「二十斤洋河大麴，怎能稱得起海量，唸一首朱敦儒的《西江月》，更扯不上高懷，你這人看去不錯，怎的開口更俗。真不如你兄弟豪爽。對雪當湖，除了喝酒，別的話最好少講，『古來聖賢皆寂寞，唯有飲者留其名。』我非阮籍，便是劉伶。你若看我老少二人順眼，要想請客，便移過杯筷來，同傾一醉。彼此風來水上，雲度寒塘，互詢姓名，豈非多事。」

杜人傑簡直被這黃衫老者，噎得透不過氣來，正在發窘，杜人龍已命店家將杯筷酒盞移過，向黃衫老者說道：「老伯伯，這洋河大麴，後勁太兇，我只能陪你喝上兩斤，我二哥他倒……」話猶未了，極重步履，震得樓梯吱吱直響。

四人一齊閃目看去，樓下登登登的，走上一僧一道。僧人是個帶髮頭陀，身量高大，一臉橫肉，相貌兇惡，身著灰色僧衣，左腕之上，套著一串鐵念珠，不住叮噹做響。道人卻甚瘦小，神情詭譎，一望便知絕非善類。

僧道二人在老者的隔桌落座，店家見的人多，知道這兩位必難伺候，恭身陪笑問道：「二位用葷用素?要不要酒?」

頭陀瞪眼喝道：「出家人一切眾生俱當超脫，忌甚葷酒？你店前不是寫著特製獅子頭、干絲肴肉，和專賣各地名酒麼？揀好的送來，吃得舒服了多給賞錢，不要嘮嘮叨叨，惹得佛爺們生氣，把你這小店，搗個稀爛。」

店家諾諾連聲，招呼下去。杜人傑把眉頭一皺，向他三弟人龍低聲說道：「三弟，聽這頭陀說話，丹田勁足，硬功甚佳，想必是今晨下人所報，對頭遠自江南聘來助陣的鐵珠頭陀和火靈惡道。此二賊名氣不小，你太好淘氣，今天有佳客在座，千萬不可招惹是非，以掃這位老前輩與姑娘的酒興。」

杜人龍用眼一瞟黃衫老者，見老者向他擠眼一笑，少女秀眉微剔，目注一僧一道，也面帶厭惡之狀，心中已然拿穩，根本不答自己二哥的話，向黃衫老者亮聲笑道：「老人家，我們這揚州獅子頭做法特殊，確實遠近聞名。但那是吃飯的菜，居然有這種土包子，要來吃酒，豈不令人笑煞。」

杜人傑一聽他說話帶刺，便知要糟。這時酒客本已不多，自那僧道上樓，大聲叫囂，均已厭煩散去。果然那頭陀向杜人龍獰笑一聲說道：「小狗說的是誰？口角傷人，莫非想……」

「想」字是開口音，頭陀巨口才開，忽然一聲怪叫，吐出一顆帶血門牙和一根魚刺，不由越發暴跳如雷，大聲喝道：「狗賊們，竟敢暗算佛爺，便怪不得我心狠手辣，

叫你嘗嘗厲害。」伸手便抓桌上念珠。說也奇怪，那念珠本來虛放桌上，但此時卻像生根一般，頭陀一把竟未抓起。

杜人傑見兄弟惹禍，全神均在注意僧道動靜，防備他們暴起發難，別的全未在意。杜人龍卻比較心細，早就注意到黃衫老者，正在吃魚，聽頭陀一罵，嘴皮微動，頭陀門牙便被魚刺打落。少女也玉手虛按，隔有七、八尺遠，對方念珠竟拿不起。暗暗點頭，一齊記在心裏。

頭陀見用慣了的稱手兵刃佛門鐵念珠，虛放桌上，竟會拿它不起，不覺全身汗毛一豎，疑神疑鬼。道人卻已看出些許端倪，用手勢止住頭陀暴動，掌中拂塵一甩，指向杜人傑兄弟，陰惻惻地說道：「你們想是廣陵三俠中的鐵筆書生杜人傑，與小摩勒杜人龍了，其他兩位何人，既與粉面郎君約期較技，此刻何必挑釁。憑空衝撞，本意行誅，姑念你年幼，乳臭未乾，明晚再行受死便了。」

杜人龍哈哈笑道：「賊道倒還有點眼力，能認出鐵筆書生和我小摩勒來。但這位老人家和這位姐姐的大名，你卻不配來問。憑你們那種毛腳毛手，居然也敢自江南跑來，為人幫拳，簡直令人齒冷。告訴你，小爺不但武術超群，並還學過仙法，能請仙女助陣，不信我只要咳嗽一聲，就能把你面前桌案震成粉碎。」說罷，朝少女做個鬼臉，忽然轉身雙手叉腰，氣納丹田，一聲清咳。果然那僧道面前的八仙方桌，喀嚓一聲面裂腿斷，倒毀在地。

這一來不但僧道二人如遇鬼魅，駭得立即穿窗逃走，連杜人傑也被這位寶貝兄弟，弄得摸不著頭腦。

杜人龍卻樂了個前仰後合，高興地笑道：「姐姐，謝謝你啦……」

突覺身後有異，兄弟雙雙回頭，不由相顧失色。原來身後空空，黃衫老者和少女，二人蹤跡早杳。杜人傑搖頭驚佩，喚來店家，付清酒賬，並賠償所有桌椅碗盞等損失。

原來這杜人傑三兄弟，均係已故大俠生死掌尤彤的得意弟子。老大杜人豪一柄雁翎刀，偉軀虬髯，人送美號「虬髯崑崙」。杜人傑善使一對判官雙筆，人又牛得清秀，文武雙全，外號「鐵筆書生」。杜人龍則因輕功極好，刁鑽機智，也得了個外號「小摩勒」，一條九合金絲棒，造詣甚深，年齡雖小，武術竟與他兩位兄長互相伯仲。兄弟三人為揚州世家，仗義疏財，遠近均欽佩「廣陵三俠」的英名令譽。

鐵筆書生杜人傑，風流瀟灑，眼高於頂，一般庸脂俗粉，哪屑一顧，以致年近三十，中饋猶虛。揚州青樓多出名妓，在那些較為脫俗的一些香巢之內，倒時常有這位杜二爺的足跡。但豪俠行徑，畢竟不同，也不過逢場作戲，吹拉彈唱而已。至於酒闌燈紅、滅燭留髡的極度風流，卻能守身如玉，絕未墮落。所以這揚州青樓之間，不知有多少翠袖紅粉，希望一沾杜二爺的雨露之恩，竟不可得。有人才、有家財，卻偏偏可望

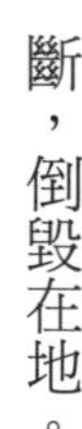

不可及，弄得個個對他又愛又恨。漸漸地「鐵筆書生」在這脂粉場中，換稱了「鐵心秀士」。

這年，揚州的翠華班紅塵中，出現了一位青樓翹楚，藝名小紅。本是異鄉人流落此間，父母雙亡，才賣身葬卻雙親，墜入風塵小劫。

小紅姑娘芳齡二九，國色天姿，不但吹彈歌舞，件件皆能，即書畫琴棋，吟詩作賦，亦無一不擅。何況又是以尚未梳攏的清倌人之身侍客，這樣一位妙齡名妓，哪得不轟動四城，不知多少鹽商富賈，爭擲纏頭，渴欲一親芳澤。但小紅姑娘，輕顰淺笑，一一婉爲推拒，說明自己與班主曾有約定，僅以琴酒歌舞爲客侑觴，其他不能強迫。杜二爺慕名往適，前生緣定，竟然彼此一見傾心，半載交遊，兩情益洽。

一日杜二爺藉酒遮顏，在一幅薛濤箋上，題了一首小詩：「誰能遣此即成佛，我欲矯情總未能；倘許量珠三萬斛，買山長做護花人。」小紅姑娘嬌羞無限，竟自點頭示意。這一來「鐵筆書生」杜二爺，不由喜心翻倒，立刻趕回家中，面稟兄長。

虬髯崑崙杜人豪，胸襟豁達，哪拘這種小節？自己練的是童子功，不娶家室，平日正爲二弟的婚事擔憂；見他居然意中有人，當然一口贊允，並幫助兄弟，修整佈置，準備迎親。哪知好事多磨。杜人傑因籌備各事，小紅姑娘的翠華班中有三日未去，就在這三日之中竟生巨變。

揚州鄰縣儀徵有一惡霸，名爲粉面郎君段壽，一身武功亦頗了得。偶遊揚州，在翠華班中一見小紅，驚爲天人，立即量珠求聘。小紅姑娘心有情郎，何況風塵慧眼，看出段壽一身邪氣，更爲鄙惡，數語不合，拂袖避客。段壽哈哈一笑，也不生氣，到了夜晚，竟然施展輕身本領，用薰香迷藥盜走小紅。

鐵筆書生聞報噩耗，不禁肝腸痛斷。詳細打探之下，知是段壽所爲，遂單人趕往儀徵，指名索見。還好小紅義重情深，拚死守節，被段壽劫回，救醒之後，設法搶得一把利剪，自比花容，警告段壽如敢侵犯，便即毀容明志。段壽原本愛色，見小紅如此，倒也無法可施，只得暫時將她軟禁，伺機下手。

鐵筆書生尋上門來，情仇見面，分外眼紅。狠鬥百招，未分勝負，彼此約定七日之後，在揚州儀徵交會之十二圩的一座殘破古寺之中，互相邀人決鬥。

鐵筆書生盛氣之下，一口應允，歸後想起自己兄弟的武藝較高好友，均都不在近處，七日之期，邀約不及。粉面郎君段壽，本人武功已自不弱，倘再有強者助陣，自己兄弟三人確實難操勝算。虬髯崑崙杜人豪見兄弟憂形於色，忙以好言寬解，告知去年在如皋結識一位方外高人知非大師。此人內外功力俱致上乘，如肯相助，即不足慮。

誰知杜人豪一去不回，明夜就是約期。鐵筆書生愁懷難解，與兄弟小摩勒杜人龍在瘦西湖酒樓小酌，才遇到黃衫老者及那腰懸長劍少女，及對方約來助陣的惡道兇僧等

人。

兄弟倆下得酒樓，杜人龍對二哥笑道：「二哥，你先回家去。我那新拜的師父，約我在瘦西湖上等他，說是現傳我一手本領，就足以打垮粉面郎君那般惡賊。還有剛才我在酒樓上，眼見那位黃衫老者嘴皮微動，賊頭陀看去硬功甚高，門牙竟被打落。那位少女更是神奇，我看她能虛空按住賊頭陀桌上念珠，不使抓起，遂故意暗使眼色，求她幫我作臉。果然隨我咳嗽之聲，她只用手微微虛壓，便把偌大的一張八仙桌震成四分五裂。我們兄弟平日自負內家，但對這種神功，慢說是見，卻連聽都未聽說過。還有黃衫老者那好酒量，也足出奇。等下問問我那新拜的師父，或會曉得。總之，這等奇人，既已伸手管這閒事，絕不中途棄置。明夜十二圩之會，必來相助無疑。二哥的心上人，我包你完璧無恙，重投懷抱。」

杜人傑仔細一想，頗覺所言有理，大放寬心。見他故意刁蠻，不肯說出新拜師尊名姓，知道自己這個兄弟，極其古怪精靈，既能令他心服拜師的，絕非常人，反正這啞謎至遲明夜便可揭曉，遂未相強追問，分頭自去。

這夜小摩勒杜人龍，不知搞的什麼鬼，直到將近天明才回家中，滿面倦容，倒頭便睡。一覺醒來，時已申牌。他去到後院，砍來一根青竹，截成四尺長短，把枝葉去盡，一面打磨光滑，一面走向大廳，遠遠就聽得自己大哥，虯髯崑崙杜人豪的洪亮聲音說

道：「……我趕到如皋，那位方外奇人已然雲遊外出，不在寺中。苦候數日，仍未見歸。因會期迫切，只得趕回。少時你我兄弟，就各憑胸中所學，會會段壽賊子所約之人。廣陵三傑雖然人孤勢單，大江南北，我倒真想不出有多少能勝得我等手中鐵筆金刀的江洋巨寇。」

鐵筆書生杜人傑接口說道：「大哥但放寬心，且請稍憩長途勞累。這揚州城內，日來連現異人，均似俠義一流。段賊自江南約來的鐵珠頭陀和火靈惡道，在酒肆猖獗，招惱異人，談笑之間，便吃虧鎩羽而去。三弟也似另有奇遇，說是他那新拜恩師，今夜也將前往助陣。」

虬髯崑崙杜人豪「哦」了一聲，道：「段賊手眼果然通天，這一僧一道稱霸江南，功力甚高，居然被他請來。是何等異人，談笑之間，竟能使兇僧惡道鎩羽，確堪驚佩。三弟……」

杜人龍恰巧走進，笑嘻嘻地叫了一聲大哥，坐在椅上，手中仍自修整那根青竹。

鐵筆書生杜人傑，眉頭微皺說道：「飲罷便須拚鬥強敵，三弟怎的還有此閒情逸致，做根竹杖何用？」

杜人龍朝二哥扮個鬼臉笑道：「二哥，這根竹杖就是我今晚克敵制勝之物。修整得光滑一些，免得我動手之時礙事，怎麼說是閒情逸致呢？」

杜人傑道：「三弟總是這樣鬼頭鬼腦，今夜動手，你那師傳絕技，極為霸道的外門兵刃九合金絲棒不用，用這竹杖作甚？」

杜人龍詭秘笑道：「我那新拜的師父，脾氣古怪已極，說是今夜是他第一次看自己的徒弟和人動手，必須一舉驚人，不准丟了他老人家的顏面。所以昨夜在瘦西湖上，現傳我一套絕技，並且指定我獨鬥鐵珠頭陀和火靈惡道。如能得勝，他老人家便即正式收徒，還幫我們制服對方所約的極高能手。倘若落敗，不但徒弟不收，並且馬上抖手就走，不管這場閒事。」

虯髯崑崙與鐵筆書生二人，平日就拿這刁鑽絕倫的小兄弟無法，聽他講得煞有其事，杜人豪手撫虯髯問道：「武林中挾怨約鬥，極其凶險。何況段壽那賊與二哥又是情仇，你大哥掌中這口具有二、三十年功力的雁翎寶刀，尚不敢說是定能接得下來，你削了一根青竹，就自詡必勝麼。」

小摩勒杜人龍劍眉雙挑，俊目閃光，朗聲答道：「行俠鋤奸，談不上畏難避險。瘦西湖一夜苦學，拂曉方歸，受命要以這一支青竹，制壓賊頭陀的鐵念珠和惡道軟鋼長劍。至於他們那些下流暗器，我師父說道，只要有那黃衫老者在旁，慢說是一點火彈、火箭之類，就算把座火神抬來，也燒不了我兄弟的半根毫髮。我師父名號，與酒樓所遇兩位奇人來歷，因既已拜師，便當尊敬，奉令不准事先說出，不敢違抗，尚請大哥、二哥見諒。但我可以稍爲洩漏，這兩位皆是武林中萬眾欽佩、難得一見的蓋世奇人。不知怎的，雙雙出現揚州。像對方約來的兇僧惡道這種人物，再多十倍也不堪一擊的呢！」

杜人豪撫鬚哈哈笑道：「三弟自幼穎悟，根骨勝你二哥和我十倍，今獲異人垂青，可喜可賀。聽你言中之意，那兩位老人家難道是『武林十三奇』中人物？今夜有緣瞻仰，真是幸事。時已不早，二弟吩咐準備酒飯，用畢便往赴約。」

十二圩在揚州城西，屬儀徵縣轄，淮南鹽業多集散於此，故頗繁盛。粉面郎君與廣陵三俠，約會之所，是在鎮北的一座荒廢古寺之內。

寺在荒郊，雖然殘破，佔地甚廣。大雄寶殿之前，院宇寬闊，四周寂靜無人，倒確實是一個尋仇毆鬥的絕好所在。

廣陵三俠杜氏兄弟到時，粉面郎君段壽等人已然先到。虬鬚崑崙打量對方人並不多，只有段壽本人、兩個護院武師，及自江南約來的那一僧一道，共計五人而已。不覺眉頭一展，舉步當先，向粉面郎君段壽說道：「段朋友聽真，你與我二弟一女之爭，原屬小事，但我兄弟，在這淮左尚有微名，鄉里之中，容不得有欺凌良善之輩。段朋友平日所行，頗爲武林所不齒，今日恰好一併結算，貴友可已到齊，我兄弟應約赴會，敬候指教。」

粉面郎君段壽，冷笑一聲答道：「今日之事，強存弱死，是非之辨，大可不必。段二爺高朋甚多，像你們這種沽名釣譽之輩，哪裡值得上老人家們動手，隨便請二位高僧高道，替你們唸唸往生經文，就已多餘了。」

虯髯崑崙還未答言，杜人龍已在身畔，笑聲罵道：「狗賊死到臨頭，還敢臭美，那個狗肉和尚和老雜毛，也配稱什麼高僧高道，簡直令人笑掉大牙。昨天在瘦西湖畔，小爺輕輕一聲咳嗽，略爲顯露一手神功，差點沒有把禿驢們屎尿全嚇出來，趕快跳樓逃走。今天居然還敢腆顏不慚，爲虎作倀。」

鐵珠頭陀與火靈惡道，昨日在瘦西湖畔酒樓之上，被少俠杜人龍巧借高人之力，莫名其妙地嚇跑了之後，越想越不是味。回來詳細再一打聽，廣陵三俠杜氏昆仲武功雖好，卻並不見得勝過自己，這口惡氣，越發難忍，今天存心找碴。鐵珠頭陀性情極暴，聽杜人龍肆意譏嘲，首先按捺不住，排眾而前，戟指大聲喝道：「小狗休狂！昨日暗算傷人，佛爺正要找你算賬。久聞你以一條九合金絲棒，馳譽江淮，還不取將出來，好在佛爺鐵念珠下納命。」

杜人龍微微一哂，把手中青竹向頭陀一揚，笑道：「殺你們這種蠢材，哪裡用得著什麼九合金絲棒，這根青竹，就足夠送你歸西。今日少爺再送你一個便宜，不到你這禿驢和那老雜毛聯手齊上，連那青竹我都不用。你不是久以十八粒鐵念珠，威震江湖麼？

少爺空手接你幾下。」

鐵珠頭陀硬功極好，一身鐵布衫已練到十成以上，力大無窮。那一串鐵念珠，是他得意獨門兵刃，十八粒念珠均係純鋼所鑄，連珠發出，當者立斃。頭陀以此成名，向極自負。見杜人龍竟然如此藐視，欲以空手相接，不由氣得哇哇怪叫。他素來蠻橫，不講江湖禮數，暴吼一聲，身形欺進，嘩嘩啦念珠響處，從身後悠起掄圓，呼地一聲，照準杜人龍當頭下砸，威勢至猛。

杜人龍微塌肩頭，轉身滑步，左退數尺，閃過念珠，卻毫未還擊。青光閃處，竹杖凌空脫手飛出，抛向自己二哥鐵筆書生杜人傑。

虬髯崑崙、鐵筆書生見三弟真要以空手對敵鐵珠頭陀，雙雙心中大急。杜人豪把雁翎寶刀交在左手，右手一拉杜人傑，正要叫他監視粉面郎君與火靈惡道，自己才好專神為三弟掠陣。突然聽得鐵珠頭陀一聲震天狂吼，踉蹌後退，對陣也是一片驚呼，那一串鐵念珠卻已到了三弟小摩勒杜人龍的手內。

原來杜人龍脫手飛竹之時，鐵珠頭陀一招砸空，頓腕沉珠，宛如駭浪驚濤，攔腰橫掃。暗想對方背向自己，這一招「鐵鎖横江」，躲避已難，縱或再被讓過，跟蹤追擊，「羅漢珠法」迴環掃蕩，永佔先機，何愁這狂妄小賊不死。

哪知杜人龍已得異人傳授，昨宵徹夜苦練，身手之奇，出人意外。鐵念珠攔腰横掃，所挾涼風，剛剛已到腰後，人還猶似未覺，就在千鈞一髮之時，雙臂一抖「潛龍升天」，平拔五尺，鐵念珠險貼著靴底掃過。

杜人龍空中發嘯，提氣長身，憑空又起五尺，然後疾如電閃，掉頭飛落，左掌「雲龍探爪」，正好擄住鐵珠頭陀掃空帶回的鐵念珠，右掌「天龍抖甲」輕輕拂出，直到已中敵胸，才開聲發力。打得個蠢頭陀念珠脫手，人也登登登地退了六、七步，才得拿樁站穩，心頭一陣火熱，自知若非鐵布衫護身，這當胸一掌，已告斃命。

杜人龍這危中取勝，一拔、一翻、一撲，連奪珠帶傷人，共只剎那之間，不但招術變幻，宛如天際神龍，無法捉摸，身形也快得如同電光石火。鐵筆書生真想不到，三弟在一夜之間，能有如此進境。他素來心細，一面驚羨，一面暗地打量對方。只見火靈惡道已然按劍欲出，粉面郎君段壽面上卻僅有奇訝之容，並無驚惶之色，不由暗忖，難道這賊子除兇僧惡道之外，還有更有力的靠山人物不成？

不提鐵筆書生獨自盤算，且說杜人龍一掌擊退兇僧，把那串鐵念珠在手中略一審視，便又擲向鐵珠頭陀，笑道：「賊禿驢功夫不弱，就是太笨一點。你休要不服，這獨門兵刃還你，老老實實聽我的話，叫你那從江南同來的雜毛老道齊上。」

火靈惡道久闖江湖，見聞甚廣，杜人龍方才那幾下神奇掌法，委實驚人。沉思良久，終未想出這種掌法的路數門派。聽他指名搦戰，暗想小賊休狂，以二對一，鐵念珠

加上自己軟鋼長劍，剛柔並濟，料你一根竹杖招架不住，何況自己還有殺手在後，只一施展，神仙難脫。他素來陰險沉穩，因昨日酒樓所遇太怪，對方掌法又神奇不測，心中警惕已深，絲毫不敢托大，先自整紮道袍，解下腰間所圍軟鋼長劍，略運真力，便即堅挺，橫劍當胸，緩步走出，兩眼神注定杜人龍一瞬不瞬，口中也不願再找便宜，莊容說道：「杜朋友藝業驚人，恭敬不如從命。江南火靈子、鐵珠僧，同請尊駕賜教。」

小摩勒杜人龍縱聲長笑，笑聲未畢，一僧一道已然制敵機先，軟鋼劍疾點前胸，鐵念珠斜肩下砸。杜人龍側身讓劍，抬手擄珠，口中卻大叫：「二哥，杖來！」

鐵珠頭陀驚弓之鳥，見小俠故技重施，慌忙收招變式。杜人龍輕功極俊，就趁這剎那空隙，從珠光劍影之中，頓足飛身，直上半空，正好抄住鐵筆書生所拋竹杖。

兇僧、惡道奮力狂呼，挺劍揮珠，雙雙進撲。杜人龍凌空清叱，青竹杖抖處，用的是棍棒中的無上棒法，「太祖棒」中絕招「化雨飛星」。青影如山，向惡道、兇僧當頭罩落，一招便將僧道逼得退出老遠。杜人龍身形落地，挺杖進招，由「太祖棒」突化「越女劍法」中的「穿雲捉月」，飛刺兇僧。

鐵珠頭陀旋身避劍，鐵念珠順手鎖纏青竹。杜人龍故意容他鐵念珠套上杖頭，又用「太極劍」中的黏引二訣，往外一黏一引，鐵念珠差點二次脫手，兇僧自恃力大，單臂回奪。杜人龍趁勢借力，青竹杖竟從鐵念珠之中疾點兇僧左胸，不是火靈惡道軟鋼長劍襲到身後，迫得杜人龍撤杖還招，莽頭陀定然又是一次大虧吃定。

杜人龍撤杖拒劍，硬踏中宮，右手一緊青竹杖後把，一擰一抖，又化成「梨花槍法」的「金雞三點頭」，杖化一片青光，光中無數杖頭，齊襲惡道前胸。嚇得惡道翻身疾退，杜人龍跟蹤追擊，杖法歸元，「天龍杖法」九九八十一招，招招精絕，內中還不時藏有刀劍槍棒等各種兵刃的無上妙用。逼得威震江南的一僧一道，鐵念珠、軟鋼劍不但無暇進手，連招架亦自不遑，就如走馬燈般團團亂轉。

再撐片刻，兇僧、惡道均感難支，火靈惡道一聲且慢，將身跳出圈外，氣促顏紅，向杜人龍問道：「杜朋友杖法高明，在兵刃上，我等甘拜下風。但在下有事要向杜朋友請教，杜朋友方才所用的『天龍杖法』，與眾不同，內中包含刀槍劍筆各類兵刃絕招，頗似一位故去多年的前輩奇俠，雁蕩神乞所獨創精研的『萬妙歸元降魔杖法』。風聞這位老前輩，終生並未收徒，這套武林絕技『萬妙歸元降魔杖法』，業已隨人俱沒。杜朋友年歲輕輕，從何得此真傳，令人費解。」

小摩勒杜人龍點頭笑道：「老雜毛居然有點眼力，『萬妙歸元降魔杖法』九九八十一招中的後十七招，確已失傳，小爺也不過學了前六十四招中的四分之一。十六招還未使完，老雜毛們便已屁滾尿流！傳我杖法恩師曾經說過，對手倘能識此法，饒他一次不死。你既認敗服輸，小爺饒你就是，快與我滾回江南，莫再爲惡。」

火靈惡道陰惻惻地冷笑一聲，說道：「兵刃上雖然認敗服輸，道爺還有絕技尚未施展，你能饒我一死，我卻無此寬宏大量。無知狂妄小狗，還不與道爺納命。」左手疾探連甩，三支蛇焰箭電射而出，箭頭塗磷，見風就著，三溜藍火做品字形，一支正打面門，另外兩支卻朝左右空打。逼得杜人龍無法閃躲，只能用手中青竹，去挑格當前火箭。

惡道獰笑一聲，右手舉處，一個茶杯粗細的黃銅圓筒赫然奪目，拇指一按機簧，格登一聲，十餘粒「青磷毒火珠」滿空飛舞。

杜人龍初見蛇焰箭到，毫未驚慌，青竹杖一黏一挑，當前來箭，飛往半空。但見火靈惡道右手黃銅圓筒現出，卻是心中暗喚不妙，知道那是惡道成名獨門暗器「青磷毒火珠」。此珠著物即燃，火具奇毒，連用水撲，都一時撲它不滅；筒內機簧極勁，一發十三粒，疾如電射，上下左右滿空飛舞，簡直無法閃避。心中所盼制敵奇人，卻至今猶未現身。正在心慌，惡道手中機簧響處，十餘點青光，已然漫空打到。虬髯崑崙杜人豪、鐵筆書生杜人傑，更是欲救無從，驚魂皆顫。

就在這千鈞一髮之時，庭中一株高逾十丈的古木之上，倏地飛下一片寒星，無巧不巧地與那十餘點青光凌空撞個正著。一陣撲鼻酒香過處，「青磷毒火珠」得酒精之助，燃燒更速，但均已被撞歪，落向牆角無人之處。青焰熊熊，使這座殘破古寺之中，平添

幾分鬼氣。

這一來雙方俱被震懾，不由同時抬頭仰觀那株古木。只見離地三丈以上，枝葉便極茂盛，人藏何處，絲毫形影也看不出。正在相互出神，大雄寶殿的屋脊後，霍地站起一人，沉聲喝道：「樹上的兩位朋友，何必遮遮掩掩的小家子氣，既能隔著密葉重枝，噴酒消火，想來不是庸俗之輩，何不請將下來，容我姬某一會。」語聲略帶川音及苗語。

杜氏兄弟仰頭看去，殿脊上所站之人，身材瘦小，尖嘴削腮，一頭紅髮，兩眼神光炯炯，宛如電射，在這月夜之下，越發顯得銳利懾人，知道來人不弱。

見樹上無人應聲，杜人豪把手一拱，方待答言；突然左配殿的牆角暗影之中，發出一聲冷笑，從地下慢慢爬起一人，左手不住揉眼，像是還未睡醒，口中喃喃罵道：「哪裡的這一群賊羔子，遠自江南塞外跑來欺負人家兄弟幾個，還把我老花子一場好夢硬給攪醒，你們拿什麼來也賠不起。

「喂，房上站的尖嘴猴子，你先撒泡尿照照，憑你這種三分不像人、七分倒像鬼的玩意兒，居然也配向我樹上那位老友叫陣？自己枉生兩眼，連人家在樹梢賞月飲酒都看不出，還說什麼遮遮掩掩小家子氣。難道你夾著尾巴、鬼鬼祟祟地藏在大殿背後，反而算得是大方麼？你長得這副猴相，又是姓姬，老花子已然知你來歷。趕快乖乖地與我滾回滇邊，去和野人為伍，再若倚杖在老魔頭那裏學來三招五式，妄自逞兇，也不要老花子動手，就我樹上那位老友，噴你一口洋河大麵所化酒泉，諒你也禁受不起！」

那人邊走邊說，等話講完，人也正好走到月光之下，竟是一個滿頭亂髮、一臉油泥、右邊大袖啷噹的獨臂老年乞丐。

杜人龍首先歡呼：「恩師！」剛待縱過，獨臂老丐左掌微推，先將杜人龍逼退，然後隨手翻掌一揚，恰好接住大殿脊上形若猿猴之人凌空下擊之勢。

兩掌交接，老花子巍然不動，形若猿猴之人卻被震出三、四步遠。落地之後，滿頭紅髮，像隻發怒公雞一般，呼的一聲根根朝天豎起，兩眼盯住老花子，精光電射。約有片刻，才把盛氣壓抑，豎起的頭髮，也漸漸平息，從鼻孔之中，哼了一聲說道：「瞧你這副殘樣子，大概就是什麼獨臂窮神柳悟非了，我師父閉洞潛修，二十年面壁，未履江湖，才容得你們這干沽名釣譽之輩，妄稱雄長。如今我恩師已然參透八九玄功，邀約武林十三奇，聚會黃山，互較武學。你們這干老賊，死期已不在遠，還憑藉什麼虛名唬人。姬某偏不服氣這些，就仗掌中的這對虯龍棒，今夜硬要鬥鬥你這獨臂窮神，到底有什麼了不起的驚人絕學。」說罷探手腰間，抽出一對蛟筋虯龍軟棒，分執兩手，傲然卓立。

從這猴形姬性怪人口中，叫出老花子的名號「獨臂窮神柳悟非」，果然人名樹影，震壓得全場鴉雀無聲。杜人豪、杜人傑暗為兄弟稱幸，居然得此武林中絕頂奇人垂青，

但又均忖度不出這猴形姬姓之人是何來歷，明知對方乃武林十三奇中丐俠，居然仍敢叫陣。

獨臂窮神柳悟非見他撤棒叫陣，不覺哂然一笑，正待答話，突然那株古樹梢頭，傳下一陣銀鈴般的語聲，宛若鶯嚦百囀，說道：「余師叔，你看那猴子似的怪人，不知天高地厚，竟然向柳師叔叫陣！侄女自出山以來，老是陪著你老人家到處吃酒，好不容易碰上這場打架，讓我下去替柳師叔打發掉這猴子精好麼？」

樹上另一個蒼老口音，笑聲答道：「你說的那猴子精，名叫姬元，是苗嶺陰魔邴浩的第二個弟子。他師父從來不對後輩動手，所以你柳師叔那暴躁的火性，也對他稍微容忍，不然他那『七步追魂』一發，猴子精早就沒命了。你去會他正好，倒看看冷雲仙子葛青霜和苗嶺陰魔邴浩，這正邪兩派中的絕頂人物，所調教出來的徒弟，究竟誰高。」

少女口音嗔道：「余師叔怎的如此說法，邴浩老魔是什麼東西，哪裡配和我師父相提並論。」

人隨聲下，六、七丈高處，一個腰懸長劍的白衣少女，如墜絮飛花，極其輕靈美妙地點塵不驚，飄然著地。

這姬元外號人稱聖手仙猿，是苗嶺陰魔邴浩的第二個弟子，此番奉派與師兄火眼狻猊沐亮，有事東海，歸途路過揚州，羨慕繁華景色，略做勾留，巧遇粉面郎君段壽。被段壽認出異人，蓄意結納，堅邀助拳。火眼狻猊沐亮不願捲入這種尋常俗家械鬥，認爲有姬元一人隨去，已保全勝，遂未同往。姬元到後，因聞報廣陵三傑未邀一人，就只杜氏昆仲赴會，他也有乃師習性，認段方人手已多，遂隱身殿脊，準備敗象不露，絕不出手。

哪知小摩勒杜人龍藝業驚人，就憑著一根青竹杖，打得那名滿江南的惡道兇僧，手忙腳亂。姬元何等眼力，不到十招，便已看出杜人龍絕藝來由，知道自己再不出面，段方必遭慘敗。恰好這時正值火靈惡道的「青磷毒火珠」業已出手，被古樹上隱身高人所噴酒雨飛星所破，這才現身叫陣。不料剛一出面，就招出了個獨臂窮神。雖然心怯對方盛名，但暗忖自己師徒，這多年來突飛猛進情形，反而亟思一試。

凌空下擊，被老花子翻掌一迎，震出數步。不知對方有意相讓，覺得對方內力，並不見得比自己高出許多，何況腰間還有一對奇形獨門兵刃——蛟筋蚪龍棒，有獨到之妙，大可一戰。

誰知樹上兩人，一搭一唱，竟然深明自己來歷，卻又毫未把師門威望看在眼內。聽到後來，才知道從樹上下來的這腰懸長劍的白衣少女，竟是冷雲仙子葛青霜之徒。自己師父參透八九玄功，修復久僵之體，二次出世以後，欲以二十餘年沉潛所得，與武林各派一爭雄長。但對自己師兄弟一再叮嚀，諸一涵、葛青霜二人功參造化，只要是他們門

下弟子，一律不准輕視和無故結仇。

此時打量對方，只見這白衣少女，不過十五、六歲，姿容美慧，滿面英風，左手輕按腰間劍柄，狀態悠閒。他知道冷雲仙子極愛羽毛，如此年輕少女，若無驚人藝業，絕不會讓她步入江湖。勁敵當前，忙自氣納丹田，功行百骸，蛟筋蚪龍棒並交左手，向白衣少女抱拳笑道：「段、杜兩家爭鬥，我等均係事外之人，逢場作戲，互相印證武功，點到為止。姑娘既欲賜教，在下願以雙掌奉陪。」

白衣少女小嘴一撇，冷然答道：「你凌空下撲，用的鷹翻鵰擊重手，被我柳師叔反手輕輕一擋，便自震退，掌法已然不必領教。聞得你掌中這蚪龍棒，與你師兄火眼狻猊沐亮的一條十二連環索，威鎮西南，人稱苗疆雙絕。兵刃既已取出，怎的還不動手？莫非邴浩老魔的弟子，徒盜虛名，竟在人前示弱麼？」

聖手仙猿姬元與火眼狻猊沐亮，在苗疆及西南省威望極高，何曾受過這樣的奚落，但因面前敵手，一個是武林奇俠獨臂窮神，一個是冷雲仙子葛青霜的弟子，樹上還有一個能用內家罡氣，噴酒雨飛星而不見形影的老者。慢說自己孤身一人，就是師兄火眼狻猊同時趕到，照樣也非這些前輩奇俠之敵，有敗無勝。他人極聰穎，利害既已辨明，盛氣立平，蓄意找一台階，在不損師門威望之下，全身而退。

遂一任白衣少女出語譏嘲，毫不為忤，依舊微微含笑拱手說道：「姑娘如此說法，

姬元從命，謹以蛟筋虯龍棒法，領教威震武林的冷雲仙子門下高徒無雙劍法。」說罷棒分雙手，盤身左繞。

白衣少女見他這等沉穩從容，情知此人難鬥。玉手輕握劍把，一陣極清極脆的龍吟起處，右手青瑩瑩的一泓秋水，舉劍齊眉；左手劍訣一領，劍隨訣走，「韓湘揮笛」，劍截姬元右臂。

聖手仙猿姬元聆聽識劍，再一看劍上光峰，知是前古神物，眉頭不覺緊皺。他這蛟筋虯龍雙棒，每根三尺六寸，軟硬由心，棒頭虯龍獨角，除去鎖拿敵手兵刃之外，專打人身一百零八大穴。雖然係蛟筋所製，寶刀寶劍所不能傷，但見白衣少女手中寶劍，青芒如電，奪目生眩，也不由得心生戒意。見她起手一招，用的不是本門劍術，不知其意，旋身讓劍，揮棒還招。二人均負當代絕學，身形招式迅疾無倫，刹那問，已自化爲一黑一白兩團光影。

白衣少女吝惜本門劍法，動手過招，用的全是別派名劍，八卦劍、奇門劍、太極劍、袁公劍、越女劍等，迴環易用。忽動忽靜，忽疾忽徐，動若驚鴻，靜如處子；疾比飛雲掣電，徐似移嶽推山，變化無窮，神奇莫測。只看得廣陵杜氏三俠，目瞪口呆。

虯髯崑崙杜人豪一聲長嘆，回刀入鞘，向鐵筆書生低聲喟道：「二弟，武學之道，海闊淵深。我們二十年砥礪，僅得一瓢，今後何必再談這『功夫』二字。」杜人傑搖頭苦笑，目注戰場，卻未作答。

那聖手仙猿姬元，一任白衣少女用盡各種名劍絕招，自己卻總是苗嶺陰魔邴浩親授秘傳的一套「乾元棒法」，看招拒敵，得隙還招。兩根虯龍棒攪起一團玄雲，與白衣少女的如山劍影，戰了個銖兩悉稱，不分強弱。

白衣少女連換了六、七種劍法，掌中又是一口神物利器，戰過百招，兀自毫無勝意，不由兩朵紅雲飛上玉頰。忽的一聲清叱，從劍光棒影之中，抽身退步，平劍當胸，面色沉重，妙目凝光直注劍尖，劍尖指定聖手仙猿姬元心窩，緩步進身，慢慢發劍。

聖手仙猿姬元一見便知，白衣少女改用冷雲仙子震壓江湖，與不老神仙諸一涵「天璇劍法」合稱「璇璣雙劍」的「地璣劍法」。劍尖遞得雖慢，離身沿尚有數尺，冷芒便已襲人。心中不覺更是一驚，知道這少女竟能凝本身真氣，助長寶劍精芒，不必劍中人身，光憑芒尾即可傷敵。哪敢怠慢，翻身疾退丈許，雙臂一招，全身骨節格格山響，虯龍棒抖成兩道寒光，正待全力接戰。

突然遠遠傳來一聲極長清嘯，嘯聲甚低，聽來似在里外。嘯罷只聞一縷細如蚊鳴，但仍清晰得辨字音的人聲說道：「頃接師父座前神鳥傳書，急待報知東海之事，遲歸必當受責。師弟不可再爲別人恩怨糾纏，趕快前來會合同走。」

聖手仙猿聞聲色變，虯龍雙棒一收，向白衣少女說道：「姑娘且慢，姬元並非懼你

『地璣劍法』，實因師命難違，須立即趕回苗疆，他日相逢，再當領教。」

話完，不俟回答，雙足頓處，便如一縷黑煙，剎那消失。

八 魔舞妙音

惡道兇僧自獨臂窮神現身，早已嚇得魂不附體，但猶希冀身負奇能的苗疆雙絕，能夠抵擋。此時見聖手仙猿不戰而退，情知立刻大禍臨頭，兩人不約而同，腳底抹油，悄悄回身。還未走出幾步，長笑聲中，一條人影已從頭上飛過。那位綠林道中目爲勾魂使者的獨臂窮神柳悟非，在面前飄然落下，朝惡道兇僧怪笑一聲，道：「本來老花子有言在先，識得我傳授杜小鬼那套『萬妙歸元降魔棒法』之人，可免一死。但你這雜毛，卻偏偏用出那麼陰損惡毒的暗器，若再饒你，不知貽害多少世人。」說罷，怪眼一翻，神光四射。

火靈惡道還想逃遁，肩間剛一晃動，獨臂窮神「七步追魂」內家重掌的罡風勁氣，如同排山倒海，已到胸前。惡道一聲悶哼，人被震得凌空飛出五、六步遠，往地上一落，滿口鮮血噴出，五臟俱裂，立時斃命。

鐵珠頭陀越發魂飛魄散，柳悟非回身笑道：「你這禿驢，雖然兇蠻，惡行無多，尚

有可恕之道。今日姑寬一死，務望洗心革面，從此回頭。須知老花子掌下放過之人，可說是絕無僅有呢。」語音方落，倏地飛起一足，鐵珠頭陀那樣龐大的身軀，竟被踢飛丈許，全身一顫。他原是行家，知道這一腳，半生苦練之橫練功力，業已歸諸烏有，但留住性命已屬萬幸，急忙抱頭鼠竄而去。

老花子回轉庭中，黃衫老者也已下樹，正與小摩勒杜人龍談話。就只窘得個對方約鬥主人粉面郎君段壽，走又不是，鬥又勢窮力蹙。滿眼盡是些絕世高人，自己那兩下，宛如腐螢熠火，根本無法和任何一人爭輝並亮，正在手足無措，柳悟非向他笑道：「你這娃兒不要發急，我老花子做事，向來公平，休看我們人多，卻只處置你約來的那些狐群狗黨。你們兩家之事，仍然由你與鐵筆書生公平決鬥。」

可憐粉面郎君段壽，平日功力倒和鐵筆書生杜人傑伯仲之間，但此時四周強敵環伺，情仇判官雙筆從容揮舞，比平日更添神妙，自己一條霸王鞭，則心恍神搖，破綻百出。二十回合開外，便被鐵筆書生杜人傑一筆震飛兵刃，點中肩窩，栽倒在地。杜人傑度量寬宏，未爲已甚，命他隨來護院武師抬送回去。

小摩勒杜人龍一扯二哥衣袖，低聲說道：「二哥，你放走此賊，倘若他回轉儀徵，惱羞成怒，對我那未來二嫂有所不利，如何是好？」

鐵筆書生聞言一怔，柳悟非已接口笑罵道：「小鬼頭心眼倒是不小，但段壽小賊，

已被你二哥挑斷肩筋，再難爲惡，何況老花子到此之前，已然去過儀徵，早把小丫頭救出，送往你們家中去了。你還慮它作甚？」

說完轉面對杜人傑兄弟說道：「我來爲你們引見，這個黃衫老者也是十三奇中人物，『天台醉客余獨醒』，與我老花子是武林中最出名的一對酒鬼。你們揚州世家，必有窖藏酒，可得好好請我老頭子們痛痛快快喝上幾頓。這位小姑娘……」

天台醉客余獨醒道：「她叫谷飛英，是冷雲仙子第二個弟子。我往冷雲谷討取松苓醉酒之時，葛青霜托我帶她出山歷練，並尋找諸一涵的弟子葛龍驤，以天璇地璣雙劍合璧，西上嶓塚，找那硃砂神掌鄺華亭報她殺母深仇。嶓塚雙兇功力非同小可，這副擔子，我正愁挑得太重，不想在此碰上你這個殘廢，可要助我一臂之力麼？」

柳悟非且不答言，轉眼打量谷飛英，見她柳眉深鎖，怒容未釋。眼珠微轉，暗想這丫頭個性好強。老花子最愛這些年輕後起之秀，故意喟然嘆道：「怪不得諸一涵命葛龍驤，傳信龍門醫隱和老花子等人，說是苗嶺陰魔修復久僵之體，二度出世，功力驚人，須謹慎防範應付。老花子先還說他過甚其詞，滿心不服，今日他那二弟子聖手仙猿姬元，用鷹翻鶻擊身法凌空下撲之時，老花子反掌一擋，足足用了七成真力，竟未將他震出多遠，徒弟如此，老魔頭本人可想而知。谷姑娘連換多種劍法，雖未勝他，但本門地璣神劍，才一起手，姬元小魔便借此遁走，不敢再戰。果然冷雲仙子名下無虛，這小年

紫電青霜

紀，能有如此身手，確又比那老魔頭門下的什麼苗疆雙絕，高出一籌的了。」

谷飛英心性高傲，惡鬥多時，未能勝那姬元，總覺得有弱師威，臉上訕訕地不是滋味。聽獨臂窮神柳悟非這一誇獎，面容才轉，雙頰微現梨渦，向獨臂窮神笑道：「侄女無能，放那姬元逃走，方在自慚，柳師叔怎的還加謬讚，聞師叔之言，已然見過我諸師伯門下的葛師兄，他現在何處？」

獨臂窮神怪目之中隱蘊淚光，搖頭淒然說道：「葛龍驤在嶗山大碧落岩絕頂，被追魂燕繆香紅用五毒陰手，震下萬丈懸崖，葬身黃海之內，至今生死下落均尚未明呢。」

不但谷飛英聞言大驚失色，連天台醉客余獨醒也急忙追問究竟。柳悟非一聲嘆道：「此事說來話長，這破廟之中，也不是談話之所。你們兄弟三人，把那地上惡道遺屍掩埋之後，到你家中細說，老花子還有別事，要向你們打聽呢。」

廣陵三傑唯唯應命，將火靈惡道掩埋之後，眾人回到揚州杜家。小紅姑娘果然已被柳悟非救回，雖然小劫，益見真情。那位風流絕世的杜二爺，少不得先對心上人來上一番纏綿慰藉，然後向那義救佳人的獨臂窮神柳悟非再三致謝。

虯髯崑崙杜人豪不但人豪，酒量亦豪，難得來了這麼幾位平素渴慕而不得一見的武林奇俠，高興已極，一到家便命家人取出窖藏陳酒，與獨臂窮神、天台醉客及谷飛英等人，開筵暢飲。鐵筆書生、小摩勒即席相陪，連小紅姑娘也未迴避，玉手纖纖，持壺敬酒。

老花子一杯在手，對天台醉客余獨醒等人，把葛龍驤嶗山懸崖撒手之事，細說一遍。並把自己為他遠上衡山問卜，諸一涵閉關練功，留柬指示尋人方向，才來到江南。哪知不但葛龍驤生死蹤跡，依然杳然，連龍門醫隱柏長青父女也未遇著。因風聞這維揚左近，發生怪事，逛趟揚州。在瘦西湖畔酒樓之上，被小摩勒杜人龍認出奇人，代付了二十斤洋河大麯的酒賬，並且陪著遊了大半夜的瘦西湖。愛他靈慧機智，收為記名弟子，臨時傳了幾手功夫應敵，才在這十二圩破廟之中，與眾人相遇，一一詳說。

小摩勒杜人龍叫道：「師父！您不是說過，只要我能在這一夜之間，學會所傳『龍形三式』和『萬妙歸元降魔棒法』中的一十四招，獨力鬥敗惡道兇僧，便正式收徒的麼，怎麼我已樣樣做到，卻還是記名弟子呢？還有師父您說，風聞維揚左近發現怪事，可是指幾個美貌少年半夜失蹤不見麼？」

獨臂窮神柳悟非，把眼一瞪道：「小鬼不要囉嗦，分什麼記名弟子和正式徒弟，老花子一生不拘形式，只要你伺候我喝酒喝得高興，自然有你好處。」

老花子又對天台醉客余獨醒道：「這維揚左近，年輕子弟失蹤多人，分明又是那些下流蕩婦所做的『倒採花』勾當，但手段頗為乾淨，足見其人武功不弱。此類淫娃，北

道之中，應以已在嶗山伏誅的追魂燕繆香紅爲首要人物。南方則除仙霞嶺天魔洞的摩伽淫尼之外，尚想不起他人。但摩伽惡跡，向來只在閩粵一帶，故此間作案者爲誰，殊覺費解。諸一涵、葛青霜托我等在正邪兩派總決算前，先期略挫諸邪凶焰，以爲武林主持正義。這等人神共憤的下流淫賊，誅戮之責，豈容旁貸，我等人手這眾，自明日起，分批在這維揚四城及近郊之處，細細勘察一番，再謀對策可好？」

天台醉客自然贊同。翌日午飯用罷，柳悟非便請天台醉客帶領谷飛英，察視北城；杜人豪、杜人傑分巡東西；他自己則與小摩勒杜人龍二人，信步往南。師徒二人正在沿街徜徉，小摩勒杜人龍忽然叫道：「師父，你看這家旅店，好好的門上，用刀刻一個似鳥頭的東西作甚？」

獨臂窮神柳悟非順杜人龍手指看去，不覺心中大喜。原來那旅店門上刻痕，並不是什麼鳥頭，卻是與龍門醫隱所約好的暗記「鶴嘴藥鋤」。連忙趕進店內一問，果然是一老一少。但人已早走七日，卻留下一封書信，吩咐店家，如有個獨臂老頭尋來之時，可即交與。店家見柳悟非形貌正合，又是廣陵三傑中的杜人龍陪來，恭恭敬敬將信遞過。柳悟非拆書一看，大意是說：自從嶗山火焚魔宮之後，柳悟非遠上衡山，龍門醫隱帶著愛女玄衣龍女柏青青，順海南行，一路時時打探葛龍驤生死音訊。蓋世神醫指下無虛，行未百里，柏青青果然病倒。她自在龍門山誤傷葛龍驤，不避男女之嫌，親自將他抱回

天心谷醫治，芳心之中，早已矢志非葛郎不嫁；養傷幾日，郎才女貌，兩意相投，師門淵源又厚，一對璧人，簡直神仙不羨。葛龍驤傷癒先走，嶗山四惡敵勢太強，柏青青一顆芳心，就老是提著，生怕有失。果然碧落岩頭，眼見情郎遭人毒手，這一個極度嚴重的打擊，打擊得柏青青五內翻騰，柔腸寸斷。憑藉一口怨毒之氣，強聚精神，手刃繆香紅之後，便即暈倒。龍門醫隱為她診脈之時，已知不妙。萬般無奈，只得以幾粒太乙消寧丹之力，為她暫保中元，並設法使柏青青痛哭一場，略消積鬱。

嶗山之事一了，柏青青感逝傷懷，連嗆幾口鮮血，病勢立作。

雖然龍門醫隱術比華佗，但這種抑鬱心病，卻無法速癒。柏長青只得耐心開導，一面為她製造葛龍驤不致夭折的各種理由，一面用湯藥靈丹慢慢調治。晃眼兩月，柏青青病雖漸癒，但一個英姿颯爽、風華絕代的玄衣龍女，已經變成了瘦骨支離，芳容枯槁！龍門醫隱能驅邪惡，難祛情魔，眼望著愛女這副楚楚可憐神態，也只有暗彈老淚而已。

忽然這日有一群鏢客，自南方保鏢北來，恰與龍門醫隱父女同住一店。偶然談起江南新近出現一位蒙面小俠，高超已極，兵刃是一支降魔鐵杵，但極少取用，就憑著一雙鐵掌，剪除了不少強梁惡寇。連那久霸江南的鐵珠兇僧和火靈惡道，也為顧忌蒙面小俠，而暫時避往江北。但他不知何故，總是以一副特製面具蒙面，從未肯以真面目示人。柏青青一聽心動，龍門醫隱覺得鏢客們所說的蒙面小俠及兵刃神情，均與葛龍驤相

似，力勸柏青青屏憂絕慮。又好好地將息了幾日，父女二人同下江南。等到了地頭，細一探聽，那位蒙面小俠身材、口音以及習性等等，確實像是葛龍驤，但蹤跡卻始終未現。父女二人再三猜度，均猜不出。如是葛龍驤，何以不設法找尋自己，並蒙面行事作甚。

柏青青好奇心起，立意不管是否心上人，也非把本來面目揭破不可。好不容易打探出那位蒙面小俠，追躡一個遠道來的淫尼，去往江北維揚左近。父女二人渡江趕往揚州，美貌少年已有多人失蹤。連夜訪查之下，在城南一座密林中，發現一個蒙面少年也追入林中。只剩下一個被淫尼劫走，而被蒙面人救下的少年，代蒙面人傳言，說是已知龍門醫隱父女追蹤之意，但他並不是他們所找之人，並托這少年勸柏青青死心，說是她所想之人，早已死在嶗山萬丈懸崖之下。

柏青青一聽，越發證實了蒙面少年正是葛龍驤，但想不透爲何如此薄情，不肯相見。龍門醫隱沉吟至再，仔細揣摩，不但蒙面少年來歷業已猜出幾成，連那淫尼也判斷出必是福建仙霞嶺天摩洞的摩伽妖尼無疑。因怕蒙面少年追去犯險，孤身無助，遂顧不得再等老花子柳悟非，匆匆留下一信，略說經過，並在所居旅店門外刻下暗記。如老花子能夠看到此信，可往仙霞嶺一行，彼此合手再爲江湖除一巨害。蒙面少年的真正面目，也必可察出……等語。

柳悟非看完，將信帶回杜家，對天台醉客余獨醒叫道：「柏長青那老怪物，頭腦向來清楚，這一次也做出糊塗事來。他既猜出蒙面少年來歷，卻不明寫出來，教老花子悶在葫蘆裏面，好不難受。」

谷飛英看完信，接口笑道：「玄衣龍女柏青青，當局者迷，猶有可說，柳師叔怎的聰明一世，懵懂一時起來？那蒙面少年如若不是我葛龍驤師兄，又怎知道柏師叔父女追他何意，據侄女推測，我葛龍驤師兄因九死一生，容貌有損，才不願意再與玄衣龍女見面。不管怎樣，家師既請柳師叔等主持武林正義，剪除邪惡爪牙，仙霞嶺天魔洞這萬惡之所，怎能不給它來個掃穴犁庭，替天行道呢？」

柳悟非拊掌大笑道：「谷姑娘靈心慧質，畢竟不凡，所言極有道理。喂，老酒鬼！杜家的窖藏佳釀，著實不錯，我們再吃上兩日，一同跑趟仙霞。可是不興白吃白喝，老花子已收了個甘心捧我這討飯碗的小叫化，你可也得把你那『乾天六十四式』，留下幾招，當做酒資才行。」

虬髯崑崙杜人豪、鐵筆書生杜人傑，聞言大喜，雙雙離席下拜。天台醉客余獨醒，酒興也濃，攔住二人，哈哈笑道：「你二人不必多禮，老花子故弄狡猾。我這『乾天六十四式』算不了什麼，他自己的『龍形八掌』，才真叫武林絕學。不管怎樣，相見一場總是有緣。你二人內家根底，原已不弱，我就在席前把『乾天六十四式』，慢慢演練

一遍，能記多少，憑你二人聰慧緣分。我雖以酒爲名，還不如老花子這等嘴饞。摩伽妖婦久霸南天，六賊銷魂妙音與天魔豔舞，別具一種旁門左道威力。赴援要緊，哪能再喝兩天。明晨行時，與我們裝上兩大葫蘆帶走便了。」

說罷，走向庭前，從「無極開元」起招，到「重掃混沌」收式，把生平得意成名掌法「乾天六十四式」，慢慢演練一遍。杜家兄弟寧神靜慮，屏息以觀，谷飛英卻意態悠閒，拈杯微笑。

天台醉客余獨醒掌法使完，入座笑問杜家兄弟記了多少，虯髯崑崙、鐵筆書生自稱魯鈍，僅得三分之一；小摩勒杜人龍向師父扮個鬼臉，說是記下了三十招以上。獨臂窮神笑罵道：「小鬼不要自詡聰明，須知人外有人，天外有天。不信請你谷師姐練上一遍，只怕錯不了十招以外呢。」

杜人龍一伸舌頭，谷飛英見他淘氣得好玩，不覺嫣然一笑。

次日動身，虯髯崑崙、鐵筆書生足足送出十里，一再叮囑兄弟小摩勒杜人龍，好好從師，不許淘氣搗亂，惹事生非。兄弟灑淚而別，暫且不提。

再說龍門醫隱柏長青，在揚州南城旅店之中，與獨臂窮神柳悟非留下書信以後，率同愛女，趕往仙霞。柏青青越想越覺難過，含淚向龍門醫隱說道：「爹爹，看那蒙面少

年，在林中追趕淫尼身法，分明就是我葛師兄，但為何不願相見，女兒百思不得其解，爹爹可猜得出麼？」

龍門醫隱已看出幾分端倪，但無真憑實據之前，不願以判斷之言為柏青青更添刺激，遂隨口答道：「我也猜是他。此子義重情深，絕非澆薄之徒，不肯相見，必有重大別情。好在同討淫尼，前途總會遇上，何愁此謎不解？你自遭此變故之後，心緒太壞，連爹爹的話都老是不聽；目前病體雖癒，真元極弱，再若抑鬱傷懷，即華佗復生，亦無能為力了。」

柏青青口頭雖然唯唯應諾，其實心中比來見蒙面少年之前還要難過。父女二人均極欲打破這疑團啞謎，加急前趕。江浙原是鄰省，不消多日，已到浙南。

仙霞嶺在浙南江山縣南，山嶺重沓，蜿蜒流走，界江西、浙江、福建三省之會。摩伽妖尼所居「天魔洞」，在鄰近福建楓嶺關的一片幽谷之內。龍門醫隱父女到達仙霞嶺後，因地勢太生，一連搜查幾日，均未發現魔窟所在。向當地山民詢問，只一提起「天魔洞」三字，俱都懍然色變，搖頭噤口，不願多言。末後還是一家年老獵人夫婦，因自己僅一獨子，生得頗為雄壯英武，行獵不慎，誤近「天魔洞」前，被淫尼擒去，輪流採戰，吸盡元陽。雖然得隙逃回，不久癆瘵而死。心中自然恨透妖尼，見龍門醫隱柏長青，豐渠夷沖，一臉正義，絕非與淫尼同流合污之輩，故希冀或係江湖俠士來此掃蕩魔

窟，遂將「天魔洞」左近形勢，指點甚詳。

龍門醫隱父女稱謝告別，依照獵人夫婦所告方向途徑，果然又行一日，入山甚深，已近魔窟。

柏青青與爹爹攀上一座懸崖，攏目四觀，忽然手指南方，對龍門醫隱說道：「爹爹你看那座懸孤峰，峰石紅如火爍，不是那獵人夫婦所說的『硃砂壁』麼，壁下幽谷，大概就是妖尼自名的『銷魂谷』了。」

龍門醫隱細一打量，點頭答道：「青兒所言不錯，谷下已是魔窟。摩伽妖尼足跡向來少到中原，僅聞她擅長迷魂蕩魄之術，真實武功如何，尚未會過。但既然久霸南天，必非易與。我們地勢又生，不宜妄動，孫子有云：『知己知彼，百戰不殆！』先隱秘行蹤，察清敵勢，再作道理。」

父女二人遂攀藤附葛，輕比猿猱，潛下深谷。下到谷底後，因聞獵人之言，「天魔洞」就在那座「硃砂壁」下，那壁石色赤紅，片草不生，極易辨認。幾個轉折過去，已近赤壁。二人身形益發隱秘，完全躡足輕身，順著岩壁藤蔓草樹掩蔽之下，慢慢前進。

忽然前面似聞人語，龍門醫隱打量當地形勢，恰好是個崖嘴，壁上嵯峨怪石叢列，盡可藏人。一拉柏青青，雙雙躍上崖壁，藏身亂石之中，偷偷一看，崖嘴那邊，一片平坡，甚是寬坦，赤紅色山石之間，有一丈許方圓大洞，知道已到地頭。

洞口一個一身白色錦衣的中年妖豔女尼。那蒙面少年卻是淡青勁裝，背上斜露一支降魔杵柄，猿臂鳶肩，長身玉立，雖然臉戴面具，也看得出是個極爲英挺的俊美少年。

中年妖豔女尼手中拂塵一甩，指著蒙面少年媚笑說道：「你這小冤家，從江南追到江北，從江北又追到此間，屢屢破壞你家仙子美事，所爲何來？照你這副身材，小模樣兒一定長得不壞，何必套上個鬼臉，討厭死人。若肯降心歸順，我這銷魂谷天魔洞，是人間至上樂境，你家仙子甘心全遣面首，師徒七女，嫁你一人，讓你享盡無邊豔福。倘若倚仗你那點微末武功，妄想逞強，慢說是我摩伽仙子『天魔百帚』蓋世無華，就是我這六個徒兒，隨隨便便給你來上一場妙舞清歌，你也就敬酒不吃吃罰酒了。」

蒙面少年悶聲不響，挫步進身，向摩伽妖尼遙推一掌，掌風勁急，劈空襲人。摩伽妖尼不防他說打就打，左袖微揮，也是一陣疾風拂出。不料少年掌力極爲雄渾，她這匆忙揮袖，竟然相形見絀，嚶嚀一聲，人被震出幾步，柳眉一剔，口中曼聲長吟。

身後所站的六個妙年女尼，玉手紛紛揚處，六件白色錦衣一飄一捲，俱用內家「束濕成棍」功力，捲成六支軟棒，挪在右手，身上卻均片絲不掛，纖腰豐乳，凝脂堆酥，一齊眼望摩伽妖尼，待命攻敵。

蒙面少年彷如驚弓之鳥，一見又是這般脂粉風流陣仗，把拔起半空的身形，硬打千斤墜，倏然止墜。就在此時，崖腰大石之後，忽然響起一聲淒呼，「龍哥」二字隨風入

耳，兩條人影也自淩空飛墜。少年聞聲驚心，一言不發，頓足便起，等那兩條人影落在當地，少年已然隱入前路谷中叢樹之間不見。

原來玄衣龍女柏青青隱身石後，一見那蒙面少年，一顆芳心不覺騰騰亂跳，隔得這麼近，看少年身材、風度、兵刃、服裝，活脫脫的就是那嶗山大碧落岩，撒手懸崖，葬身鯨波千尺之內的心上人葛龍驤，就只臉上多了副高鼻厚唇的醜怪面具而已。這一來，不由喜極，一手抓住龍門醫隱，嬌軀不禁微微發抖。再一見他劈空發掌擊人，用的又是獨臂窮神柳悟非的拿手絕學「龍形八掌」，越發料定無差，一聲淒呼「龍哥」，凌空便即撲下。

哪知蒙面少年，避如蛇蠍，見即遠遁。正一怔神，龍門醫隱怕她又要急痛，向柏青青背後輕拍一掌，低聲說道：「青兒，龍驤果然未死，可喜可賀。妖女當前，對方最善迷神之術，暫時摒絕妄念，一意應敵。」

二人突然飛落，摩伽仙子也是一驚。細一打量，將手一揮，六個妙齡女尼錦衣覆體，拂塵一甩搭在右腕，單掌問訊道：「來人莫非武林十三奇中龍門醫隱柏大俠麼？仙霞嶺銷魂谷天魔洞主摩伽仙子，恭迎俠駕，洞內待茶。」

人家以禮相待，龍門醫隱身為前輩奇俠，也是武林中第一流的人物，倒不好即時翻臉，微微含笑說道：「洞主好厲害的眼光，彼此未謀一面，居然識出柏某，既然來此，

就是刀山劍樹，亦當一闖，洞主先請。」

摩伽妖尼格格嬌笑道：「柏大俠說哪裡話來，武林十三奇威震宇內，三尺孩童俱欽風範，怎會認識不出。我們這窮山僻壤，得迎俠駕，光寵何如？小小一座天魔洞，怎稱得起什麼刀山劍樹？柏大俠彈指之間，即成齏粉。既然多疑，貧尼遵命先前領路。」

龍門醫隱聽這摩伽妖尼談吐不俗，已自暗暗稱奇。父女二人隨她走進洞府，當中是一大間石室，甚爲廣亮，兩壁另有小門，通向別洞。

龍門醫隱入室之後，目光四掃，只見壁上近洞頂處，鑿有無數杯口大小洞穴。正在忖度這些洞穴用途，摩伽妖尼已然揖客就座。小尼用玉盤托上三杯香茶，摩伽隨手端起一杯，向龍門醫隱父女笑道：「山野之間，無物相款，這是武夷絕頂雲香茶，柏大俠與這位姑娘，且請一試。」

龍門醫隱見那杯茶色正香濃，斟在玉杯之中，清澄碧綠，極其好看。他一代名醫善識本草，到眼便知茶內並未藏奸，點頭示意柏青青，此茶可飲。父女舉杯就唇，果然不但茶葉極好，並且還是用積雪所融之水所泡，別具一股淡淡幽香，入口令人神清氣爽。

摩伽妖尼俟二人放下茶杯，含笑問道：「仙霞嶺僻處南荒，無殊化外。柏大俠與這位姑娘萬里遠來，必有所爲，貧尼洗耳恭聽。」

龍門醫隱柏長青見這摩伽妖尼，圓滑已極，態度又極謙和，一時真不知如何啓口。沉吟片刻，也自含笑答道：「柏某山野散人，不足當大俠之稱。洞主威名久震南天，本來彼此無涉，但柏某江湖行俠，路過維揚，有幾家青年子弟失蹤案件，似在洞主身上。這才不辭跋涉，攜同小女，遠上仙霞。俗語云：萬惡之中，以淫爲首。洞主可願聽柏某良言相勸，驚覺癡迷，脫出這無邊慾海麼？」

摩伽妖尼臉上神色絲毫不變，依舊笑吟吟地說道：「柏大俠遠道寵臨，原來爲此。但武林成派，雖然同出一源，修爲卻自各異。貧尼師門所傳，就是這些姹女元嬰、陰陽妙訣之類。若棄此他圖，在柏大俠講來，是慾海回頭，棄邪歸正。但在我本身言之，卻是叛師背道，罪不容誅。俗語云：『道不同不相爲謀』，理即在此。維揚幾家青年子弟，一經臨床考驗，膏粱紈袴，氣血早虛，尚無緣入我天摩洞內，已在途中，贈以盤纏，遣送回去。貧尼自知，縱然黃帝昔年，也曾問道素女，著有內經。但在柏大俠等名門正派眼內，這種行徑，終屬邪惡。既然來此，必難善罷。若論動手過招，貧尼『天魔百帚』，雖然自信不俗，尚不敢與十三奇中泰斗人物一較長短。倒是平生練有一種六賊妙音，與門下弟子們的一種天魔豔舞，尚可就教高明。只要柏大俠與令嬡，在我仙音妙舞完畢之後，不爲七情六慾所動，貧尼當即毀去此洞，永離色界，皈依我佛。倘小術僥倖得逞，則請柏大俠莫再過問我這南荒妖女之事，這樣無論勝負，均可不傷和氣，柏大

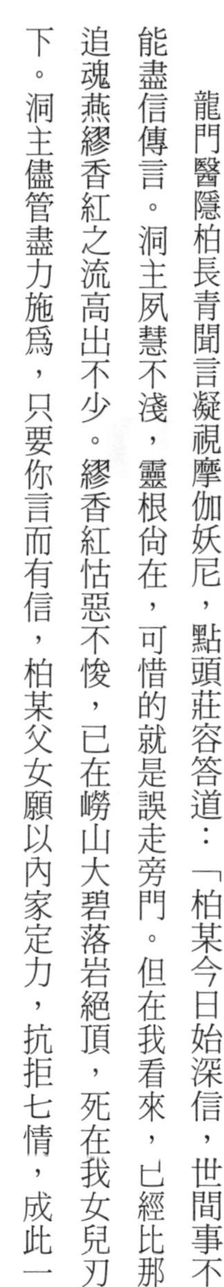

俠意下如何？」

龍門醫隱柏長青聞言凝視摩伽妖尼，點頭莊容答道：「柏某今日始深信，世間事不能盡信傳言。洞主夙慧不淺，靈根尚在，可惜的就是誤走旁門。但在我看來，已經比那追魂燕繆香紅之流高出不少。繆香紅怙惡不悛，已在嶗山大碧落岩絕頂，死在我女兒刃下。洞主儘管盡力施爲，只要你言而有信，柏某父女願以內家定力，抗拒七情，成此一場功德。」

摩伽妖尼一笑起立，向龍門醫隱略一施禮，便率領侍立小尼，自側門退出石室。

柏青青瞿然問道：「爹爹，這妖尼會不會另有奸詐？」

龍門醫隱搖頭笑道：「此人雖屬旁門，陷溺似尚不深。若能以此賭鬥，度她改惡向善，比用武力加以誅戮，功德尤大。但她聲明係以七情六慾歌舞迷人，這類無形之敵，不比臨陣交鋒，拳劍武術一概無用；只能以本身智慧定力，返照空明，做到六欲不擾、七情不生，才算得勝。看來似易，卻極艱難。你須坐在我身畔，以便隨時照應。」

柏青青雖然如言靠近爹爹坐下，心中卻大爲不服。暗想大小陣仗，自己不知經過多少，連追魂燕繆香紅那樣厲害人物，照樣給她來個白刃入胸，開膛剖腹。這摩伽妖尼的「六賊妙音」和什麼「天魔豔舞」，難道狠過嶗山四惡不成？

她心有所思，面上自然帶有鄙夷不屑之色。龍門醫隱一見不由搖頭，向柏青青正色

說道：「青兒，你夙慧甚高，但好勝之心太重，大概不以爹爹之言爲然，以爲摩伽所恃不過是些淫歌豔舞之類。須知一名之成，絕無倖至。這類『萬籟繁音迷神之術』雖屬旁門，也必須本身內功登峰造極，才能爲之。據我推測，她那些女弟子的『天魔豔舞』，不過是些蕩態淫形，對你我父女施展，自然難逞其技。至於摩伽本人所發『六賊妙音』，則因無形無質，來不知其所自來，去不知其所自去，時時因人心意而變化無方，一切貪嗔癡愛惡欲悲歡，消長循環，自生妙用，定極厲害。苟一爲所乘，隨之動作，即算落敗。摩伽去已甚久，料想即將發動，你就在此石椅之上，依我疇昔所傳內家坐功，五心朝天，一神內照，把一切眼耳鼻舌身意，所見所聞，付諸虛空寂滅即可。我不但要以本身定力，勘透七情幻境，更因世道淪亡，人心險詐，雖然彼此言明，如此賭鬥，但仍不得不如你先前所言，防她另有鬼蜮奸謀，所以還要防禦那無形之魔外的有形之魔。一心二用真幻之間，衡斷極難。你若再不聽話，累我分神，你爹爹的一世英名，真要在此南荒斷送了。」

柏青青見爹爹說得如此嚴重，知道不是故作危言，剛剛盤膝坐好，隔室已然傳來一陣靡靡音韻。

先時洞外所見的六名妙齡女尼，業已錦衣盡脫，纖腰之下以花瓣綴成短裙，肩頭則覆以與花同屬異種，而不知名的青色心形樹葉，此外臂腿全裸。手中各執笙簫樂器，翩

躚走入石室，向龍門醫隱父女恭身施禮，同時嫣然一笑，便自舞蹈歌唱起來。

這六個妙齡女尼，個個粉妝玉琢，美貌非常。再一載歌載舞，越發顯出一身柔肌媚骨，玉映珠輝。星眸流轉之間，和以靡蕩之音，端的聲容並妙，冶蕩無倫，確足勾人心魄。龍門醫隱與玄衣龍女，一個是功行卓絕，定力極堅；一個心地純潔空靈，纖塵不染，均是一樣寶相莊嚴，含笑而視。女尼們一番舞罷，見人家絲毫無動於衷，突然一齊曼聲長吟，個個手摘花葉衣裙，隨拋隨接，霎時飛起一室花雨。

六人通體一絲不掛，粉彎雪股，玉乳酥胸，全部裎露。在花雨繽紛之中，忽而雙手據地，倒立旋轉，玉戶微張，元珠外現，開翕之間，備諸妙相。忽而反身起立，輕盈曼舞，玉腿齊飛，在花光掩映之中，渥丹隱現。舞到妙處，全身上下，一齊顫動，口中更是曼聲豔歌，雜以騷媚入骨的呻吟。淫情蕩意，筆所難宣，委實撩人情致。

龍門醫隱等她們百技俱畢，又行周而復始之際，突然瞋目大聲喝道：「天魔豔舞已然領教，不過如此，摩伽洞主速賜妙音。」就這幾句話的威力，六名妙齡女尼竟然禁受不起，一齊震得骨軟筋酥，萎頓在地。

石室頂上那些杯口大的洞穴之中，傳來摩伽妖尼的清脆語音，說道：「多謝龍門大俠，以內家『獅子吼』，驚覺摩伽門下癡迷。俗舞不堪入目，敢請再聽俗音。只要繁音一歇，柏大俠父女未為七情所侵，貧尼便當如約自毀這天魔洞，從此永絕塵緣，皈依我

佛！」說罷，六個妙齡女尼也自地上，慢慢爬起，退往別室。洞頂之上，忽然垂下一幅絲幔，把石室與外洞隔絕，幔上並繡有兩個大字，一紅一黑，字曰「情關」。

龍門醫隱這時才知道，石室四壁孔竅，是鑿來傳音之用，絲幔一落，料想「六賊妙音」即將發動。雖然約略聽出摩伽妖尼頗有藉此機緣棄邪歸正之意，但已無暇深思，連忙再度囑咐柏青青澄神定念，守住天君，謹記境由心生、幻隨心滅之語。

果然，室頂萬竅之中繁音漸作。時如蟲鳴，時如鳥語，時如兒啼，時如鬼嘯，時而竟能隨各人心意，幻出最親近人的聲音，呼喚自己。柏青青彷彿聽見葛龍驤在東南角上，低喚「青妹」，加上先前在洞口所見蒙面少年，委實太像自己的夢寐中人，幾乎忘了這是幻覺，而起身撲將過去。雖然臨危尚能自制，懸崖勒馬，但龍門醫隱柏長青見愛女才一開始，就已幾蹈危機，長眉已自深深皺鎖。

摩伽妖尼的「六賊妙音」，果不虛傳。由眾匯齊鳴，漸漸音分各類。東壁竅中，巨聲雜沓，砰訇震地，宛如萬馬奔騰，雷鳴風怒，山崩海嘯，石破天驚，懾人心魄。西面則恰恰相反，起了一片清吹細打、樂韻幽揚的淫靡之音；群樂競奏，繁聲洩呈，濃豔妖柔，蕩人心志。身後所發，卻是一種匝地哀聲，或如思婦離人，天涯望斷，情懷索寞，觸緒興悲！或如孤軍轉戰，矢盡糧窮，壯志難伸，埍埃未報，只得取義成仁，以盡職守；或如萬眾小民，本在自由康樂的生活之中，一旦爲奸黨竊國，暴君臨政，被苛吏嚴

刑，榨取得肉盡髓枯，呻吟求死。那一種渴盼王師，來蘇涸轍的怨苦呼號，至悲至切之聲，簡直酸心淒脾，令人斷腸。

柏青青對東、西兩方的巨聲淫聲，尙能付諸無聞，但對身後的人民疾苦之聲，卻因天生俠骨，軫念體恤，心旌搖搖，不能自制，嬌靨之上，勃然生怒，雙目一閉，正待動手，突然與自己爹爹目光相對，始覺得爹爹眼光湛淨已極，好似含有無限祥和！自己滿腔殺機與不平之氣，被他目光一罩，便漸平息。終於悟透暴政絕難持久，人民於體會之中，分清是非善惡，群起揭竿，回應正義討賊之師之際，也就是重登衽席之時。時機未至，徒逞匹夫之勇，不過血濺五步，略爲人間稍留正氣而已。心氣一平，人也跟著明白，爹爹今天，雖未與人動手過招，但精力已然消耗不少。先前用「獅子吼」震散「天魔豔舞」，此時又以極耗真氣內力的「慧眼神通」，驚覺自己癡迷，再不趕快鎮攝心神，爹爹恐怕也將無法負累。

玄衣龍女一念生明，在石椅之上，含笑端然趺坐，神儀朗徹。龍門醫隱見愛女這般寶相，知道她已天人悟徹，色相無侵，不覺寬心大放，知道勝算已定。

哪知壁間諸響，久久無功，突然一齊消歇，但只剎那之間，大千世界無量數的萬千聲息，大至天地山川、風雲雷雨、日月星辰之變，小至鳥噪蟲鳴、嚴寒酷暑，一切驚喜悲樂、憎怒愛惡之聲，全都雜然並奏。

龍門醫隱暗叫不好，真料不到區區摩伽妖尼，竟有如此功力，能以所有七情六慾之聲，一齊來犯。自己雖然尚可應付，但柏青青絕難支持。一時苦無良策，正待拚竭全力，豁出損耗真元，受點內傷，要以「少陽神掌」配合先天無形罡氣，封塞壁間諸竅。突然洞外傳來一陣龍吟虎嘯之聲，唱的是岳武穆傳誦千古的《滿江紅》詞曲。

在這龍吟虎嘯之中，還雜有琅琅詩聲，唸的是炳耿精忠、萬世景仰的宋末名臣文文山的《正氣歌》。這一來龍門醫隱愁眉頓解，等《正氣歌》唸到第六句「沛乎塞蒼冥」時，六賊潛收，諸響盡息。

柏青青妙目一張，洞外連聲哈哈狂笑。那幅「情關」妙幔，被人撕了一條大縫，伸進來獨臂窮神柳悟非的一顆亂髮蓬鬆腦袋，向龍門醫隱咧嘴笑道：「世間事妙到極點，老花子遠上衡山涵青閣，諸一涵苦練乾清罡氣在坐『玄關』，趕到這仙霞嶺天魔洞，老怪物卻在坐『情關』。若不是老花子和老酒鬼詩興大發，唸上了岳鄂王和文相國的一詞一詩，只怕老怪物『情關』難破呢。」

龍門醫隱微微一笑，方待答言，地底忽然傳來一陣輕微炸音。諸人俱覺一怔，左壁通往別洞的圓門之中，飛也似地闖出那蒙面少年，大聲叫道：「諸位快走，這洞馬上要倒！」說完，人已往外竄去。

柏青青跟蹤急撲，柳、柏二老緊接追出洞外。蒙面少年身法太快，柏青青那絕好輕功，竟未追上，仍然被他逃入林中。不由傷感過甚，一聲悲嚎，哇的一口鮮血噴處，人便暈倒。

龍門醫隱隨後趕到，見柏青青再度噴血，不禁珠淚漣漣隨之俱落，知道愛女未痊癒的重病如果復發，此命將休，非自己醫道所能挽救！剛剛伸手抱住柏青青暈倒身軀，天魔洞內果然傳出一聲震天巨響，連那硃砂石壁也似搖搖欲倒。一時濃煙大作，碎石群飛。龍門醫隱懷抱柏青青，獨臂窮神柳悟非、天台醉客余獨醒，連同跟來的俠女谷飛英、小摩勒杜人龍，慌忙一齊臥倒在地，並各用掌力、兵刃撥打近身散落石塊。

好大半天過後，震響才歇，碎石不再亂飛，漫天塵土也漸漸平息。眾人紛紛自地爬起，相顧均覺駭然。

獨臂窮神柳悟非向天台醉客余獨醒怪笑一聲，說道：「老酒鬼，你我福命總算還大，你看這片紅色山壁，已然傾斜，震力再若稍強，便將整個倒下，再好武功無從施展，一行六人，齊做南荒冤鬼，豈非太不值得麼？」

天台醉客等人也自紛紛嗟嘆，唯有龍門醫隱柏長青一語不發，從懷內取出幾粒靈丹，餵向愛女柏青青之口，仔細爲她一察脈息，老淚不禁淒然連落。眾人大驚，正待問故，忽然硃砂紅壁半腰轉出六人，一齊縱下，但個個身帶殘傷血跡，正是天魔洞主摩伽

妖尼，帶著五個妙齡弟子。

摩伽妖尼左半臉血跡殷然，一目已眇，走到近前，向眾人合十為禮，莊容言道：「摩伽幼入旁門，沉淪慾海，但心頭一點靈光，猶未盡滅，每於淫樂一罷，輒起自慚。二年以前遇一神尼，苦加度化，靈明更復，益悟前非。唯以昔年曾向本教邪神立有重誓，除非有人在我『萬竅傳音石室』之中，以本身定力經受『天魔豔舞』與『六賊妙音』考驗，而能做到六欲不侵、七情不擾，使我教中大法功效俱成泡影之際，絕不能叛教他投，改邪歸正。

「這三年以來，閩、浙、贛、蘇等省，曾有不少英雄俠士憎惡摩伽邪行，來此聲討。但慢說是「六賊妙音」，只要「天魔豔舞」一起，均已目為色迷，忘卻來此用意，甘心俱墜無邊慾海。摩伽雖然無力自拔，但總竭力求減罪孽。無論對任何男子，採補之後，均必另以自煉靈藥，使其恢復元氣之後，好好遣送回去。二十年放蕩從未傷過一人。今日得能苦海回頭，冥冥之中，也許就鑒念摩伽這一絲善意！門下弟子，也均尚能遵守摩伽平日教誨，只有三弟子如煙，曾有一次誤將前山獵戶之子洩盡元陽，以致不救。但她適才已在山崩之時，歸諸劫運。可見天道循環，絲毫不爽。

「三日之前，武林十三奇中，最為陰毒刁狠的黑天狐宇文屏突然過訪，告以苗嶺陰魔邴浩業已練復久僵之體，二度出世。各正教中人，也紛紛重現江湖。彼此已然約定後

年的中秋，在黃山始信峰頭，較功論劍。一再苦勸摩伽，隨她同往苗疆，與邴浩老魔同練一種『三絕迷陽勾魂陣法』，內用摩伽勾魂亂神之術惑敵，外以邴浩老魔的秘練絕技『十二都天神掌』傷人。黑天狐宇文屏卻在暗中用她那最毒的『飛天鐵蜈』、『蠍尾神鞭』、『守宮斷魂砂』、『萬毒蛇漿』與『蛤蟆毒氣』等五毒邪功，亂施鬼域。以期在赴會群俠與嶗山四惡、嶓塚雙兇等人動手之時，驟加暗算，不分正邪，一網打盡。我等三人，便可鼎足而分，稱雄寰宇。

「宇文屏用心如此險惡，摩伽聞之，亦覺駭然。再三推託，執意不從。宇文屏在我天魔洞內住了兩天，一再遊說，直到昨日，已然唇焦舌乾，見摩伽仍不爲動，無術可施，才拂袖而去。跟著便是那位不知名的蒙面小俠，與龍門醫隱大俠父女，尋上門來。摩伽一見柏大俠這樣的武林泰斗蒞臨，便知夙願可能有望。果然柏大俠父女內家定力，湛淨空明，一任摩伽使盡教中邪惡伎倆，依然情慾不動。惡誓既解，摩伽方冀從此回頭，哪知爲惡仍多，終須略受果報，以消前孽。肘腋之中，竟然隱有惡人，禍生不測，幾連諸位一齊隨同在這荒山埋骨。

「那黑天狐宇文屏，果然險惡絕倫，在此僅僅勾留兩日，竟把我另外兩處暗洞摸清。昨日表面拂袖而去，其實仍在暗中潛伏。柏大俠父女『情關』勘破，諸位進洞之時，摩伽原準備有日改正回頭、毀此銷魂魔洞的地雷火藥，竟被宇文屏偷偷點燃。幸喜

發現尙早，三弟子如煙與摩伽一同捨身撲救。如煙骨化飛灰，摩伽也少去一目。幸而護得三枚最大的地雷未曾爆炸，不然各位遭此飛災，摩伽縱然形滅神消亦難補此憾了。」

說完，她轉對龍門醫隱重致謝意，並詫然問道：「柏女俠想是被適才巨震所傷，可妨事麼？」

龍門醫隱柏長青雖然懷抱愛女，目含痛淚，但仍面對這位「摩伽仙子」肅然起敬，答道：「洞中初會之時，我便知仙子夙慧不淺，果然一念回頭，便超百劫。我這薄命女兒並非震傷，她是積鬱傷肝，舊病復發，此刻業已魂遊墟墓。憑柏某醫道，無法挽回，至多能延三、四天壽元罷了。」

摩伽仙子一陣嗟嘆，說道：「本來摩伽在這天魔洞內，培有一株世間仙草『九葉靈芝』，功能起死回生，用來贈與柏女俠，一服立癒。可惜被那黑天狐宇文屏這麼一鬧，以致永埋洞中，無法取出。但吉人自有天相，像摩伽這等十惡不赦之人，尙蒙天宥，柏女俠人間威鳳，必無夭折之理。柏大俠但放寬心，摩伽心意業已說明，請從此逝。」隨向各人重行問訊，率領五個女徒，含笑飄然而去。

眾人見這摩伽仙子去後，不禁齊伸拇指盛讚。獨臂窮神柳悟非、天台醉客余獨醒，向龍門醫隱略爲寒暄，並爲谷飛英、杜人龍二人引見。

九　骨銷形毀

老花子柳悟非，見龍門醫隱柏長青那等悲愴神情，知道柏青青病非小可，此時顧不得細問別來光景，一行六人離卻深山，趕到楓嶺關附近的一座小鎮上，找家旅店住下。龍門醫隱開了一張藥方，煎好與柏青青服下。到得晚間柏青青神志稍清，依然一語不發，只是飲泣吞聲。

龍門醫隱重行爲愛女細診脈象，診罷面容寒如冰霜，取被與她蓋好，囑咐靜心歇息，便與衆人同到隔壁。谷飛英要留下相陪，龍門醫隱嘆道：「情絲一縷，不知纏死古今多少英雄兒女。青兒此時胸中積鬱過甚，無人能加寬解，越勸越煩，讓她獨處反而較好。我剛才細察她脈象，已臻極危之境。除非立時除去她內心所憂，然後再用藥物仔仔細細地調治上個周年半載，或還能保得殘生之外，縱然華佗再世，扁鵲重生，也無此回天之力了。」

龍門醫隱說到此處，臉上神色悽惶，難看已極，連身軀也在發抖。衆人見他這等蓋

世神醫，對柏青青病勢居然束手無策，個個也自面面相覷，無言以慰。獨臂窮神柳悟非濃眉緊皺，一聲不響，暗自默運神功，突疾伸二指，快如閃電，出其不意一下點在龍門醫隱柏長青的睡穴之上。龍門醫隱急痛疏神，老花子此舉又是出於意料，一下便被點倒。

柳悟非招呼天台醉客余獨醒，一同將龍門醫隱扶入房中睡好，出室對眾人說道：「他們父女二人，小的已在阽危，老的不能再任他急得病倒。所以老花子出其不意點他睡穴，使他安安穩穩地睡上一宵，好讓我們放開手來，一盡人事。」

天台醉客余獨醒詫然問道：「柏長青神醫蓋世，尚且對他女兒之病束手，你這個殘廢花子，還有什麼起死回生的鬼門道麼？」

獨臂窮神冷笑一聲，說道：「老酒鬼除了喝酒之外，你還懂些什麼，豈不知仙草靈丹，遠不如對症下藥。柏青青病從心起，自然草木無靈。要想使她寬心解怨，非先找到那蒙面少年不可。老花子先前尚未敢斷定，適才在天魔洞內，撕破那情關帷幔之時，蒙面少年自別室躥出報警，雖然匆匆一瞥，他臉上又戴有面具，但聽語音、辨身材，確實極似那危崖撒手不知死活的葛龍驤。柏青青與他情深愛重，見他屢屢避而不相見，氣怒過甚，才又病倒。

「老花子料定葛龍驤人既未死，如此行徑，必有重大隱情。他表面規避，內心恐怕

亦自矛盾，何況柏青青因追他不及，吐血暈倒，焉有不見？定然暗暗跟隨在此附近徘徊，躊躇難決。杜人龍功力稍弱，可留伴他父女二人。老酒鬼、谷姑娘和老花子三人，花出一夜工夫，以此地做為中心，向前後左右，各搜查出去一百里地。只要發現那蒙面少年，不管是否葛龍驤，均將他點倒擒來，了此一重公案。是好是歹，柏青青心頭隱結也已解開，然後讓她那神醫爹爹，為她悉心療治，我等也總算略為盡力。話已講完，說走就走。你二人同搜西北，老花子獨管東南。」

天台醉客余獨醒點頭答道：「事已至此，除你這個死馬當做活馬醫的辦法之外，還真叫束手無策。我等素來行事，內本良知，上順天理，吉凶禍福，在所不論。柏長青一生行俠，磊落光明，他女兒似不應受此折磨而死，我們但盡心力便了。」

獨臂窮神柳悟非告知小摩勒杜人龍，龍門醫隱被自己所點睡穴，不需解救，到明晨自會醒來，好好陪伴，如自己等三人晚歸，便對龍門醫隱婉轉說明經過。說完遂和天台醉客等人，照先前定計，往四面排搜出去。

這家旅店不大，共只四、五間房，全被獨臂窮神等人包下。小摩勒杜人龍坐在龍門醫隱床邊，想起自從西湖酒樓，巧拜恩師起，這半月時光，不知見識了多少奇人奇事。先前所學，雖也內家傳授，但太淺薄，不足為道。休說柏、柳、余三位老前輩奇俠，就是那與自己年齡彷彿的谷飛英，也自望塵莫及。如今除柏青青沉疴不起，龍門醫隱昏睡

在床以外，其餘三人均出外搜尋蒙面少年下落，自己卻因功力不逮，被派在店中看護病人，不由心中惶愧。

柏青青房內悄無聲息，既未相喚，不便探視；龍門醫隱又是沉沉昏睡，一人兀坐，太覺無聊。杜人龍想起前在揚州，獨臂窮神業已傳授的內家上乘吐納之法，連日趕路無暇，尚未做過，遂盤膝打坐，用起功來。

內家真訣，果然妙用無窮。先前矜躁之氣，坐有片刻，便已平釋，周身氣神流走，舒暢異常，漸漸物我皆忘，神與天會。

人間禍福，天上風雲，同樣不可預測。好端端的天氣突然下起雨來，傾盆如注，一夜不止。直到次日清晨，杜人龍被柏長青喚醒，才將柳悟非所囑之言，婉轉陳說一遍，並道此時三人尚未見轉，或將即有好音也未可知。

龍門醫隱搖頭嘆道：「我與你恩師數十年道義之交，他這些舉措，雖然多半徒勞往返，但已夠感人。事既至此，除了盡人事以聽天命之外，實無別法。我先看看你柏師姐，這一夜之間，病勢可有變化？」說罷起身，與杜人龍二人走到柏青青病房內。

才近床前，龍門醫隱不覺一愕。柏青青竟然睡得十分香甜，臉上也已紅潤異常，無復昨日的那種蒼白之色。

龍門醫隱不由心頭巨震，以為柏青青已到迴光反照地步。暗驚昨夜察她脈象，縱然

繼續惡化，三、四日內尚能支持得住，倘盡傾囊內靈丹，固然藥不對症，無法起死回生，總可以拖上個十天半月，怎的一夕便會如此？忙坐在床邊，拿起柏青青右腕，三指搭在寸關尺上，瞑目凝視，靜心診脈。

不診還好，這一診幾乎把個龍門醫隱驚得直跳起來，對於自己的極精醫道，也已發生動搖，難以置信。原來柏青青的脈象之中，不但已無一絲病態，氣血流行，反較平時更為舒暢。

龍門醫隱瞠目大惑，暗想：「人身五臟之中，肝病最為難治。青兒抑鬱急痛，兩度傷肝，已成絕症無疑。縱然老花子等人能尋得蒙面少年，先去心疾，再投藥石，周年半載之間，自己尚無把握說是準能使她復原如舊。難道舉世之中，居然還有醫道勝過自己之人，就在昨夜已為她投下了仙丹靈藥？」

目光轉處，忽然看見門前，大雨初停，積水仍在，房門口處地上，似還有幾點水跡未乾。再看榻邊椅上，果然也有淡淡一片人穿濕衣坐過的痕印。這一來，他心頭登時雪亮，知道昨夜確實有人來過。再細看柏青青，香夢仍酣，也同自己一樣，是被人點了睡穴。但點穴之人，純屬善意，是要使柏青青沉沉熟睡，所服靈藥藥力，才比較容易迅速行開。這類點穴，於人無傷，時到自解，此時把她拍醒，反而不好。遂未加理會，招呼杜人龍一同出室，輕輕帶好房門，不由仰天舒氣長吁，心頭如釋重負。

小摩勒杜人龍見龍門醫隱，自入柏青青房內後，面上陰晴不定，忽憂忽喜，瞬息百變，正在暗暗納罕，此時見他憂容盡去，滿面歡愉，方待相問究竟，庭中人影晃處，閃進了三個周身上下水濕淋淋之人，正是出外搜尋蒙面少年下落的谷飛英、獨臂窮神和天台醉客。

柳悟非越眾當先，向龍門醫隱叫道：「我三人徹夜奔波，未曾找到蒙面少年的絲毫蹤跡。善人不佑，天道難論。倘若你女兒就此有個好歹，老花子不但要再上衡山，放把大火，把諸一涵的涵青閣燒他個乾乾淨淨，問問老窮酸，怎麼樣教出一個害人精的徒弟。並且從此不管天理，老花子要隨心所欲，把江湖中攪起一番無盡無休的腥風血雨。」

龍門醫隱一聽，不由暗笑這老花子真夠蠻橫，含笑擺手說道：「諸位高義干雲，柏長青心銘無已。但托天之佑，小女青青業已告癒。柳、余二兄、飛英侄女，請換去濕衣再做詳談吧。」

天台醉客余獨醒與谷飛英二人雖覺奇詫，卻因身上濕得難過，回房換衣。老花子柳悟非這種火燎脾氣，哪裡按捺得住，一下跳起老高，手指龍門醫隱叫道：「老怪物，你不要拿我老花子開心，昨夜沉疴無救，今晨已好？你女兒又不是陳摶老祖，難道她會在睡中得道不成？老花子冒雨搜尋，來回足有三百里開外，你不還我一個公道麼？」

龍門醫隱笑道：「老花子稍安勿躁，青兒病體一夜回春，連我也覺得出乎意料，正在設法探明真相。你先去拿我一件舊衣，把這身濕衣換掉，等余兄及飛英來此，一同計議可好？」

柳悟非還在逞強，說什麼一身鋼筋鐵骨，寒暑不侵，無須換衣，逼著龍門醫隱講出柏青青遇救經過。但禁不住龍門醫隱與自己徒弟軟勸硬推，方自換了龍門醫隱一件長衣。

柳悟非袍袖微擺，顧影自憐，倏然興嘆道：「三十年前，老花子右臂未斷，在江湖行走，也是這樣裝束。大散關一戰，當場斷臂，依然力劈三雄，身中仇家二十幾刀，被我先師救走，歸入窮家幫門上之後，就再沒有脫下過我那件百結鶉衣。不想今日又穿此衫，但老花子右臂，已化飛灰，一干仇人也成了黃土壟中幾堆朽骨了。」

龍門醫隱笑道：「老花子慢發牢騷，你看余兄等也已來此，且進香茗，聽我敘述清晨所見怪事。」遂把自己醒來，與杜人龍往探柏青青，發現昨夜有人來此，不知給柏青青吃了什麼靈丹妙藥，竟能妙手回春等情，詳細敘述一遍。

柳悟非等人，也均咄咄稱怪。天台醉客余獨醒向龍門醫隱問道：「柏兄岐黃妙術，天下無雙！指下定無虛語。我青青侄女病勢，看來確極嚴重，在一夕之間，能除積病，來者何人及所投何藥，難道竟推敲不出麼？」

龍門醫隱苦笑道：「不是柏長青自詡，縱目江湖，醫道能勝我者，尙未一見。方才業已推測，毫無頭緒可尋，只有等青兒醒來，問問她可有所覺。」

煩憂一去，眾皆欣然。用過午飯之後，柏青青也自醒轉。但她病痛雖解，心緒未開，黛眉仍自顰蹙。問起昨宵情事，柏青青也自茫然，只覺這一覺，睡得說不出來的舒適。

龍門醫隱略為凝思，對柏青青溫言說道：「青兒，你夙慧過人，須知這一次無異死裏逃生。倘若你真有個好歹，我父女相依為命，爹爹也難獨活。彼此心腸千萬不可再窄，既已證明葛龍驤確實未死，青兒你看，武林十三奇中，『醫』、『丐』、『酒』齊集在此，再加上你與飛英侄女、人龍師侄三人，從明天起，就專為此事搜查，哪怕真相不白？但你今日，病雖已好，卻不准起床，可裝作未癒模樣。爹爹與你柳叔父等，也故佈疑陣，我要誘那昨夜來與你醫病之人，今夜再來。一則應該向他道謝救助之德，二則我也真想看看，武林之中又出了什麼神醫國手。」

晚飯過後，獨臂窮神柳悟非在所住旅店門前，不住蹀躞，杜人龍侍立一旁。老花子像心煩已極，猛的一翻獨臂，用他獨步江湖的「七步追魂」掌力，把十數步外的一株大樹震得枝葉亂搖，幾乎斷折。口中自言自語，恨聲說道：「老花子就不信蒼天無眼，硬讓這樣一個好好女兒，就是這般斷送。」

只見他回頭又向店中叫道：「老怪物不要傷心，你女兒病勢突然略好，總還可以支持個三天五日。我們今夜傾巢而出，再仔細搜一搜那嶗山大碧落岩摔不死的害人小鬼。找到他時，老花子不讓他比我多長一隻手才怪。杜小鬼功力不濟，跟去無用，還是留下陪伴招呼你柏師姐吧！」

說完，店內走出那愁眉不展的龍門醫隱和天台醉客、谷飛英等三人。老花子好似心急難耐，飛身往東，其他三人也均分向三面搜去。小摩勒杜人龍把嘴噘得老高，嘟嘟囔囔，回往店內。

山城小鎮，住戶不多，睡得又都甚早。時到二更，全鎮一片死寂！突然自鎮東快盡頭處，一家民宅之中，躥出一條黑影，輕功極佳，足下毫無聲息，撲向柏、柳等人所住店房。先前佯裝往東搜查，旋又暗暗踅回，伏在暗處，偷窺動靜的獨臂窮神柳悟非，見這黑影身形好熟，不由心頭一震，暗暗詫道：「好小子，難道真是你？」

黑影雲飛電掣，霎時便近店房。他頗爲小心，先行駐足，四顧片時，見無絲毫動靜，才似墜絮飛花，飄身下院。昨夜來過，業已輕車熟路。黑影閃身先到小摩勒杜人龍房外，側身一聽，鼾聲正濃，因知其他各人外出搜查，已無顧慮，掉頭移步，遂直奔柏青青臥室。

柏青青室門虛掩，房內一燈如豆，人卻側身向裏，好似香夢正酣。黑影輕輕推門走

入，先行吹滅殘燈，室中頓時一片黑暗，只有窗間月色，反照微光，略可辨物。

黑影眼望榻上佳人，昏睡沉沉，竟真以為昨夜所投靈藥無效，低聲自語道：「咦！分明聽那摩伽仙子自云，所培九葉靈芝，功能奪天地之造化，生死人而肉白骨，怎的昨夜整支均餵青妹服下，病猶未好？看柏老伯晚間出店傷感情形，恐怕病勢不妙。咳，青妹至情不渝，只道我薄倖負盟，才氣得如此，葛龍驤實在萬死不足蔽辜。但我這滿腔血淚，無限辛酸，又叫我向誰去傾訴呢？父仇未報，此身非屬我有，自然不應再及兒女私情。何況妖婦的『萬毒蛇漿』，害得我人不像人、鬼不像鬼。青妹風姿絕色，天上神仙，如今這副醜容，怎堪匹配？還不如把昔日的美好印象，圖為永念的好。相見不如不見，無情卻是多情，何人能夠識我苦衷，葛龍驤只有身戴百罪而已。冷雲仙子前賜之兩粒金蓮實，一粒已在大碧落岩服用，救了我一次大難，得免沉溺於追魂燕纓香紅所佈無邊欲陣之中。尚有一粒在身，不如依舊點了青妹睡穴，餵她服下，看看可有效驗。」隨自身畔，摸出一顆用油紙包好的金蓮實，移步床前，伸手便待點向柏青青的睡穴。

柏青青面向裏床，和衣假睡。自從黑影進門，知道爹爹等人均在暗處，要想揭破這個對自己有救命之恩的神醫真相，而對他面致謝意。但總覺芳心騰騰，好似生了一種莫名其妙的感應，幾乎沉不住氣，不由暗自罵道：「柏青青，你這是怎麼了？自到仙霞嶺天魔洞內，就幾乎經不住摩伽仙子的『六賊妙音』的考驗，差點兒把爹爹的一世英名，

在這南荒斷送，此時卻又有些膽怯心跳起來，你往日英風，而今安在？」

她這裏剛剛把心定下，黑影也已自言自語起來。語聲雖然極低，因同在一室，又是靜夜，柏青青魂夢所縈，聞聲便知昨夜來救自己的及眼前之人，竟就是心頭上放不下的葛龍驤。若不是知道外有醫、丐、酒三奇隱伺，絕不可能再會讓他逃走，並也趁此機會，聽聽葛龍驤對自己所說的肺腑之言，幾乎已從床上躍起，一把將他抱住，把這死裏逃生的別來光景，問他個一清二白。

等到聽他自言自語完畢，才知道他怕見自己，果如爹爹所料另有隱情。但什麼「父仇未報」，及「妖婦的萬毒蛇漿害得我人不像人、鬼不像鬼」等語，仍然是些亟待揭穿的啞謎。他已在掏取什麼金蓮實，並就要來點自己睡穴，爹爹及老花子等人，偏偏還無動靜。自己倘若發動過早，又像以前幾次一樣，被他逃走，要想再度誘他入網，恐怕萬難。柏青青是既想動，又不敢動。心上人近在咫尺，暗跡重重，無從破解。在這種情況之下，簡直是片刻如年，就巴不得爹爹等人，趕快破門而入，極冷的天氣之下，柏青青竟然急出了一身大汗。

房內自從燈被吹熄之後，本極黑暗，時已三更，月光不照窗戶，只能從院內地上反映的餘光，在極近之處，藉以辨物。黑影自言自語之時，離床較遠，柏青青又是咬緊牙關，默不出聲，致未看出她不曾睡著。此時欲待點她穴道，人近床前，看見柏青青嬌軀

在衾下不住抖顫。他未料到眾人將計就計，結網等他自投，只道是柏青青病得如此，心頭好生憐惜。兩行珠淚，從面具之內，滾下腮邊，口中低低又道：「青妹，不是葛龍驤薄倖……」

柏青青定力再強，到此時也無法再忍，霍地揭裝而起，極其冷峻地叫了一聲：「葛師兄！」

黑影陡出意外，故技重施，回頭便走。柏青青急聲叫道：「你敢再跑！」門外哈哈一笑，燈火頓亮，龍門醫隱柏長青當門而立。身後站著谷飛英，和手執燈籠的小摩勒杜人龍。窗口一開，獨臂窮神柳悟非與天台醉客余獨醒雙雙並在，眾人俱是一語不發，含笑而視。

那條黑影正是蒙面少年，見這般形勢，知道無法再跑，一陣心酸，不由仰面向天，慘然長嘆。

身後的柏青青嬌聲叱道：「葛師兄！我倒看看你變成了什麼模樣，如此的遮遮掩掩，三番兩次，避不見人。」少年驟不及防，一下被柏青青扯落臉上所戴的人皮面具。

面具一落，眾人齊齊驚呼。原來葛龍驤臉的上半部，鳳目劍眉，俊朗依舊，但自鼻以下的冠玉雙頰，卻已滿佈焦黑瘡疤，難看已極。

玄衣龍女柏青青，手持自他臉上揭下來的人皮面具，面對葛龍驤而立，嬌靨之上，

如罩秋霜。冷冷問道：「葛師兄！你把青青當做了什麼人，就爲了臉上這點瘡疤，便不肯與我們相見麼？」

葛龍驤聽柏青青不叫自己「龍哥」，一口一聲「葛師兄」，顯得極其生分，知道她憤怒已極。再看她瘦骨支離，形容枯槁，與天心谷中的一派嬌憨天真，英風豪氣，簡直判若兩人。不由一陣慘然，滿懷歉疚地垂頭答道：「青妹不要生氣，一切都是龍驤不好，害得青妹憔悴如此。但我除了變成這副醜怪容貌，羞於相見之外，還有比這更重要百倍的隱情。就是我在此次大難之中，無意得知自己身世，及一椿導致我恩師與冷雲仙子反目多年的懸案。血海深仇，才時刻不敢以自己爲念。今行藏既已揭破，自應將當日撒手懸崖以後經過，向老伯、柳……大哥及青妹等詳細陳述，便知龍驤情出不已，而加諒宥。谷師妹已在冷雲谷中見過，這位老前輩及這位仁兄，尙勞青妹引見。」

柏青青聽他一口一個「青妹」，目光專注自己，蘊含無限真情，知道他實是容顏被毀自慚形穢，並非故意厭棄自己。好端端的一個俊逸郎君，變成這般模樣，受傷之時可知厲害。芳心之中，已自由恨轉疼，急於聽他敘述經過，看看所受何傷，然後再請教爹爹，可有復原之法。遂即爲他引見天台醉客余獨醒和小摩勒杜人龍二人。

杜人龍與葛龍驤禮見之後，因時間太晚，店家已睡，遂跑到店後灶上，自己動手，燒開一大壺水泡來香茗。葛龍驤端茶在手，傷心怒目地說出一番話來。

原來葛龍驤當日在嶗山大碧落岩絕頂，與八臂靈官童子雨及追魂燕繆香紅動手之時，忽然瞥見龍門醫隱、獨臂窮神及柏青青三人趕來，不由喜極分神。他面對嶗山雙惡兩個絕頂高手，本已招架爲難，步步後退，哪裡還禁得起分神旁騖，武家過手，瞬息之間，便判勝負。就在葛龍驤目光稍一斜睨，心神略分，追魂燕繆香紅的虎撲雙掌，已然快如電光石火，擊在葛龍驤的胸膛之上。

本來這種虎撲雙掌就是極重掌力，何況使用之人又是嶗山四惡這種內家高手，既被打中前胸，葛龍驤似應當時斃命。但一則葛龍驤貼身穿有冷雲仙子所賜武林至寶「天孫錦」，此寶乃冷雲仙子早年行道江湖防身之物，能避寶刀寶劍及內家掌力之屬；二則追魂燕繆香紅，先前在「萬妙軒」中赤身露體，心蕩意淫之際，出其不意被葛龍驤所發「彈指神通」的尖銳罡風，打中了不便之處，她功力再高，也練不到那等所在，受傷無疑極重。雖然憑藉多年內功，略爲休憩服藥之後，仍自出手對敵，但所發雙掌威力，業已大爲削弱。故而葛龍驤雖被她震出崖邊，五臟翻騰，但神智依然未亂，在凌空下墜之前，憤怒難遏，還自十指齊彈，罡風逆襲，使繆香紅傷上加傷，又受了一次致命打擊。

大碧落岩爲嶗山群峰之冠，峻拔聳立，距海面何止百丈，葛龍驤十指彈出之時，回手摸出兩粒龍門醫隱的太乙清寧丹，塞向口內。此時人已下墜過半，只覺得那些嶙峋山

石，宛如向上倒飛，知道剎那之間，便分生死。自己雖然也略識水性，但自這高跌下，慢說是淹，一個不巧，震也把自己震死。尙幸受傷不太嚴重，龍門醫隱的神醫妙藥又極有靈驗，太乙清寧丹入口化爲一股清香玉液下嚥之後，精神頓長。眼看海水已然如飛迎向自己，霍地吐氣開聲，掄圓兩掌，劈空下擊。就借這點反震之力，稍緩下墜之勢，然後把握這剎那之機，提氣轉身，頭下腳上，雙手在頭前合捧，化成「魚鷹入水」之勢，「撲通」一聲，扎入海中。

葛龍驤一切已作竭力打算，但畢竟墜處太高，衝力太大。雖然刺波入海，頭一進水，便略感昏迷。等到扎入海中越來越深，感到壓力越來越大，又不能收勢，終於無法禁受。就在那神志將失的一瞬之間，手邊忽然似有所觸。人到臨危無計之時，對任何事物均自然而然地寄予無可如何的僥倖之望。葛龍驤沖波直下之勢本猛，再一隨勢加功用力，只覺得雙手十指一齊插入一片硬中帶軟之物當中，人也精疲力竭，無法抗拒深水壓力，一陣窒息，便自昏死。

他手邊所觸之物，原來是條丈許大魚。葛龍驤功力本就極高，加上盡命竭力，兩手十指還不似鋼鈎一般，沒掌深陷魚背？巨魚受此極度驚恐，一下穿出海面，不仕翻騰。但葛龍驤此時知覺已失，人抱魚背，宛如與魚成了一體，哪裡翻得下來，巨魚受創不淺，又無奈背上仇敵，怒極生瘋，掉尾揚鰭，順著風向水流，一直往南游去。

不知過了多久，葛龍驤知覺漸復，朦朧之間覺得身軀彷彿已落實地，不再隨水漂流。但臉上似乎時時還有冷水衝擊，不由心中大詫，全身骨骼也痠痛得如同散了一般。慢慢睜目一看，身在一座孤島的海灘之上，那條大魚也在身畔，但早已死去。自己右手已脫魚身，左手卻仍深插魚背之內。

海潮不住擊岸，濺起千堆寒雪，往身上灑下，無奈周身無力，動彈不得，只得用那尚可自由活動的右手一摸身上。幸喜天心谷臨行之時，柏青青為自己裝的兩瓶龍門醫隱秘煉靈藥「益元玉露」，尚未遺失損毀，那支降魔鐵杆也仍在背上。遂慢慢摸出「益元玉露」，服下一瓶，隔有片時，精神果已恢復不少。

葛龍驤索性不去妄動，只把左手也自魚背之中慢慢拔出，就在沙灘之上，照師父內家吐納口訣，用起功來。他哪知隨水漂流已有四日，大魚力竭傷重而死，才被海浪無巧不巧地捲送到這孤島沙灘之上。幾日不進飲食，又經過這些嚴重折磨，不是天生異稟，再加上經常所服又多係罕見靈藥，早無生理。此時剛復知覺未久，就想調氣行功，哪裡能夠？

葛龍驤的一口丹田真氣，無論如何始終提它不起，人一用力，腹中反覺饑餓起來。全身麻木的肌肉，也在漸漸恢復原狀，腿腳之間，彷彿疼痛甚烈。矚目四顧，這座孤島似無人跡，峰巒山嶺俱在十餘丈外，附近全是沙灘，一望無際，哪有可供飲食之物，暈時不覺，人一醒來，偏又腹饑口渴得難以忍耐。摸摸身上，龍門醫隱的「太乙清寧丹」，因配製太難，爲數不多，柏青青共贈五粒，除去服用之外，僅餘三粒，但師父自煉靈丹，倒還不少。葛龍驤一賭氣，抓起這些丹丸，並打開最後一瓶「益元玉露」，便自別開生面地吃喝起來。

等到他把「益元玉露」喝完，靈丹也吃掉過半，饑渴果然盡解。半晌休憩，再加上這些稀世難求的靈藥之力，試提真氣，也已勉強可用。遂摒念凝神，好不容易把十二周天運轉一遍，人始復原五成左右。

他緩緩起身，先看那條對自己來講，宛如度厄解難的一葉慈航般的大魚屍體，長度幾達兩丈，口中並有長牙，似是虎鯊之屬，皮鱗粗糙異常。知道這番死裏逃生，全倚仗著貼身所穿奇寶「天孫錦」之力。不是此物護住胸背，光是那大魚的鱗刺之類，也會把自己磨死。至於腿腳之間的五、六處傷痕，想是即被魚鱗磨破，但這點皮肉之傷，哪在葛龍驤心上。何況囊中有的是心上人所贈的龍門醫隱各種妙藥，稍微敷治包紮便告無事。

忽然映著朝日金光，在那起伏波濤之中，似有一點黑影慢慢浮動。葛龍驤竭盡目力看去，那點黑影竟是正對孤島移動。漸漸越來越近，已可略微辨出，似是一片木筏，筏上站有一人。他此時已是驚弓之鳥，暗自忖道：「在這樣遼闊無邊的大海之中，僅仗一

片孤筏來此絕島，其人之絕非凡俗，可以想見。自己九死一生，體力尚未盡復，來人是友無妨，倘若又是雙兇、四惡同類之人，只一發現自己，這場麻煩定不在小。還是暫時隱蔽身形，辨清敵我之後相機行事爲妥。」

這時那片木筏，已近岸邊不遠。果然筏上僅有一人，在沙灘兩、三丈外，便已一躍登岸，單臂一帶，好大的一片木筏，竟被他一下拖上沙灘。所用船槳竟似鐵製，輕輕一插，便已深沒沙中，僅現把柄在外。那人用繩子在上圍繞幾圈，原來竟把這支鐵槳當做繫筏木樁之用。葛龍驤從他背後望去，只覺得此人青絹包頭，長衫及地，身材不矮，但瘦削異常，似是女子，手中除鐵槳業已插入沙中，另還握有一支四尺長短的奇形鐵杖，腰間背上好似繫著一條綠色絲帶。

行家眼內，一看便知，由此人縱身插槳那極普通隨意的動作之中，業已顯出輕身功夫與內家勁力，俱非小可。等她把木筏繫好，猛一回頭，葛龍驤這才看清了此人穿著形貌，由不得地，機伶伶地打了一個冷顫，周身毛孔之中均似有點絲絲涼意。

原來那人是個五十上下老婦，膚色漆黑，一張瓜子臉上，眉眼部位均頗端正，但卻冷冰冰地像個活死人一般，使人一見就全身肌膚起慄。她手中那根鐵杖，粗可盈把，杖頭雕著一個形似蟾蜍之物。先前所見綠色絲帶，竟是一條碧綠長蛇，盤在身上，蛇尾纏在腰間，蛇頭卻從背後經過右肩，垂向前胸。但奄塔塔地不像是條活蛇，毫無生氣。

葛龍驤一見此人相貌，冷雲仙子葛青霜與龍門醫隱柏長青的兩番諄諄告誡，登時齊上心頭。兩人均曾一再叮嚀，江湖大邪之中，四惡、雙兇雖已極其難惹，但均還比不上「黑天狐宇文屏」來得陰刁險惡。江湖行道，倘與相逢，千萬不可招惹，遠避最爲上策。

眼前黑膚長瘦老婦，正與「黑天狐宇文屏」的形貌相同，但不知她來此絕島作甚。前輩之言，諒無差錯。連冷雲仙子、龍門醫隱那等蓋世奇人，言語之中，對這「黑天狐」尚似略存顧忌。自己此時此地，論勢論力，均落下風，偏偏遇此魔頭。難道我葛龍驤連遭大難之餘，難猶未滿？

老婦回頭之後，先向四周略一打量，面含獰笑，便正對葛龍驤藏身之處，緩緩走來。

葛龍驤真想不透她是怎樣發現自己，事既至此，無從規避，只有一拚。剛把全身功力凝聚，準備等她一近石前，給她來個先發制人的雷霆萬鈞一擊之後，再作道理。誰知耳中「叮」的一響，黑膚老婦在面前兩、三丈處，用手中鐵杖微一點地，身形宛如一隻絕大玄鶴一般，飄然直起六、七丈高，再往壁間岩石突出之處，略一借力，便已縱登右前方十數丈高的一片絕壁之上，刹那不見。

葛龍驤才知自己空自一場虛驚，這老婦根本不是爲己而來，眼前之事，煞費躊躇。

老婦留在沙灘上的這艘木筏，本來正可用做渡海逃生，返回大陸之物，但方向、水程兩不熟悉，還在事小，自己俠義中人，雖然認出黑膚老婦，就是武林十三奇中最稱惡毒的黑天狐宇文屏，似也不應偷偷奪人之物，把一個無仇無怨的老婦遺留在這荒島之上。

但此機一失，要想重返中原，與恩師良友及心上人柏青青等，劫後重逢，恐非容易。天人之念，在心頭交戰良久，名門高弟畢竟不凡，葛龍驤想到後來，不但不再企圖奪筏逃生，竟自暗責自己根本不應起下這種自私自利之念。一念生邪，靈明受蔽，趕緊冥心內視，用起功來。

片時過後，六欲已消，渣滓盡去。他雙目一開，暗想自己懸崖中掌，絕海乘魚，此身最少已算死過兩次，對目前險境尚有何懼。方今正邪雙方主要人物，均已紛紛再出武林，黃山論劍之約，已由苗嶺陰魔訂立。彼此在這段準備期間，都在勾心鬥角，苦練神功，以期到時出人頭地。這黑天狐宇文屏來此大海荒島必有所為，何不暗暗小心跟蹤？她絕沒想到此間竟會有人窺伺，或許能探出這般魔頭藏有什麼陰謀毒計，也未可知。何況她既能用木筏渡海，自己只要偷偷看準她來去方向，這島上嶺間，樹木參天，難道不會照樣做上一隻？

他主意打定，看看腿腳之間被魚鱗所磨傷處，因龍門醫隱所煉妙藥，對這類創傷太具靈驗，昨夜敷治之後，業已結痂痊癒。真氣凝練運用方面，雖然不若平素精純，也可

勉強應用。因強敵當前，不敢絲毫疏忽，慣用長劍已在嶗山被八臂靈宮童子雨震飛失去，只得拔下背後天蒙寺住持悟靜大師所贈降魔鐵杵，微一掂量，覺得極不稱手。不由暗笑這樣一根毫無異處的鐵杵，偏說是什麼大蒙寺鎮寺之寶，實在有點莫名其妙。自己學的是內家劍術，這種外門笨重兵刃，用來實不稱手。但係悟靜大師臨危所贈，獨臂窮神柳悟非也說是雖然不明此物用途，但絕非凡物，他日請示恩師或能知曉。一向帶在身畔著實有點討厭它笨重礙事，此時因見黑膚老婦身盤綠蛇，掌中握有奇形鐵杖，輕功內勁俱見驚人，恐怕追蹤前去，萬一被她發現，自己手無寸鐵，太過吃虧，這才取杵應用。此材雖名「降魔」，但要想仗這一根頑鐵，降此著名魔頭，恐怕是無異癡人說夢。

再看老婦去處，峭壁之後還有重岡，重岡之後還有高嶺，才知這座荒島幅員竟不在小，島中或有人煙也未可知。適才老婦鐵杖點地，壁腰借力，兩度騰身，就縱上這片十三、四丈的峭立絕壁。葛龍驤若在平日，或許也能辦到。此時功力頂多八成，不願濫耗真氣，遂擇那壁間草樹稍多之處，分作四、五次緩緩縱去。

上得峭壁之後，又行翻過兩重岡嶺，前面忽然隱隱傳來喝叱之聲。葛龍驤屏息靜氣，躡足潛蹤，相準一株高大古松，枝葉極茂。爲免縱躍之間，稍不留神，易帶聲息，對方又是內家高手，入耳便知有人登樹，遂以手足並用，效法那猿猴升樹之法，輕輕攀

援而上。

原來樹下山勢稍低，在一片岩壁之間，有一大洞，喝叱之聲就在洞內傳出。這株古松恰好遙對洞口，約距七、八丈遠，人藏密葉虬枝之內，倒是個無虞發現的絕好窺視所在。

過不一會兒，洞中相對走出兩人，一個正是沙灘所見黑膚長瘦老婦，另一人卻滿頭長髮，幾將及地，頷下鬍鬚也有二尺多長，臉上汗毛糁糁，連面目均難辨認。

怪人走到洞處，在一塊大青石上，盤膝坐下，閉目不語。黑膚老婦站在他身前，陰惻惻地說道：「衛天衢，你可記得今天是什麼日子麼？」

怪人兩眼微開，用一種極平淡、不帶絲毫感情的聲音說道：「十八年來，每到桂子飄香季節，我須受一次絕大痛苦，怎會忘卻？今年你來得似較往年較遲，要想怎樣洩憤，就請趕快動手。山中無甲子，你要問我現在是什麼年月日，教我從何答覆？」

黑膚老婦「哼」了一聲說道：「想不到當年身背無數情孽的『風流美劍客』衛天衢，真能放下屠刀，立地成佛。自從我在這海外孤島把你找到，從頭至尾，屈指算來，整整一十八年。年年受我五毒酷刑，依然倔強到底。但今年情勢與昔年大不相同，苗嶺陰魔邴浩業已練復久僵之體，二度出世，功力比前更見玄妙。諸一涵與葛青霜兩老鬼的那點能耐，已有了抵制之人。雙方並已約定三年後的中秋佳節，在黃山始信峰頭，論劍

較技。我今年晚來見你，就是因爲遠赴苗疆，與邴老怪商洽一件機密大事所致。

「我宇文屏昔日就爲了你這冤家，做出那等傷天害理之事。這多年來，時時提心吊膽，防備諸一涵、葛青霜兩人，萬一探悉內幕，彼此和好，聯手向我算舊賬，以致東飄西蕩，連個固定居所都不敢有，精神、肉體所受苦痛，可以想見。哪知你卻絲毫無動於衷，自叛我私逃，在此發現你蹤跡以後，年年勸說，歲歲成空。每次均是氣得我使你受盡苦刑，再行救轉。黑天狐宇文屏陰刁狠毒之名，冠絕海內，但對你卻純係一片真情。休看每年加以折磨，那還不是愛極生恨所致？今年與往歲不同，我離此之後，即往仙霞嶺天魔洞，邀請摩伽仙子同下苗疆，與邴浩老魔埋頭合練一種能將那些自稱正派名門的狂妄之輩，一網打盡的『三絕迷陽勾魂大陣』，不到論劍期前，絕不出世！

「今日來此，係與你做最後一次談判。倘若與我同行，彼此言歸於好，他日借邴浩老魔與摩伽仙子之力，剷除諸、葛、醫、丐等人以後，趁其不備，連老魔頭帶摩伽一齊下手，武林之內豈不唯我獨尊，再無顧忌，任性逍遙。倘你仍然倔強，則我五毒仙兵之中，你尚未嘗過厲害的『萬蛇毒漿』與『蛤蟆毒氣』一發，休想再活。我之秉性，你所深知，言出必行，絕無更改，望你三思再答。」

葛龍驤聞言不禁喜出望外，暗想恩師與冷雲仙子多年嫌怨癥結，原來就在這黑天狐宇文屏身上。倘在今天能使真相大白，豈不了卻二老多年心願，也可略報師恩，遂越發

凝神仔細竊聽。

石上盤坐的長鬚長髮怪人，聽黑天狐把話講完，猛然雙目一睜，精光電射，冷冷說道：「衛天衢自當年見你手刃親夫，而用嫁禍江東之計，使諸一涵、葛青霜失和之後，悟徹美人蛇蠍之旨。已運慧劍，斬情絲，來到這海外孤島，懺悔當年罪惡；不想你苦苦追蹤，仍然被你尋到。前幾年功力遠遜，受你殘酷折磨，委實心中憤怒而未敢言宣。但近六、七年，我獨自空山面壁，不但悟出不少神功，連釋、道兩家的循環果報之理，也已領會不少。每次受你酷刑，並非無力抗拒，不過是深懺前非，故意借你所施，為我稍減前半生的一身風流罪孽罷了。

「頃聞你所言，心腸之毒尤甚昔日，要我重蹈孽海，豈非夢想？前面現有池水，你自照照尊容，昔年美婦，今日妖婆，紅粉骷髏與名利皆空之道，難道真就不能勘透？獨霸武林、唯我獨尊，可能挽得住你青春不逝？風塵莽蕩，白髮催人，你不過四十六歲之人，就成了這樣龍鍾老態，再過幾年，還不是三尺孤墳、一堆朽骨而已。我們昔日情分確實不淺，你如能聽我所勸，彼此回頭，我願意陪你同找諸一涵、葛青霜二人，誠誠實實說明當日經過，聽憑處置。事隔多年，又係自首，也許諸、葛二人，海量相寬，予以自新之路。那時我也心安理得，與你永為道侶，在所不辭。倘諸、葛不肯相宥，則我也願陪你一同橫劍伏屍，以謝當初罪孽。

「你如不聽忠言，一錯到底，妄想倚仗什麼邴浩老魔與摩伽妖婦之力，以逞兇威，則邪不勝正，理所當然異日結果，已可想見。我豈肯以這已自孽海回頭之身，再隨你回頭造孽！再若多言，無非枉費唇舌。這多年來，年年受你毒刑，傷了又治，治了又傷，體內已然自生抗力。你所認爲奇毒無倫之物，像什麼『萬毒蛇漿』、『蛤蟆毒氣』，對我已不會發生任何作用。但你若想殺我，倒甚容易，我必不加抗拒，讓你趁心如願就是。你不要以爲我故作虛言，不信你就看看我這『五行掌力』，是否要比你高出幾成火候？」

說罷，雙手分往所坐大石之上一搭，「格崩」連聲，竟被他生生抓下兩塊大石。雙掌一合，閉目行功，剎那之後，雙掌一搓一揚，掌中青石已然化爲兩把石粉，隨風吹散。

黑天狐見狀，微微冷笑說道：「想不到你不曾白度時光，居然獨自參悟練成了這厚功力。但宇文屏話既出口，絕無更改。你既然如此膿包，懼怕諸、葛二人威勢，何不把昔年之事告密，索性站在他們一邊與我對敵？」

衛天衢目注黑天狐搖頭嘆道：「你枉負武林十三奇之稱，怎連這點道理都想不透。俗話說得好：『若要人不知，除非己莫爲。』這多年來，你就以爲諸一涵、葛青霜真個探不出當年底蘊？就是你我剛才所言，也並非不可能已入第三人之耳呢。」

十 荒島窺秘

葛龍驤不覺一驚，暗想這昔年叫什麼「風流美劍客」的衛天衢言中之意，竟似已知有人窺探。但明明見他除了對黑天狐談話之外，連眼皮都沒有抬過，自己蹤跡是怎生洩漏？他趕緊屏氣靜聲，不敢稍動。

果然黑天狐宇文屏聞言之後，臉上勃然變色。目光如冷電一般，四周環掃，並且特別向葛龍驤所藏身的古松之上，多盯了幾眼，見無絲毫動靜，才回頭冷笑一聲，對衛天衢說道：「我就不信諸一涵、葛青霜的力量，竟能達到這海外孤島。昔年之事，天知地知，你知我知，倘再有第三人知曉，我如讓他活在世間，就枉稱這黑天狐三字。你既拒我請，絕不再求，彼此前情盡斷，已爲不世仇敵。何必故示大方，說什麼不加抗拒，真如這樣，豈不死得太爲冤枉，何況我也不領此情。你說我五毒仙兵對你已無作用，我偏不服，就以這些無用之技，會會你的五行掌力如何？」

衛天衢合掌低眉，沉聲答道：「我與你前生夙孽，今世清還，豈肯再爲來生製造惡

果，五行掌力縱然足可勝你，絕不使用。你儘管把你自稱的什麼『五毒仙兵』一齊施展，衛天衢甘心延頸受戮。但我在臨死之前，尚須一盡最後忠告。你居心行事，過分歹毒，將來果報臨頭，必然慘到極點。我與你總算相交一場，永訣贈言，今後你再欲傷天害理之際，務須縮手三思。當知神道昭昭，就在你舉頭三尺。」

葛龍驤到此時，雖仍不知全部底蘊，但已約略聽出這黑天狐宇文屏，昔年曾經做過一件手刃親夫的傷天害理之事，而用嫁禍江東之計，害得恩師與冷雲仙子失和。

這長髮長鬚的風流美劍客衛天衢，也因此看透宇文屏的蛇蠍心腸，與之分袂。但逃到這海外孤島之上，仍為宇文屏追及，寧可年年忍受酷刑，均不願再度隨之為非作惡。聽二人問答之詞，這衛天衢確已明辨是非，立心向善，著實可敬可佩。但他對這黑天狐宇文屏，卻似仍有餘情，否則那麼高的五行掌力不用，竟然甘心在妖婦手中，延頸受戮。宇文屏妖婦的五毒邪功，久聞厲害，倘果真下手之時，自己究應顯露行藏奮勇救人，還是置身事外，不聞不問？

他這裏正在心口相商，那黑天狐宇文屏已經氣得滿頭髮絲，根根勁直如針，手中奇形鐵杖在地上不住叮叮連搗，搗得碎石亂飛，火星四濺，幾度伸手攢住腰間綠色蛇尾，面容獰厲，欲拉又止。衛天衢卻始終合掌低眉，對她那副兇相，連看都不看一眼。

黑天狐沉吟至再，一聲長嘆，怒髮垂垂自落，向石上端坐的衛天衢，緩緩說道：

「宇文屏自出道以來，殺人向未眨眼，但與你昔年枕席深情，畢竟不同。我『萬毒蛇漿』幾度欲發還休，現索性決心爲你破例，再給你片刻時光，重行思考。須知違抗黑天狐法令之人，從無一線生機。此番對你，實是特降殊恩，再若執迷，就怪不得宇文屏心毒手狠了。」

葛龍驤聽這黑天狐宇文屏幾次提到「萬毒蛇漿」，知道此物必然極爲厲害。但看她身上所盤的綠色長蛇，不似真蛇活物，妙用何在，倒真參研不透。思念至此，洞前的一幕人間慘劇，業已發生。

衛天衢聽宇文屏再度出言恫嚇，依然未爲所動，沉聲答道：「衛天衢一念知非，此心如鐵。我已拚卻己身啖魔，十八年來如同一日，全身骨肉憑你處置，你何必再示恩多話，還不動手？」

黑天狐宇文屏突然一陣縱聲長笑，笑聲歷久不斷，淒厲懾人心魄，連葛龍驤遠在數丈以外，都覺得肌膚起慄，頭皮直炸。

黑天狐淒笑一收，滿口牙關挫得格吱吱地直響，一字一字地沉聲說道：「衛……天衢！宇文屏真想不到，你那心腸，居然比我……還……狠！」

話音剛落，一陣金石交鳴之聲，黑天狐宇文屏把掌中奇形杖往地上一頓，生生插入石縫之內四、五寸深，右手往懷中一掏一抖，一根八、九尺長、尖端形若蠍尾、滿佈倒

鬚鉤刺的墨綠色軟鞭，「刷拉」一聲，鞭梢垂在地上，切齒恨聲說道：「衛天衢！我蠍尾神鞭已然在手，這頓楚毒之難於禁受，你所深知。永訣在即，宇文屏對你破例一再寬容，此時如肯改口從我，仍然饒你不死。」

衛天衢雙目微開，含笑說道：「魔劫千端，無非是幻；靈光一點，自在心頭。你毒手雖多，毀了我色身血肉之軀，動不了我擇善固執之念，多言豈非無益？」

黑天狐宇文屏這次死心塌地，不再開言，雙目兇光炯炯，注定在石上盤坐的衛天衢，滿頭怒髮，二度蓬起，右手一舉，蠍尾神鞭在空中搶了一個大半圓弧，「刷」地一聲，向衛天衢連肩帶背打去。衛天衢果如所言，不但未加抗拒，眼見鞭到，仍端坐原處，避都不避，長鞭過處，一溜血肉隨著鞭身倒刺，掃帶而起。

衛天衢挨了一鞭，依舊泰然自若。但古松上暗暗窺視的葛龍驤，卻已幾乎沉不住氣，緊攢降魔杵柄，躍躍欲加援手。

黑天狐宇文屏果然名不虛傳，下手又狠又快，蠍尾神鞭刷刷刷地不停飛舞，衛天衢已然挨了十幾下毒打，所中均在肩背之處，皮開肉綻，上半身簡直成了血人一般，但仍一聲不哼，毫未相抗。

葛龍驤天生俠膽，一見這等慘狀，早把自身安危置之度外，剛從密葉之中往上長身，突然看見衛天衢竟似受不住黑天狐的毒打，微微將身一偏，但卻借這一偏之勢，擋

住黑天狐眼光，遙向葛龍驤藏身古松，微微擺手。

葛龍驤這時才知，衛天衢果然早已發現自己，但仍猜不透他何以擺手示意，拒人相救，不由略微一怔。這時黑天狐也自收鞭縱出，陰惻惻地說道：「你也受不住我蠍尾神鞭的這頓毒打麼？解毒靈丹在此，快些與我服下，免得一下就死，使我掃興。」說罷，把蠍尾長鞭依然盤成一捲，揣向懷內，揚手擲過兩粒丹丸。

衛天衢目光微睨古松，一伸手接住黑天狐所拋丹丸，仍然極平和地說道：「我方才不是已告訴你，這多年來，年年熬受你各種苦刑，體內自生抗力。這種解毒靈丹，用它不著，留著解救其他被你相害之人吧。」

黑天狐怒聲叱道：「你簡直叫做癡人說夢！居然還想救人，怎不問問誰來救你？反正今天不叫你嚐遍我的五毒仙兵，絕不讓你輕易死去！下面我要用『飛天鐵蜈蚣』斷你雙臂，跟著就是『守宮斷魂砂』及『萬毒蛇漿』、『蛤蟆毒氣』，一樣勝似一樣厲害，還是讓你那種『自生抗力』多生些好。」左右手同時向空中一揮，嘶嘶兩聲銳嘯，劃破空山沉寂，兩條七、八寸長的精鋼淬毒飛天鐵蜈蚣，在半空中分走弧形，直襲衛天衢的左右雙臂。

衛天衢任她嘲笑張狂，視若無睹。就在兩條鐵蜈蚣眼見打中他雙臂時，突從洞口對面的古松之上，也傳來一陣破空風聲。兩段松枝，被人用巧撥千斤的內家借力打物手法，把黑天狐所發的獨門暗器飛天鐵蜈蚣，生生擊偏數尺遠近。

原來葛龍驤看衛天衢有力不施，甘心忍受黑天狐所加無邊楚毒，心中過於不服。眼看他雙臂就要斷在飛天鐵蜈蚣之下，豈肯真正見死不救？隨手折了兩段松枝，運足功勁發出，人也自古松枝巔縱身而起。

他知道這一出手，黑天狐必難善罷，蓄意先聲震人。所居地勢，本就比洞口為高，又是由松巔往上猛縱，等到勢盡，才行掉頭撲下，聲勢果然不凡。

衛天衢、黑天狐二人，只覺得一條人影如同神龍戲空一般，在十餘丈高處，夭矯而降。

葛龍驤自高撲下，輕風颯然，但臨到地前，突又潛收功勁，飄然而墜，點塵不驚。他向黑天狐宇文屏傲然說道：「在下偶然過此，在松巔稍憩，聽得分明。這位衛老前輩十八年面壁空山，是非悟徹，不願再做那些危害人群之事，你怎的還要苦苦相逼？黑天狐宇文屏，你名列武林十三奇，總該有點見識，人家衛老前輩五行掌力，分明已到碎石熔金地步，豈是懼你？不過想以無邊慈悲心腸，寧願身入地獄，以求感化你這種惡人而已。你一再丟顏逞兇，簡直不知羞恥！」

黑天狐宇文屏自飛天鐵蜈蚣，被松枝擊落，便知來者身手不凡。再看葛龍驤從空撲下的美妙身法，越發心驚。等到看清來人面目，那樣狠毒凶殘的著名妖婦，竟然周身毛

骨驚然，暗暗膽顫。

葛龍驤話一講完，石上全身血污狼藉的衛天衢，竟與黑天狐宇文屏同時急急開口問道：「來人莫非姓葛？」

葛龍驤也是悚然一驚，暗道怪事真多，這海外孤島之上從未謀面之人，竟知自己姓葛。也未答言，只是微微頷首示意。

衛天衢一聲長嘆，閉目不語。黑天狐宇文屏足下微微後退，口中顫聲地問道：「你是不是衡山涵青閣，不老神仙諸一涵門下弟子？冷雲仙子葛青霜可認得麼？」

葛龍驤見這狠毒凶殘猶在嶗山四惡以上，江湖中聞名喪膽的黑天狐宇文屏，竟似有點畏懼自己，倒真有些大惑不解，聽她又猜出自己師門，更覺詫異。但轉念懷想，她既露怯意，索性將她唬退豈不省事。遂揚聲答道：「老妖婦所料不差，你昔年嫁禍江東之計，業已敗露。我恩師涵青閣主人與冷雲仙子已然和好，正連袂到處搜尋。你還不快痛改前非，找一個人跡不到之處，銷聲匿跡，死期就不遠了。」

但他哪知其中另有因果，就是這幾句話，已然弄巧成拙，被對方聽出諸一涵、葛青霜尚不知昔年隱秘。但今日與衛天衢所言，卻機密盡洩，豈肯再留葛龍驤活口。

黑天狐宇文屏聽葛龍驤講完，面容突轉慘厲，獰笑一聲說道：「小孽種！乳臭未乾，也敢謊言欺人。我來問你，宇文屏昔年所做何事？」

葛龍驤本來不明底細，一下真被問住，方自躡躡難答，耳邊突聽遙天之中似有鶴鳴。

黑天狐宇文屏見他這等張口結舌神情，也確知昔年隱秘尚未盡洩。嘿嘿一陣冷笑，叮然一響，那根插入石中的奇形鐵杖，業已拔在手中，一步一步地慢慢走向葛龍驤，目光冷峻，面容淒厲已極！

葛龍驤知她即將發難，正在凝神戒備，身後石上的衛天衢突然一聲大喝道：「宇文屏！你休要罪上加罪，再造惡孽！」

黑天狐獰笑一聲，右手鐵杖舉處，機簧一響，杖頭形似蟾蜍之物的口中，突然噴出一團黃色煙霧。

葛龍驤知道蟾蜍所噴黃霧，大概就是所謂「蛤蟆毒氣」，哪敢怠慢，慌忙拋卻手中降魔杵，十指齊彈，用彈指神通的疾勁罡風，想把黃霧撞散。

哪知「彈指神通」雖然威力甚大，但用來制這「蛤蟆毒氣」，卻不對路。黃霧經罡風一撞，中心雖被撞散，卻向四邊瀰漫，來勢反而更快。同時黑天狐宇文屏，趁葛龍驤十指剛剛彈出，未及回收之際，左手猛扯腰間所蟠綠色蛇尾，先前搭在胸前軟綿綿的蛇頭登時怒抬，從蛇口之中噴出一片青色奇腥光雨。

這「萬毒蛇漿」，是黑天狐宇文屏五毒邪功之中最稱厲害之物。它係搜集二十二種

毒蛇毒液，再加配藥物，熬煉成漿，灌在身上所蟠那條假蛇腹內。機關設在蛇尾，只要伸手一拉，肩上蛇頭立時怒抬，毒漿也自蛇口噴出，輕重遠近，無不由心。這與人對面動手之間，均可隨時應用，端的防不勝防，奇毒無比。

但她蛇漿搜集配製，太已艱難，十餘年操作聚集所得，不足使用十次，故黑天狐對此物極其珍惜，非到功力不敵，性命交關之際，絕不輕用。今天因有鬼胎在身，自己與衛天衢所談之話，一傳到諸一涵、葛青霜耳內，立刻便肇殺身大禍。何況更從葛龍驤面貌辨出，正是多年心頭隱患，立意除掉，所以一動手就用上了看家本領極毒殺手。

「蛤蟆毒氣」與「萬毒蛇漿」，雙雙迸發！她這兩般毒技，連龍門醫隱柏長青都引為大忌，專門為它埋首天心谷，用朱藤仙果與千年鶴涎，苦煉解毒靈藥；葛龍驤功力、經驗兩兩相遜之下，如何能逃此厄。果然未及蛇漿上身，葛龍驤一聞那團黃霧異香，頭腦已暈眩。神智模糊之中，只聽得先前所聞鶴鳴之聲，越來越急，身後衛天衢也怒聲大喝，並有一片極勁掌風，把自己震倒，臉頰之間，黏上幾點涼冰冰的似水非水之物，奇腥刺鼻，人便失去知覺。

不知多久以後，葛龍驤神志漸復，彷彿耳邊有人笑語之聲，要想睜眼觀看，只覺兩片眼皮，有如千萬斤重，竟自睜不開來。只聽那位風流美劍客衛天衢的口音，呵呵笑道：「一托天佑，二仗大師的無邊佛法，此子竟保無恙。不然衛天衢罪上加罪，便歷萬劫之苦，也難消此孽了。看他眼珠在眶內轉動，人已醒轉，但尙須以極高功力，助他補益眞元才好。大師這場功德，做個徹底吧。」

另外一個清亮女子口音答道：「衛道友一念回頭，已登彼岸，尙有何孽可言？你五行掌的乾元罡氣，爲他補益損耗，最是當行出色，儘管施爲，不必過謙了！」

衛天衢也自笑諾，葛龍驤遂覺得一隻手掌，按在自己的命門上。起初只微微有一股溫和熱力，慢慢由對方掌心傳入自己體內；逐漸熱度加強，燙得四肢百骸，說不出來是舒服還是難過。比起天心谷中，龍門醫隱用少陽神掌爲自己倒吸透骨神針之時，別有一番滋味。

葛龍驤內歷艱鉅，深知厲害，忙自冥心絕想，把全身功力自然散去，一任那股熱力周行於通身要穴與奇經八脈之間。等到運行十二周天以後，漸覺本身眞氣亦可提用，遂慢慢凝聚，與衛天衢掌心所發熱力，互相融匯，再行周身流轉。果然這樣一來，收效更速，頓飯光陰過後，葛龍驤除覺臉頰之上好似異常乾燥之外，已無其他痛苦。倏地雙目一睜，只見身臥一間石室之內的雲床之上，那長髮長鬚的風流美劍客衛天衢，右手剛離自己命門要穴，引袖去拭那滿頭大汗。

葛龍驤知他爲救自己耗損眞氣極多，方待起床稱謝，並詢問那黑天狐宇文屏是死是

逃，衛天衢竟似已知其意，把手虛按，不使起坐，微笑說道：「葛小俠巨毒新除，元氣初復，尚須再為歇息片刻，不必拘甚俗禮。你大概是想探問中毒被救經過，聽我先行略述，少時再做詳談便了。

「那黑天狐宇文屏除恨你干預她害我之外，因見你面貌酷似她昔年所害之人，又問知姓葛，並為涵青閣主人弟子，越發料定不差，正是她心頭的隱患。所以見面即下殺手，『蛤蟆毒氣』與『萬毒蛇漿』雙雙迸發。

「我五行掌力雖也略具幾分火候，但能敵其一，難擋其二，眼看葛小俠即將無救之際，一位隱跡武林近四十年的空門奇人，東海神尼覺羅大師，突然乘鶴飛降，凌空遙吐佛門無上神功『法華金剛掌力』，一下擊散毒氣。黑天狐宇文屏也身受震傷，倉促遁去，但就這樣，葛小俠肺腑之間，依然嗅入『蛤蟆毒氣』，臉頰之上也沾了幾點『萬毒蛇漿』，遂由神尼座下靈鶴幾次辛勞，將你我馱到神尼所居覺羅島上，加以醫治。幸喜我先前接得兩粒黑天狐自煉解毒靈藥，與你服下，命可保住，但你頰上所沾『萬毒蛇漿』之後，已然略見殘毀，難得復原。不過依我之勸，此點倒是不足縈心。二十年前我何嘗不是與你一樣的丰神俊朗，才博得什麼『風流美劍客』之稱，終於沾上一身情孽，回頭恨晚。這種空花色相，有點缺陷，反倒可以減掉不少淫娃蕩女的無謂糾纏呢。」

葛龍驤聞言，才知自己容貌已然被毀，舉手一摸雙頰，果然結有瘡疤。衛天衢微喟一聲，遞過一面青銅圓鏡。葛龍驤攬鏡自照，只見自鼻以下的兩頰之上，完全成了一片紫黑之色，不由心中一慘，正待開言，適才所聞清亮女音，已先笑道：「衛道友此語，貧尼未敢贊同。善惡由心，何關相貌，人之好色，亦理之常情。好端端一個丰神瀟灑的俊美少年，臉上添些缺陷，要說無憾，豈非違心之論。不過此瘡並非完全無法可使復原，只是所需的兩種天材地寶，太已難得。衛道友偶然墮落，早已回頭，問心當可無愧。趁此良機，何不把昔年隱事對他細述一遍，葛小俠既可盡悉前因，歸告不老神仙與冷雲仙子二人，使他們重歸和好，找宇文屏了結恩仇；衛道友也可從此靈台淨澈，再無雜念，就在這覺羅島上，共同冥心參悟武學之中，至高無上的性命交修之道。你們二位且做深談，貧尼要到別室做功課了。」

話完，葛龍驤便見腳頭椅上，站起一位身著灰色緇衣、頭掛念珠的高年女尼，向衛天衢、葛龍驤二人，含笑擺手，走出室外。

葛龍驤聽這東海神尼言中之意，自己身世，這衛天衢似是詳知；再細思松巔竊聽黑天狐口內之言，猛然醒悟恩師與冷雲仙子反目因由，大概與自己的如謎身世，同屬一事。這一來把臉上瘡疤登時忘卻，目注衛天衢，滿含渴望地問道：「衛老前輩與神尼口中的昔年隱事，關係家師多年心願，若能詳加指示，晚輩實感厚德。」

衛天衢一聲長嘆，說道：「此事說來太長，你若得知其中實情，恐怕恨不能寢我之

皮，食我之肉，怎還會實感厚德？但我自失足墮落以至覺悟以來，每憶前非，輒如芒刺在背。唯想在你恩師或冷雲仙子，最好是在你手中，一死謝罪，以求心安理得，則尚有何話不敢明言。你就這樣躺著不動，聽我講完，也當可復元如初的了。」

葛龍驤見衛天衢話中有話，不覺心中突突亂跳。想自己對這衛天衢印象極好，何況又是救命恩人，千萬不要教他與自己有什麼不解深仇，使自己難以相處才好。心頭越急，也就越想明瞭真相，不由連聲催促。衛天衢卻是幾度欲言又止，最後低頭沉思半晌，倏地抬頭，眉峰緊聚，目光中和面容上充滿了懺悔和憂鬱的感情，慢慢地說出一番話來。

原來不老神仙諸一涵與冷雲仙子葛青霜二人，本是一對神仙眷屬，功力又並世無儔，「璇璣雙劍」妙用無言，鎮壓得江湖宵小，個個銷聲匿跡，不敢過分胡為作惡！但葛青霜的同胞兄長葛琅，卻是一名俠盜，雖然生平行事，泰半劫富濟貧，但劍底刀頭，總免不了有時善惡混淆，無心做錯。諸一涵、葛青霜一再竭力苦苦敦勸，葛琅終為所動，在四十五歲的生日之時，當眾洗手封劍，歸隱田園，不再出世。

夫人陸氏忠厚端莊，伉儷之情雖然甚篤，苦奈膝下無兒，葛琅這一息隱家居，益發望子。遂由朋友介紹，竟聘了一位武家之女，也就是那後來號稱「黑天狐」的宇文屏，

以爲側室。

諸一涵、葛青霜長年風塵僕僕。這次來探兄嫂，一見宇文屏那種妖冶神情，便極厭惡。但生米已成熟飯，反對亦屬無益，從此蹤跡便疏。宇文屏姿容絕豔，媚骨天生。自古英雄最難逃的就是美人關口，何況宇文屏更精內媚之術。葛琅晚年得此，自然寵擅專房，不但不注意妹子、妹夫的來往漸疏，連對陸氏夫人也日益冷淡，把一身俠骨英風，完全報效在宇文屏的石榴裙下。

不到兩年，陸氏夫人便自莫名其妙地撒手塵寰，宇文屏自然扶正，諸一涵、葛青霜來往更稀。酒色徵逐，粱肉貪求，所需自然甚多，再加上枕邊人不住慫恿，葛琅竟以業已封劍洗手之身，暗暗重爲馮婦。宇文屏淫蕩成性，也漸漸覺得葛琅英雄垂暮，已然難塡自己的無邊慾壑，處心積慮，另作他圖。

也是率緣巧合，一次在葛琅遠赴外省行劫之時，宇文屏竟然遇見這位風流美劍客衛天衢。光這外號，就可想見衛天衢當年丰姿英颯。宇文屏哪得不百端結納，蓄意寵牢？遂自稱眼界太高，以致虛度芳華，尙屬小姑獨處，言語之中，大有垂青委身之意。衛天衢當時年方三十，血氣未定；宇文屏又是天生尤物，一顰一笑，均足勾人魂魄！雖然覺得對方一見鍾情，似嫌蕩逸不羈，但也未忍過分絕情。略爲酬應之下，幾度交遊。一夜在家旅店之中，宇文屏酒中下藥；衛天衢三杯入肚，春意盎然不克自持，遂相與紅羅，

顛鸞倒鳳。等到巫山夢罷，得悉真情，業已九州聚鐵，鑄成大錯。

宇文屏刁鑽已極，褻衣半馳，玉體橫陳。從枕下抽出一把匕首，交在衛天衢手中，低低泣訴，自己青春方盛，而葛琅已近暮年，房帷之中竟無樂趣，對衛天衢實真心相愛。春風一度，夙願以償，倘蒙相諒，等自己略爲籌畫金銀，相互遠走天涯，雙飛雙宿，做上半世美好夫妻。不然的話，在他手中剖腹剜心，亦無所恨。

她話講得極巧，又是好合初休，餘情仍熾之際；可憐衛天衢明明知道此時殺死此女，尚可回頭，怎奈眼看著方才入手溫香，那兩堆羊脂白玉似的雞頭軟肉，雖然利刃在握，宇文屏又在閉目待死，卻是無法下手。

宇文屏見衛天衢這般光景，媚眼微揚，嬌呻一聲，索性酥胸一挺，顫巍巍地撞向他手中尖刀。衛天衢縮手擲刀，垂淚長嘆。宇文屏粉臂一環，把他擁入懷中，腮冂相偎，不知說盡多少花言巧語。於是好好的一個風流美劍容衛天衢，從此便無法自拔，墜入無邊慾海。

葛琅回家之後，哪知枕邊紅杏，業已出牆，自然蒙在鼓裏。他數次作案，雖然遠山，仍舊漏風。不久諸一涵、葛青霜尋上門來，以正義相責，怪葛琅不應當眾封劍之後，自食前言，犯此江湖大忌。

葛青霜彼時性極剛傲，出語太直，葛琅無法忍受，兄妹終於鬧得絕裾而散。宇文屏遂向丈夫獻計，勸葛琅擇肥而噬，弄上一票大的，索性遁跡窮邊，安安樂樂地度過這下半世，便可不再受人閒氣。

葛琅也是數運將盡，利令智昏！仗著一身超絕武功，不但下手劫了一筆暗鏢所保紅貨，並且破例殺了保鏢鏢師。恰巧諸一涵與這名被害鏢師，頗有淵源，得訊之後，不由大怒！葛青霜偏偏又不在身邊，遂獨自一人，連夜趕來與葛琅辨理，逼著葛琅立即退回所劫紅貨，並厚恤死者家屬。

葛琅羞刀難以入鞘，郎舅二人幾乎變臉動手。還是宇文屏在一旁做好做歹，表面對諸一涵說是包在她身上，決以一夜工夫勸使葛琅如言照辦；暗地卻在茶水之中，下了極好蒙藥。

諸一涵氣惱頭上，何況也著實想不到宇文屏竟會謀殺親夫，栽贓誣賴，幾杯入口，一夢沉沉。

宇文屏放倒了諸一涵，回頭再對丈夫百般獻媚，連著灌下兩瓶她暗加大量烈性春藥的美酒。葛琅自然興發如狂，宇文屏偏偏故意延宕。直等到葛琅被藥力煎熬得面赤似火、氣喘如牛之際，才與好合，並用「素女偷元」之術竭澤而漁。可憐葛琅一條鐵錚錚的漢子，就這樣地做了花下之鬼。

宇文屏等葛琅死後，把他的屍身收拾乾淨，穿好衣服，然後以早就偷藏的諸一涵昔

年所用的獨門暗器「三才釘」，打入葛琅胸前要穴，再行移向諸一涵所住房內。

次日藥力已過，諸一涵醒來見此情形，自然大驚。事也太過湊巧，葛青霜恰恰正在此時趕到。他們兄妹雖已反目，骨肉畢竟連心，見狀也自生疑，不信諸一涵竟然下此毒手。遂強忍悲痛，細察兄長遺體。但宇文屏設局非常周到，葛琅那種死因，怎會找得出其他半點傷痕，找來找去，還不是「三寸釘」一釘致命。

葛青霜傷心已極，一語不發，拔出青霜劍，割下一片衣袂，以示絕訣，人便走去。諸一涵知她個性，此時縱然百喙能辯，俱是徒然，甚或造出更大禍變，只得由她自去。自己心裏有數，定是宇文屏從中弄鬼。但苦於無法求證，遂對宇文屏冷笑連聲，拂袖而去。

宇文屏妙計得逞，三根眼中釘刺一齊拔除，以爲從此即可與心上人衛天衢長相廝守。哪知天下事斷難如人願，她自己的肘腋之間，也生禍變。

原來宇文屏身邊有一丫環，名爲秋菊，長得十分窈窕可人。葛琅有次遠出作案，歸來之時，恰值宇文屏以回娘家爲名，去和衛天衢鬼混。葛琅雖然重爲馮婦，終非本願，每次事罷，總要愧悔一陣。因一人岑寂無聊，遂吩咐秋菊整頓杯盤，自飲自酌，結果是醉後失德，竟把秋菊暫時替代了宇文屏之職。

「有意栽花花不發，無心插柳柳成蔭。」葛琅半生無嗣，但就這一度春風，卻就在

秋菊腹中，留下了葛家後代。可憐秋菊深知所伺的主母，心如蛇蠍，自己腹中有孕，連葛琅都不敢明言。如今葛琅一死，她多少知道幾分死因，以及宇文屏私通衛天衢之事，越發戰戰兢兢，籌思怎樣才能保全主人這點骨血。但紙裏怎能包得住火，她腹中的那塊肉，任憑秋菊怎樣加以遮掩束縛，形跡終仍敗露。宇文屏一頓皮鞭，打得秋菊死去活來，熬刑不過，只得胡亂招承是與人私通所孕。

宇文屏本未想到葛琅身上，責訊秋菊之故，是因為衛天衢近來了無顧忌，有時直接來家歡會；秋菊丰韻不差，疑心她竟偷吃了自己禁臠。既聽招出是與村人私通，反而莞爾一笑，不再深究。秋菊人極聰明，知道目前雖然蒙混過去，但腹中嬰兒出生之時，倘眉目相似主人，立刻便有殺身大禍。自己一死無妨，主人英雄一世，就只得這點骨肉，無論如何也得設法保全，不然泉下何顏相見，等到秋菊主意打定，臨盆之期業已不遠。遂乘一個宇文屏與衛天衢戀姦情熱之夜，收拾細軟，悄悄逃走。

宇文屏發現秋菊不見，先還以為她隨情人私奔，後來一想她偷情之事，自己並未怪責，何必如此。再聯想到她近來神情，恍然大悟，暗叫一聲不好，這丫頭貼身隨侍，凡事均看在眼內，倘若如自己所料，所懷竟是死鬼所遺骨肉，則必係去向諸一涵、葛青霜處告密，如何容得？

此時諸一涵、葛青霜業已分別歸隱於衡、廬二山，一湘一贛，自己難以兼顧。遂告

知衛天衢：此逃婢關係太大，必須擒回；自己追向往贛之路，請衛天衢往湘追尋，她雖略通武功，腳程遠遜於你我，必難逃脫。能夠擒回拷問口供最佳，不然亦須當時殺卻。

衛天衢追到第三天晚上，果然追到秋菊。秋菊知道難活，把心一橫，盡情抖露隱秘，痛罵求死。這一來衛天衢宛如當頭澆下一盆涼水，從慾海無邊之中，清醒過來，而認識了宇文屏的蛇蠍本相！捶胸自嘆，惶愧無已。不但不殺秋菊，反而將她護送到了湖南境內，指點她往衡山的路徑之後，才遠躥海外孤島，懺悔這一身情孽。

宇文屏追空而返，竟連心上人衛天衢一齊不見，不由怒發如狂。把所有家園一齊變賣，海角天涯，窮搜衛天衢的下落蹤跡。搜來搜去，人未搜到，倒被她在仙霞嶺內搜到了一部《五毒邪經》。這經上各種功力毒器，件件速成。宇文屏大喜過望，苦練一年，再度出世，功力大非昔比，居然名列武林十三奇，成為江湖中最為陰刁險惡的著名魔頭。

但夙孽深種，她對衛天衢始終不能忘情，費盡苦心，終於找到。年年加以威脅色誘，軟硬兼施，衛天衢一心如鐵，始終不為所動。轉眼之間，宇文屏青鬢朱顏的絕世丰姿，業已變成雞皮鶴髮，但仍苦苦糾纏不已。衛天衢見她一年比一年老醜，更由此而悟透了紅粉骷髏之旨。

這年正是第十九年，一位空門奇俠東海神尼覺羅大師，偶然乘鶴來此採藥。攀談之

下，衛天衢毫無所隱，把心中憾事，悉以告人。

覺羅大師聽完，說他能夠慾海知非，泥途拔足，這種智慧極爲難得。佛家最重回頭，所以才有「放下屠刀，立地成佛」之語，何況他義釋秋菊，已種善因；十八年所忍受之無邊荼毒，更足抵當初淫孽。此後心中不可再爲此著想。宇文屏今年來時，覺羅大師願以極高禮理，加以點化。倘她冥頑不靈，則衛天衢也可從此遷居神尼所居覺羅島，一意潛修，無虞魔擾。

宇文屏今年到得稍遲，衛天衢因這十多年來面壁苦參，功力已在宇文屏之上。靜中更能生明，耳目之靈，已臻極致。一出洞口，便已看出古松之上，藏得有人。等到葛龍驤激於義憤，挺身而出，他那鳳目重瞳的英挺丰姿，竟與葛琅當年一模一樣。再加上問出姓葛，又是諸一涵門下弟子，宇文屏才斷定他就是昔年秋菊腹中的葛琅骨血，而用「蛤蟆毒氣」和「萬毒蛇漿」，立下殺手。

幸好東海神尼覺羅大師及時趕到，在鶴背之上，遙發「法華金剛掌力」，與衛天衢的五行掌，上下交會，震散「蛤蟆毒氣」和「萬毒蛇漿」，並使宇文屏略受內傷，倉促遁去。但葛龍驤已然嗅入毒氣，頰上並也沾了幾點毒漿。雖經靈鶴馱來覺羅島上，以宇文屏自煉解毒靈藥，和神尼的「楊枝淨水」外洗內服，人已康復；但這頰上瘡疤，如無特殊靈藥，恐怕是要抱憾終身的了。

葛龍驤靜靜聽完，淚流滿枕，但卻一聲不出。心想，自己怎樣上得衡山，歸入恩師門下十八年來，恩師和師兄對此從未提起。但由自己初謁冷雲仙子葛青霜時的那種心靈感應揣測，她老人家必然是自己的極親之人無疑。看這衛天衢辭色極為誠懇，所說當無虛言。然則自己生身之母，是生是死？現在何處？傷癒回歸大陸之後，先謁父墓？還是先覓生母？或是先稟恩師？抑或是先找黑天狐宇文屏報仇雪恨？還是先尋龍門醫隱、獨臂窮神等人，合議行事？這一連串的問題，孰先孰後，攪得葛龍驤腦中紊亂已極。

衛天衢見他半晌發怔，以為是難以和自己相處。因葛龍驤先前所拋卻的降魔鐵杵，業已撿回帶來，恰好就在榻邊，遂順手取起，向葛龍驤慨然說道：「葛小俠不必為難，衛天衢自知孽重，我自盡謝罪便了！」說罷舉起降魔鐵杵，回手便往頭上打去。

葛龍驤忙自榻上躍起，奪下衛天衢手中鐵杵，含淚說道：「衛老前輩休要錯會晚輩之意，昔年之事，罪過均在妖婦宇文屏一人，老前輩義助家母，又對晚輩有救命之恩，怎敢以怨報德，務請釋懷！」隨即把方寸心中所思、躊躇難決的幾項問題，向衛天衢說明。

衛天衢慢慢說道：「依我之見，葛小俠還是先行稟謁你師尊為要。因為你既能得列衡山門牆，則你母親下落，不老神仙諸大俠應該知曉。何況方才我所述昔年隱秘，你恩

師、師母定然尚未完全探出，不然絕不會容宇文屏活到現在。早點稟明，使兩老人家釋嫌和好，攜手同出，掃蕩群魔，則不但爲江湖造福，衛天衢心中也可略安。至於我本人，葛小俠既然度量寬宏，則衛天衢仍留此戴罪之身，俟你將來恩仇了結之時，聽憑武林公斷便了。」

葛龍驤接口說道：「衛前輩十八載空山面壁，已然悟徹是非，明心見性，怎對昔年被誘失足的無心之失，這樣放它不下？從此請再休提。先父墓地所在，前輩適才未見道及，擬請賜示，晚輩離此便須前往祭奠。」

衛天衢一聲長嘆說道：「『一失足成千古恨，再回頭已百年身！』一步走錯，不管你有心無心，均足爲終身憾事。所以先前我說你面貌雖留缺陷，未必非福，即是此理。令先尊歸隱紹興，墓地就在會稽山上，巍峨雄壯極爲好尋。你往祭之時，令尊泉下倘知跨灶有兒，亦當含笑。」

葛龍驤聽這衛天衢昔年誤飲藥酒，失足成恨，一直愧悔至今，猶自排遣不開，不由想起開封旅店之中的那幾杯冷茶，和嶗山大碧落岩繆香紅所居萬妙軒中的那些銷魂聲色，又復驚出一身冷汗。向衛天衢問道：「這覺羅島位居何處？晚輩既明本身來歷，心切親仇，恨不得插翅飛返大陸。稟明恩師之後，立時找尋宇文屏妖婦，將其碎屍萬段。還有那位東海神尼的救命深恩，也應叩謝，老前輩爲晚輩引見如何？」

衛天衢道：「宇文屏行蹤隱秘不易搜尋，你報仇之事，雖然天道昭昭，循環不爽，但非朝夕可致，不必如此心急。覺羅大師既號稱東海神尼，此島自在東海。但四周礁石極多，波濤險惡，尋常舟船，難以到此。你欲返彼岸，恐還須藉大師所豢靈鶴之力相送不可。大師當代奇人，足跡已近四十年不履中原，功力之高，不可思議，此時功課未畢，不可驚擾。少時拜謝，若能虛心求教，或可另得益處，就看你的緣法如何了。」

衛天衢話音剛落，覺羅大師已在外室接口笑道：「衛道友與葛小俠這一席長談，時已入夜，貧尼功課早完，儘管請出相見。」

衛、葛二人，聞言相偕出室。只見外間石室甚是寬敞，覺羅大師正坐在禪榻下首的蒲團之上。

葛龍驤趨前方待下拜，大師左手微伸，一股無形勁力竟使他拜不下去，含笑說道：「彼此素無淵源，令師冠冕武林，群流敬仰，貧尼心儀已久。我這化外之人，不拘禮節，葛小俠請隨衛道友在椅上坐吧。」

說罷，又對衛天衢道：「恭喜衛道友與葛小俠，片言釋怨，也爲不老神仙諸大俠，解脫了一樁不白之冤。孽障已除，功德無量，彼此便可智珠活潑，無牽無掛的了。」

衛天衢合掌恭身，莊容答道：「衛天衢回頭太晚，慧覺不深，依然時虞魔擾。大師無邊佛法，普渡眾生，尙希不吝當頭棒喝。」

覺羅大師笑道：「既已回頭，如何說晚？菩提明鏡，不著塵埃。衛道友已是解人，怎還作此形相？快與葛小俠一同落座，貧尼我還有事相求。」

衛天衢、葛龍驤聽這覺羅大師，四十年不履中原，塵緣當已早清，竟也說有事相求，不由暗暗詫異。相互就座，靜聽究竟。

覺羅大師目注衛天衢，微笑說道：「適才衛道友與葛小俠後室長談，貧尼閒中以禪門小術，代卜一卦，道友竟還須再履塵寰一次，立下一件莫大功德，才得永摒慾擾。葛小俠卻從此否極泰來，他年必可承繼令師衣缽，鎮壓群邪，爲武林中放一異彩。至於你臉上瘡疤，倘能尋得武林至寶碧玉靈蜍，與一朵千年雪蓮，貧尼尚可效力，使其復原。不過這兩樣奇珍，尤其是碧玉靈蜍，普天之下只有一隻，又不知落在何人之手，實在太難得了。」

葛龍驤道：「晚輩此時一心只在親仇，容貌能復原與否，尚居其次。不過那碧玉靈蜍，晚輩卻知道現在嶓塚雙兇的青衣怪鄺華峰手中。至於千年雪蓮，似聽家師講過，產在西藏大雪山中，不知可對？」

覺羅大師慈眉微皺，說道：「普通雪蓮甚多，不夠千年無用。而千年雪蓮，除了窮搜大雪山以上，別處委實難求。覓取雖甚艱難，畢竟是無主之物，只要武功卓越，意志堅強，總還有望。那碧玉靈蜍，若真落入嶓塚雙兇之手，彼此正邪異途，善取無方，必

須用武力強求，那就費大事了。葛小俠你怎知道此寶現在鄺華峰之手？」

葛龍驤遂把悟元大師黃山得寶，群邪蜂起攘奪，自己奉命與薛淇趕往救援，終於一步到遲，碧玉靈蜍已被鄺華峰奪去，並由苗嶺陰魔訂立三年以後黃山論劍之約等情，向覺羅大師敘述一遍。

大師聽完，點頭說道：「如此說來，向蟠塚雙兇奪回碧玉靈蜍，就不致師出無名了。不過葛小俠雖然師承正派，造詣看來極深，但要說能蓋過蟠塚雙兇數十年精湛功力，恐怕尚難達此境界。貧尼立誓不履中原，衛道友也要在這一年之內，仗貧尼之助，把他五行掌力鍛鍊到爐火純青，以備將來辦椿大事，目前亦難為助……」

葛龍驤見覺羅大師如此關注自己，深為感動，聽她愁慮人手，連忙笑答無妨。又把後半段經歷說出，並說明目前只是心切親分，無意為自己復容之事打算。不過那碧玉靈蜍曾奉師命，不可使其落入群邪之手，本擬在黃山論劍期前，設法取回，有龍門醫隱及獨臂窮神兩位前輩奇俠相助，何懼雙兇，務請大師釋念。

覺羅大師聞言笑道：「葛小俠福緣真好，竟有如許遇合。柏長青神醫蓋代，他只要把貧尼所說的千年雪蓮和碧玉靈蜍尋到，復容之事，便可如願，毋庸貧尼越俎代庖。黃山論劍之事，我與衛道友遠隔海外，本來不知，此次聽黑天狐宇文屏道出，才稍明梗概。這一場武林浩劫，預料定然慘重非常，但無法化解，正思設法予以略加消弭。方才

紫電青霜

所說有事相求，亦即爲此。葛小俠你在論劍期前半月，能再來貧尼這覺羅島一次麼？」

葛龍驤莊容答道：「大師慈悲願力，晚輩無任斂敬。只是適才衛老前輩告知，此島孤懸東海，舟揖難渡，晚輩來時，還望大師加以接引。」

覺羅大師笑道：「那是自然，第三年的八月初一開始，貧尼即命我座下靈鶴，在此島對岸，浙江平陽的古鼇頭上，等你三日。你人已復原，歸心想必如箭，我命靈鶴送你走吧！」

葛龍驤起立告辭，覺羅大師與衛天衢送至門外。葛龍驤打量這座覺羅島，果然四外面海，礁石羅列，波濤光湧。島不甚大，但峰靈樹茂，景色甚佳。大師口中所說靈鶴，卻未看見。

覺羅大師忽作清嘯，嘯聲並不高亢，但聽去傳送極遠。霎時前面海雲深處，飛來一點灰影，在三人面前翩翩落下。果是一隻絕大仙鶴，站在地上，就有七、八尺高，全身灰褐，鶴頂鮮紅。朝著覺羅大師，延頸微鳴，便自偏頭用那長嘴，剔弄翎羽，狀至馴善。覺羅大師手撫鶴背，口中微效鳥語，靈鶴將頭連點，大師回頭向葛龍驤笑道：「葛小俠孝思不匱，意欲先行祭掃令先尊之墓。爲人子之道，本應如此。你傷毒初好，不宜跋涉長途，貧尼已命靈鶴直接送你到浙東紹興會稽山下。」

葛龍驤再三稱謝，暗想自己下山以來，所遇之奇，自己都難置信。尤其是這次死裏

逃生，抱魚浮海，已是千古奇聞，眼前卻又要跨鶴翔空，更是畢生難遇。遂摸了摸背後的降魔鐵杵，勒緊絲帶，二次向覺羅大師與衛天衢，恭身作別。

此時靈鶴業已飛起兩丈高下，不住盤旋。覺羅大師含笑揮手，葛龍驤當著這等絕世高人，哪敢賣弄，拿穩勁頭，口中說了聲：「晚輩葛龍驤告別！」雙肩微微一晃，不高不低，不偏不倚，輕輕落向鶴背。靈鶴兩翼微揚，便飛往西北而去。

十一　天機初透

這時明月恰好剛自海東升起，又大又圓，柔光輕籠，空中雲霧又少，天水相涵，上下同清，景色幽絕。那隻靈鶴想是知道葛龍驤貪戀這月夜海景，飛得又穩又慢。人跨其上，除卻天風砭骨、拂面生寒以外，比乘任何舟車都爲舒適。

葛龍驤見月色太好，猛然想起危崖撒手，魚背漂流，雖然人在昏暈之中，不知過了多久，但從這月色看來，可能今天就是中秋佳節。「海上生明月，天涯共此時。」自己與玄衣龍女柏青青，兩意相投，還沒幾日，便行遭此巨變。如今自己九死一生，跨鶴歸來，但心上人眼見碧落岩頭慘劇，此時卻不知在何處傷心腸斷。

彼此雖非世俗兒女，不是貪戀顏色，而互相愛好；但自己變成這副鬼相，未曾獲得那兩處蓋世奇珍醫治復原之前，怎好意思與柏青青那種丰姿絕世之人相處，何況既巧知自己出身來歷，父仇未報，生母存亡下落不明，人子之職絲毫未盡，也著實不應該先爲兒女私情打算。自己這種苦衷，他日不知可否獲得心上人的諒解。

栩栩遐想未畢，胯下靈鶴突然回首長鳴，跟著就微收兩翼，慢慢斜飛下降。葛龍驤知道大概已到地頭，不由得暗暗吃驚，胯下靈鶴一夜工夫，竟已飛行這遠！果然那靈鶴下降之處，是在一座大山的山腳之下。葛龍驤下背之後，靈鶴沖霄便起，略一盤旋，朝葛龍驤鳴叫數聲，便飛返東南而去。

葛龍驤目送那點黑影消失雲端，回憶所經，宛如夢境。自己下山之時，恩師、師兄所告途徑，俱是中原一帶，這浙東可說是完全陌生。雖然料定仙鶴通靈，不至飛錯，此地可能就是父親墓地所在的紹興會稽山腳，但無十分把握，還須尋人一問才好。

他正在尋思，忽然聽得前側林中，有叮叮伐木之聲傳出，連忙循聲尋往，果是一位老樵夫在林內砍柴，葛龍驤拱手問道：「借問老人家，此處可是會稽山麼？」

那年老樵夫，暫停伐木，上下打量了葛龍驤好幾眼，含笑答道：「尊客想是過路人，這裏正是會稽山。當年大禹在此會聚諸侯，計功而崩，故名會稽。尊客可是上山瞻拜『禹穴』的麼？」

葛龍驤答道：「聖賢遺跡，自應瞻拜。不過在下還想向老人家打聽一下，十、八九年前，這附近隱居一戶葛姓人家，主人墓地聽說也在此山上，老人家可知其處麼？」

老年樵夫呵呵笑道：「尊客說的是我們浙東大俠葛琅之墓，當然曉得，就在『禹穴』附近。雖然葛大俠無後，家人已散，但他生前為人太好，鄉鄰不時自動修葺，十多年來，墓地仍如當年一般整潔。尊客循此而行，上山不遠，就看見了。」

葛龍驤謝過樵夫指點，照他所說路徑，慢慢往會稽山上走去。上山不久，果然見到一個其深無比的巨大洞穴，旁有唐人勒石，擘巢大書「禹穴」二字。心中暗想：「一般傳說禹葬於此，又有人說是大禹入此穴仙去。不管怎樣，人生在世，絕不能真正如所謂寄蜉蝣於天地；無論立德、立功、立言，總得要有一樣垂青後世，方足不朽！大禹當年治水救民，雖然三過家門不入，公而忘私，備盡艱苦，但豐功偉績，彪炳千秋。這鬱鬱佳城，永爲後世低徊瞻仰，也就雖死猶生的了。」

他略爲感慨，循著山徑再往上行。轉過一處山崖，又是一座巍峨佳城，墳前碑上鐫著「浙江大俠葛琅之墓」。葛龍驤雖是遺腹之子，未曾見過爹爹一面，但骨肉連心，天性攸關；在覺羅島上聽衛天衢敘述自己身世，雖知必無虛言，但總免不了還有那麼一絲半絲的疑惑之處。如今黃土一壟、孤碑三尺，事實業已千真萬確。

葛龍驤心中巨震，並陡的一酸，忍不住地拜倒在地，嚎陶大哭。心中暗暗禱祝，父親在天英靈，應知有子長成，而默信自己，早日尋得妖婦，報仇雪恨。直到聲嘶淚盡，才在附近找家山民，借來鋤畚等具，親自動手爲父親墳上添土修葺，並留下金銀，托山民代在墳前栽花種樹，並不時供祭。

諸事安排已畢，葛龍驤心切親仇，想師父及冷雲仙子均在坐關，不便驚擾，既聽黑

天狐宇文屏曾對衛天衢說過，要到仙霞嶺天魔洞去找魔伽仙子，練什麼「三絕迷陽勾魂大陣」，仙霞就在浙南，不如前往一探，也許機緣巧合，能手刃此婦，也未可知。主意打定，遂在葛琅墓畔露宿三日，然後揮淚拜別，下山撲奔仙霞而去。

等他到達仙霞嶺，好不容易才找到硃砂壁下的天魔古洞。哪知魔伽仙子業已他往，僅從她門下女徒口中，聽出魔伽仙子因諸正派長老，久未見在江湖走動，膽量漸大，況且這多年來所擄面首，均是閩粵一帶人士，著實也想換換口味。所以此番遠去江南，要想弄幾位俊秀風華的少年郎君，一嚐異味。

葛龍驤本來深惡這類蕩婦淫娃，要想下手除卻，但因志在黑天狐宇文屏，並知一身所學功候不夠，尚難敵她「五毒邪功」，要想以暗制明，潛蹤以伺，哪裡還會打草驚蛇?萬一將她驚走隱藏，那時海角天涯，何處尋找?遂悄悄離開天魔古洞，撲奔江南。沿途察訪，並管了不少不平之事。一次擊斃一名採花大盜，在他身畔囊內，搜出三副人皮面具，不禁大喜!從此便以蒙面人姿態，行俠江南，並各處探聽魔伽仙子蹤跡。

勾留兩月，「江南蒙面小俠」的聲威遂起，連稱霸江南多年的鐵珠頭陀和火靈惡道，也均敗在葛龍驤掌下而避往江北。葛龍驤也就在此時，一方面發現了魔伽仙子行蹤，一方面卻又發現了龍門醫隱及心上人柏青青，父女二人正在追尋自己。

玉人顏色，葛龍驤何嘗不是魂牽夢縈，但好不容易才發現魔伽仙子，正待暗暗追蹤，對她淫行加以破壞，將其逼回仙霞，候黑天狐一到，俟機便可下手，報那不共戴天之仇。倘與柏青青相見，這一番兒女纏綿可能誤卻大事。遂鐵起心腸，故佈疑陣，擺脫龍門醫隱，追蹤魔伽而到江北。

哪知龍門醫隱識破他疑兵之計，也自追到江北。維揚郊外林中，幾乎當面撞破。摩伽仙子也覺得有高人在側，不願再行逗留，連夜返回仙霞，黑天狐宇文屏已經在天魔洞內相待。

葛龍驤因須規避龍門醫隱父女，時時繞道，遲到兩日，偷偷進入天魔洞內，只聽黑天狐宇文屏勸摩伽仙子，同下苗疆，與苗嶺陰魔邴浩合練一種絕毒陣法，以備來日趁正邪雙方在黃山論劍之時，暗地發動，而將群雄一網打盡。摩伽仙子卻執意不從，二人幾乎吵得反目。

葛龍驤深仇在側，空自目眥皆裂，因無機可乘，終未敢妄動行事。次日再去，宇文屏業已與摩伽決裂，拂袖他往，自己蹤跡也被摩伽仙子發現，追到洞外。正待動手之時，柏青青突在半崖亂石之後現身，那一聲淒呼「龍哥」，入耳驚心。無奈，他又施展輕功疾避而去。人雖遁入林中，但心頭兀自忐忑不安，暗想自己這心切親仇的隱情，柏青青何從知曉。倘誤認自己薄情變心，豈不過於傷心氣苦，應設法解釋一番才好。

他已探過天魔洞多次，知道另外還有兩個秘密出入之口，遂重行潛回，由秘洞進入。此時恰好摩伽仙子「天魔豔舞」與「六賊銷魂妙音」均告失靈，正待棄邪歸正之際。葛龍驤突然發現那名狠毒妖婦黑天狐宇文屏，竟也由另一秘洞進入，並用千里火摺點燃壁間的幾條火藥引線，摩伽師徒也已發覺，紛紛竭力撲救。

葛龍驤看她們那等情急，知道火藥一爆即將立肇巨災。心急傳警龍門醫隱等人，遂乘摩伽師徒忙於搶救之時，急忙繞往前洞。行經摩伽仙子所居之處，瞥見一個白磁花盆之中，培著一本九葉靈芝。此芝昔年衡山也產一本，被師父採來與自己服食，功力因之增進不少，故而認識。暗想眼看此洞即毀，這類千古難逢的靈藥，糟蹋可惜，遂一把折斷，揣向懷中。

等他到達前洞發話報警，柏青青聞聲識人，撲將過來，撕下他半幅衣襟。葛龍驤知道危機一髮，哪裡還能糾纏，急忙引導眾人，逃出洞外。跟著就是柏青青憤急過度，吐血暈倒，和天魔洞內火藥爆發。

葛龍驤人雖遁逃，但何曾去遠，眼看著心上人被自己害得那等瘦骨支離、憔悴可憐神態，忍不住在暗中捶胸生悔，情淚如傾。但此時無顏再出，只得暗暗跟隨眾人。直到楓嶺關投店，獨臂窮神點倒龍門醫隱，與天台醉客及谷飛英三人，往四外搜尋等情，葛龍驤均在暗處看得一清二白。而這幾位前輩奇俠，也因柏青青沉痾難救，個個心煩，致

未發現他就在附近潛匿。

葛龍驤遂找民家寄宿，等到夜靜更深，帶著自天魔洞內盜來的那本九葉靈芝，去往柏青青房中。先點了她黑甜睡穴，然後把靈芝嚼碎，一口一口地哺她服下。

靈芝哺完，眼看著這在榻上橫陳的玄衣龍女，葛龍驤不禁又是一陣陣的思潮起伏。暗想縱然靈藥生效，但青妹是病從心起，除非自己露面，不然再好的仙丹靈藥，也不能使此病除根。而且黑天狐宇文屏委實詭詐萬端，她又居無定所，此次機緣錯過，不知何日才能再度遇上，是否應該與龍門醫隱等人坦誠相見，合力搜誅，但自己變成這副醜態，青妹一見豈不更爲傷心。

他正在百緒紛紜，無法自主之際，突聽杜人龍房內已有響動，嚇得葛龍驤不遑多想，輕輕出室，帶好房門，便行回轉所住民家。次日不知所哺靈芝，可曾生效，遂潛至眾人所居旅店附近打探，恰好碰上獨臂窮神柳悟非，在店門口裝模作樣地大發雷霆，用「七步追魂」掌震大樹。

葛龍驤一聽柏青青仍未見癒，不由急煞。眼看龍門醫隱、獨臂窮神等人紛紛再度出店，搜尋自己，遂等到夜來，再往店中探病，終於中計被眾人堵在房中，揭破廬山面目。

葛龍驤把別來遭遇，絮絮講完，眾人各均嗟嘆不已。

柏青青此時聽出葛龍驤對自己依然愛重情深，哪裡還有絲毫恨意。看著他冠玉雙頰上的紫黑瘡疤，想想他萬死一生所吃的種種苦頭，好生憐惜，芳心欲碎。遂拉著爹爹，暗問究應先幫他找黑天狐宇文屏報卻殺父之仇，還是應該先上蟠塚山和大雪山，奪回碧玉靈蜍及找尋千年雪蓮，爲他恢復容貌。

龍門醫隱對葛龍驤拈鬚笑道：「賢侄連脫大難，反悟前因，可喜可賀！令先尊葛大俠昔年與我等均是舊識，故人有子，更足歡愉！不管論情論理，當然是先報仇爲是。但宇文屏縱橫江湖這多年來，就沒聽說過她住在何處。海外孤島之上，把昔年惡跡敗露；仙霞嶺天魔洞內，又勸說摩伽仙子不成。她自知奸謀惡行一齊敗露，必然越發深藏，天涯之大，一時還真無處尋找。不過後年黃山論劍，我料她必與苗嶺陰魔邴浩聯手同來，那時葛賢侄的恩師不老神仙，與冷雲仙子的功行也滿。三曹對面，了結恩仇，豈不更好？賢侄生母之存亡下落，大概除你恩師之外，別無人知。他此時功行正在緊要，不能驚擾，故也只好留待後說。

「至於賢任復容之事，東海神尼覺羅大師所說的兩樣靈藥奇寶，其實僅需千年雪蓮一樣。那碧玉靈蜍，因我已有用千歲鶴涎及朱藤仙果所煉靈藥，足清百毒，可以代替。但此寶既係青衣怪叟酈華峰，自悟元大師手內奪去，也應取回。何況飛英侄女還要找那硃砂神掌酈華亭，報殺母之仇，所以蟠塚之行，勢在必去。但目前所急，卻還在那千年雪蓮，因此物雖聽說大雪山中有產，但極爲稀少難尋，而西藏去此，更是迢迢萬里，似應早爲之計呢。」

葛龍驤知道龍門醫隱所說，均是實言，那黑天狐一時確實很難找到。正待稱是，獨臂窮神已行說道：「老怪物此言正合我意，我們分道而行。你帶著你女兒和葛龍驤，上西藏大雪山去找那千年雪蓮；老花子和老酒鬼等四人，上蟠塚山找酈家兩個老怪，奪回碧玉靈蜍，並爲谷姑娘及老花子的和尚朋友，報仇雪恨！」

老花子轉面對葛龍驤道：「你在大碧落岩，被繆香紅震落到海中以後，老花子爲卜你休咎，遠上衡山。你師父正在坐關用功，未曾見面，但已預留柬帖一封。說是數定於天，但由心轉；爲人吉凶禍福，只繫於方寸一念之間。你只要處處謹守師門規戒，縱遇極大艱危，亦當無礙，否則死不足惜等語。義正詞嚴，垂誡甚深，老花子現還保存在此，你拿去看來。」

葛龍驤接過師父柬帖一看，不由汗流浹背。自忖當時嶗山萬妙軒內，若不是自己姑母冷雲仙子所贈的蓮寶清心，一墜慾海，豈非萬劫不復？他越想繆香紅當時那種銷魂陣仗，越覺驚懼，一個失神，竟把桌上一杯熱茶碰翻，連手中柬帖也被濺濕了半邊。

葛龍驤正覺失態，忽然瞥見柬帖上被茶水所濺濕之處，突又顯出淡淡幾行字跡，仔

細看完，不覺大驚，急忙遞與龍門醫隱。龍門醫隱看完以後，竟把柬帖撕得粉碎，偏首沉吟，半晌無語。

獨臂窮神被他們這種神態，弄得生疑，忍不住地問道：「老怪物不要裝出這副怪相，諸一涵又在那柬帖之上，弄了什麼鬼了？」

龍門醫隱長眉一揚，向他笑道：「老花子的火燎脾氣，幾時才改？諸一涵因從先天易數之中算出，有人要趁冷雲仙子坐關練功其間，去向冷雲谷中滋擾生事，想請你我覓人前往護法。我正在發愁我須攜葛龍驤及青兒遠赴西藏，余兄又須護持谷侄女往報殺母之仇，只有你這老花子，可以分身前往冷雲谷內護法。但你哪裡肯放著這些熱鬧節目不加參與，而到冷雲谷去守株待兔呢？」

獨臂窮神怪眼一瞪，哈哈大笑道：「老怪物怎對老花子要起這套激將法來，換個別人，老花子自然不管這種閒事，但諸一涵、葛青霜二人，又當別論。老花子自告奮勇，帶著我這不長進的徒弟，跑趟廬山，一方面爲葛青霜護法，看看究竟是些什麼山精海怪，到冷雲谷去撒野；一方面這杜小鬼武功太差，不找個機會好好傳他幾手，他日黃山赴會，跟去豈不丟人。再者老花子覺出四惡、雙兇，武功俱非昔比，我自身放下多年的兩套功夫，也想藉此守護期間再練它幾遍。只是我有個條件，你們若是遇上四惡、雙兇，動手之時，可不許殺光，總得給老花子留一個。尤其是那冷面天王班獨老賊，好讓

我替三個和尚朋友，索還血債。老花子說走就走，葛小鬼你把你在海外聽來那段昔年隱情，詳細寫明，老花子與你帶交葛青霜，使他們這對無辜被人拆散的夫妻，立可消除二十來的誤會，而和好如初了。」

葛龍驤忙命店家拿來文房四寶，把衛天衢所說當年隱事，及苗嶺陰魔訂約後年中秋，在黃山始信峰頭論劍較技之事，詳細寫明，並請冷雲仙子派白鸚鵡雪玉，轉稟恩師。獨臂窮神等他寫完，揣好書信，便攜同小摩勒杜人龍，向眾人告別，飄然自去。

天台醉客余獨醒，目送獨臂窮神柳悟非與小摩勒杜人龍二人去遠，向龍門醫隱笑問：「柏兄方才所說可真？難道真有這等不開眼之人，敢去冷雲谷中生事麼？」

龍門醫隱皺眉搖頭答道：「方才龍驤無意碰翻茶杯，濺濕箋紙，突然顯出諸一涵所留隱書字跡，我便知定與老花子有關。幸而龍驤機警，即將箋紙遞過。果然諸一涵雖然人在坐關練功，卻仍懸念昔年好友，閒中偶以先天易數一一占算，竟算出老花子在今年春夏之交，有一場極大凶險，他爲人過分剛強，若與明言，決不肯信，故特隱書箋紙之上，倘你我能夠發現之時，務必預爲代其安排趨避之策。我睹柬之後，想來想去，只有廬山冷雲谷與塵寰隔絕，而葛青霜昔日仗一柄青霜劍，鎮壓武林所樹聲威，比諸一涵還稱難纏，決無任何人敢捋虎鬚，去向她那裏生事。所以才編造了那套謊言，騙老花子坐鎮冷雲谷中，虛爲葛青霜護法。

「先還以爲老花子出了名的鬼怪精靈，恐怕騙他不過，哪知老花子大概是想藉此機會摒絕外緣，重新練他昔年練而未成的『擒龍手』法，竟而欣然自告奮勇，這倒省了我不少唇舌。而老花子在冷雲谷內，料來也可高枕無憂，把諸一涵所卜的那場凶險安然躲過。

「至於我等行程，我想青兒病體初癒，尙不宜即做劇烈爭鬥，想帶她和龍驤，先赴西藏大雪山，找尋龍驤復容所需靈藥『千年雪蓮』。余兄與飛英侄女，擬請暫在中原各省，隨意行道，主持正義；並暗察諸邪，有無其他陰謀詭計，同時也爲飛英侄女增長江湖閱歷。等明年此際春暖花開，彼此再在漢中附近各留暗記相晤，同上嶓塚。合五人之力，斬那硃砂神掌酈華亭，與奪回碧玉靈蜍總可有望。不知余兄意下如何？」

天台醉客余獨醒點頭讚好。小俠女谷飛英雖然恨不得一下飛上嶓塚，但也深知師父一再叮嚀仇人厲害，這酈氏雙兇定不好纏。若無這些師叔及師兄、師姐們相助，光憑自己掌中一口前古神物「青霜」寶劍，恐怕難得成功。再說葛師兄原來那樣一位風流瀟灑人物，與柏師姐的絕代容光，正好相配，如今弄得這副模樣，雖然暗察柏師姐依然妙目流波，無限關注，毫未生嫌，但連自己局外人都覺得有些美中不足，也實在應該讓他早日復容。何況仇人聲望那麼高，更想不到昔年所害之人，有女拜在冷雲仙子門下，業已藝成，蓄意報仇。最遲到黃山論劍之期，總可恩仇了斷，此時急它作甚，遂亦含笑不

語。

龍門醫隱見她臉上神色連變，已知其意，含笑和聲說道：「飛英侄女，我知道你心切報仇。你葛師兄還不是和你一樣，十九年血海沉冤，與黑天狐宇文屏不共戴天。但目前時機未到，他只有暫時忍耐。蟠塚山鄺氏雙兇，武功絕倫，尙在嶗山四惡以上，憑我們五人，勝是必勝，要想定能置其於死地，則尙難斷言。這一載光陰，盼你向你余師叔不時虛心求教，增強本身功力及江湖經驗，以望到時可以如願以償。」

谷飛英莊容受教。柏青青因情郎復生，靈藥祛病，心中更無半點憂鬱，容光煥發，高興已極。一面整頓行囊，一面與谷飛英殷殷話別。葛龍驤見她毫不以自己目前的醜相爲嫌，雖然當著眾人，無法互相溫存，但眉梢眼角，依然流露昔日天心谷內的那種款款深情，不由深悔自己先前誤以世俗之見，害得她白吃了不少苦楚。

午飯用過，結算店賬，彼此在鎭頭握別。龍門醫隱帶著葛龍驤及柏青青，橫穿大漠，西奔大雪山。天台醉客余獨醒則因反正無事，索性與谷飛英再往南遊，一覽八閩百粵山水之勝。

大雪山有二，一在西康省內，另一即係今日所稱之喜馬拉雅山，以其終年積雪，故有是名。龍門醫隱一行所趨，係屬後者；由福建仙霞直奔西藏，恰好正是橫貫中國版

圖。路途之遠，可以想見。為了節省無謂精力消耗，三人遂備購健馬代步。柏青青與葛龍驤二人，雖然向來未有乘騎經驗，但那樣一身的輕功內力，數十里路程跑過，也已控制自如。

柏青青一鞭在手，催馬急馳，身上的玄色披風向後飛飄，獵獵作響，心情簡直愉快已極。一面與葛龍驤並轡揚鞭，一面向龍門醫隱撒嬌說道：「爹爹真好！肯帶我和龍哥逛越西藏。但那『雪蓮』，我不是聽說陝、甘、康、新一帶的高寒山上均有出產，怎的非西藏不可？同樣是一朵花兒，夠不夠得上千年之久，又怎麼樣看得出來呢？」

龍門醫隱笑道：「青兒怎還這等稚氣，萬里長途，若像你這樣急跑，不到一半，馬便累死。此事又無時限，等於做趟壯遊，何必如此性急。那『雪蓮』形狀如蓮，生在高寒雪地之中，色作純白；但若年逾千載，花瓣四周，即微呈淡紅，蓮心亦可能結實。陝、甘、康、新一帶所產，多係普通雪蓮，僅能做為祛熱清心之用。至於『千年雪蓮』，最好是『雪蓮實』，卻真能有生死人而起白骨之功。倘能如願到手，龍驤頰上瘡疤即可揭去。用『千年雪蓮』和我自煉靈藥搗爛敷治，便能復原如初，與原來皮色長得一模一樣，不會再留半絲痕跡的了。」

柏青青聞言側顧葛龍驤，見那臉上戴的那副面具，高鼻厚唇，極為難看。不由問道：「龍哥，你不是說一共得了三副面具，怎不挑副好看一點的戴呢？」

葛龍驤啞然失笑，從懷中取出一個小包，遞與柏青青叫她自看。柏青青打開一看，原來另兩副面具，一係醜婦，一係老人，均爲人皮所製，栩栩如生。

龍門醫隱要過那副老人面具，向柏青青笑道：「此物製作甚精，我們各帶一副在身，或有用它之處也說不定。還有一事，你與龍驤二人必須注意，就是那嶗山四惡，向來睚眥必報。此番巢穴被焚，追魂燕繆香紅死在青兒刃下，班獨重傷之後，又中青兒透骨神針，可能難活。但童子雨在逃，我料他必往尋四惡之中，武功最高的逍遙羽士左沖，商量報仇之策。漫漫長途，哪裡均可能遇上。彼此怨毒太深，一旦下手定然極辣。左沖功力與我當在伯仲之間，你二人合手對敵童子雨，想來也可應付。所慮的就是他們不來明鬥，而用暗箭傷人，所以必須朝夕小心，絲毫疏忽不得！」

葛龍驤身經多次大難，業已深知這江湖之中處處鬼域，自然恭謹受教，柏青青卻未多加理會。

因葛龍驤所戴那副人皮面具，委實醜怪難看，單人行道江湖，原無所謂，這一與龍門醫隱及玄衣龍女並轡同行，一個是鬚眉入鬢，一個是姿態如仙，他夾在當中，未免太不相配。遂由柏青青改用一塊黑綢，替他開好口鼻等處氣孔，蒙住下半臉。果然劍眉入鬢，鳳目重瞳，又恢復了當初的英俊本相。

長途漫漫，無事可表。唯走到川、康邊境的洪雅縣處，卻碰上了龍門醫隱二十年前

的一位江湖舊友，鐵掌神刀辛子壽。相見之下，把臂言歡，才知道這辛子壽現在身為四川成都鎮邊鏢局的副總鏢頭，因鏢局近日接了一筆買賣，客人所保的只是一個尺許方圓錦盒，但聲明價值連城，願出極重酬勞，把此物送到那康定城內的指定之處。鏢局本來最怕保這種紅貨暗鏢，但主顧上門，又不能不應，只得無可奈何地接納下來，由成都到康定，路雖不遠，因這西、疆康、藏一帶，人品極雜，素稱難走，乃由副總鏢頭帶領兩名武功較好的得力鏢師，親自運送。

哪知才到川康邊境，路上不知怎的走漏風聲，一明一暗已遇上了兩次凶險。雖然辛子壽的「五虎斷門刀」法異常精妙，苦鬥之下戰敗來賊，幸保紅貨未失，但一名鏢師穿雲燕袁雄的左臂，已然掛彩負傷。眼前一入川、康邊境更是吉凶難測。

鐵掌神刀辛子壽身膺艱鉅，正在洪雅縣的一家酒樓之內借酒澆愁，突然碰見龍門醫隱柏長青這樣一位暌違二十年的老友，再一問，知欲往西藏，康定正好順路，更由不得喜心翻倒。老哥哥長、老哥哥短的，一再要求龍門醫隱等三人結伴同行，他好托庇照應。等一到地頭把責任脫卸之後，回轉成都，也將辭掉這副總鏢頭職務，歸隱故鄉，以樂天年，決不再在江湖之中，向刀頭舐血。

龍門醫隱柏長青是故人情重，葛龍驤與柏青青則年輕喜事，況且這路上也著實閒得無聊。康定又是旅程所經，並未繞路，遂均慨然應允。這一來，鐵掌神刀辛子壽宛如吃

下了一劑清涼藥定心丸，煩憂盡去，笑顏逐開，與龍門醫隱不住傾杯，互道多年契闊。

翌日啓程，不遠便入西康境內。慢說是葛龍驤、柏青青閱歷甚淺，就連龍門醫隱闖蕩江湖甚久，昔年足跡所經，也僅到川邊而止，康、藏等地仍是陌生。倒虧得有這位鎮邊鏢局的副總鏢頭，不住地指點山川形勢，解說風土人情，使柏、葛等三人增進了不少的西陲知識。

至於那隨行的兩位鏢師，一叫穿雲燕袁雄，一個叫大力金剛孟武。雖然副總鏢頭已然暗地告知，柏長青等三人均爲絕世高手，但因袁、孟均是川滇人氏，平生足跡未履中原，武林十三奇之名，雖有所聞，心中總有幾分不服。這樣一個糟老頭子，一個文弱書生，和一個紅妝少女，縱然會上幾手武功，也決不會有什麼大不了的。但副總鏢頭對人家那等恭敬，卻是事實。只得憋在肚內，準備萬一前途有事之時，倒要看看人家有些什麼驚人藝業。

又走一程，路徑突然險惡，須從一片叢林之中穿越而過。龍門醫隱遠遠望見林口驛路中心，黑忽忽的置有一物，方在與辛子壽指點之時，柏青青目力特強，已先向葛龍驤叫道：「龍哥！你看前面地上，一個好大的木魚！」

辛子壽聞言大驚，催馬往前，果然那林口地上之物，是個絕大的鐵鑄木魚。不由在離鐵木魚兩丈之處，勒韁住馬，愁眉深鎖。

這時身後五人，也已紛紛趕到。龍門醫隱笑向辛子壽問道：「這西陲高人，愚兄知道的太少。看賢弟這般神色，這鐵木魚主人，可還來歷不小麼？」

辛子壽面色一整，剛待答言，那大力金剛孟武，已搶先說道：「老爺子！這隻鐵木魚威鎮青川康藏，無人不知。它的主人是個兇僧，就指這鐵木魚爲名，自號鐵魚羅漢，膂力極強。這鐵木魚重有千斤，他揹在背上，卻如同無物。是這西陲一帶，第一號的劇寇大盜，著實棘手得緊呢！」

柏青青早已看出孟、袁二人，不信服自己父女及葛龍驤，聞言笑道：「孟鏢頭，你外號既叫大力金剛，力氣當然甚大，何不把這鐵木魚替他搬開，和尚來時，不管有多棘手，我全替你打發如何？」

大力金剛孟武生性頗暴，膂力也委實不弱，聽柏青青說完，一聲不響，翻身下馬走到鐵木魚近前，蹲身猛運功勁。哪知憑他用足力量，僅能把那鐵木魚掀起半邊，要想整個端起，哪裡能夠？不由羞了個面紅耳赤，又不好意思放手，就這剎那之間，額上已見汗珠。

葛龍驤知他難以下台，催馬上前，向孟武笑道：「孟鏢頭，這東西就算搬在路邊，仍是惹厭，我來幫你把它丟得遠點。」說罷，馬鞭一揮，恰好纏住鐵木魚一端。隨手一抖一甩，那麼重的鐵木魚，便如彈丸一般，飛出八、九尺遠，「轟隆」一聲，墜入路畔

草中。連大力金剛孟武的身形，還被葛龍驤這一甩餘力，帶得向前踉蹌了幾步，才得站穩。

這一來，袁、孟二人才由不得死心塌地信服人家，果然身懷絕藝。鐵掌神刀辛子壽，在馬上呵呵笑道：「孟鏢頭，你這該信我……」

話音未了，林間傳出一聲極爲洪亮悠長的：「阿……彌……陀……佛……」眾人閃眼看去，從林中慢慢走出一個矮瘦僧人，一見鐵木魚被人甩至路旁，面色微變，雙睛炯炯，向眾人電掃一遍，對辛子壽沉聲道：「辛子壽！何人斗膽，敢動佛爺鐵木魚法器！」

老鏢頭涵養再好，也受不了他這種倨傲神色。何況身畔還有極硬靠山，遂也一聲冷笑，方待答言，左側林中，突然又傳出一陣銀鈴似的語音說道：「老伯伯，你要肯送十兩銀子給我娘治病，這個壞和尚我替你打跑好麼？」

人隨聲出，竟是一個十、四五歲的青衣少女，手中握著一支似鉤非鉤、似劍非劍的奇形兵刃。

葛龍驤見這少女竟似比谷飛英還要年輕，雖不如柏青青那樣美絕天人，卻也頗爲清秀。自己方才甩那鐵木魚時，已然試出雖無千斤，也足有七、八百斤以上。由此推測，兇僧鐵魚羅漢終年揹負此物，身材必然高大，但現身之時卻得其反。葛龍驤何等行家，

知道兇僧瘦矮，而長年用那極重之物，內家氣功必然不弱，不由替那少女擔心。剛要回頭請命，由自己出戰，卻見龍門醫隱目注少女手上奇形兵刃，似有所思，遂未出口，暫觀其變。

那鐵魚兇僧，在西陲縱橫多年未遇敵手，氣焰極高，今天不但鐵木魚被人甩開，辛子壽並還絲毫未露怯意。又從林中出來這樣一個年輕少女，言語之中，根本就沒有把自己看在眼內，不由憤怒已極。但兇僧也頗識貨，看眼前諸人，個個神色沉穩，知道今天有異尋常，可能遇上勁敵。遂把剛才因憤怒浮散的真氣，重新暗暗凝鍊調勻，不理青衣少女，仍對辛子壽冷冷說道：「辛子壽，你昔年是佛爺掌下遊魂，今日有何人撐腰，竟敢如此放肆！佛爺法駕素無空回，還不快將那盒紅貨獻上，趕快逃命！難道就仗著這乳臭未乾的小丫……」

兇僧嘴裏小丫頭的「頭」字還未出口，青衣少女的劍光打閃，已到臨頭，口中嬌叱一聲：「休得無禮，賊禿看劍！」

鐵魚兇僧名下無虛，果然功力不弱，眼看青衣少女那支帶鉤長劍臨頭，不但不退，反而欺身進步。左掌一拂劍背，右掌「野渡橫舟」，照著青衣少女腰腹之間，一掌砍去。

青衣少女這種淩空下擊，本是武家大忌。因為身在空中，轉折變化終較不便，故除

練就七擒身法，或確知功力勝過對方之外，全身切忌淩空。此時青衣少女就是吃了低估敵人之虧，一劍刺空，兵刃又被兇僧左掌領至門外，這攔腰一掌，本甚難躲，幸而她輕功極妙，順著兇僧那一拂之勢，「巧燕翻雲」，連身疾滾，算是恰好躲過。但兇僧指風餘勁，仍然掃得後腰，隱隱作疼，落地之後，不由兩朵紅雲，飛上雙頰。銀牙一挫，奇形長劍振處，劍花錯落，揉身再進。鐵魚兇僧也想不到這青衣少女身法這妙，居然躲過自己這一招「野渡橫舟」，見她不知好歹，挺劍進撲，不由哈哈一笑，揮掌接戰。

葛龍驤細看青衣少女所用劍法，似是「查家鉤」法與「奇門劍」法揉合而成，雖頗純熟，但顯然尚非鐵魚兇僧之敵，正想設法接應，龍門醫隱也已想起青衣少女來歷，突然高聲喝道：「雙方住手！」

這一聲晴空霹靂，震得在場諸人，心神皆悸。鐵魚兇僧入耳便知這是內家神功「獅子吼」，倘練到極致，對方若功力稍差，就這一吼，便足置人死命。慌忙停手跳出圈外，不住打量龍門醫隱，兀自猜測不出這是何等人物，心中驚疑不定。

龍門醫隱並不理他，卻向那青衣少女柔聲喚道：「荆姑娘回來！」

青衣少女也極詫異，走到龍門醫隱身畔，睜著一雙大眼問道：「老伯伯！你怎麼知道我姓荆呀？」

龍門醫隱微笑不答，回身問辛子壽道：「辛賢弟，這鐵魚和尚平素行爲如何？」

辛子壽正色答道：「此人略嫌凶暴，手上血腥極重。但有一點好處，就是從來不犯淫戒。」

龍門醫隱點頭說道：「就看此一端，龍驤你去斷他一臂，放走算了。」

鐵魚兇僧一聽，這不簡直把自己當做俎上之肉，任人宰割，正在怒火沖天，對方那用黑巾蒙住半面的少年，業已緩步走出，對自己微笑說道：「和尚，你不是要查究甩你鐵木魚之人麼？那正是在下所爲。方才我又領命斷你一臂示儆，少不得又要冒犯大師父了。」

鐵魚兇僧端的久經大敵，知道對方是故意激怒自己，哪肯上當，雙掌在胸前一合，把盛氣漸漸抑平，緩緩說道：「朋友，年紀輕輕，何必逞口舌之利，你就準知道佛爺不能超度於你？」

他默察形勢，對方共有七人，除鐵掌神刀辛子壽昔年會過以外，其餘多不識。看神情個個好手，就連方才與自己對敵的小姑娘，也頗不弱；那做內家獅子吼的老者，更不必提，所以心中早已打好先傷一個算一個的主意。話音剛落，不等葛龍驤立招開勢，一掌業已當胸砍到！

葛龍驤先前看他與那姓荊青衣少女動手之時，已把兇僧實力估好，胸有成竹。明明見掌風已到胸前，依舊毫不理睬，倒負雙手，笑吟吟地向兇僧說道：「葛某初到西睡，

遠來是客。常言道得好：『強龍不壓地頭蛇』，我先讓大師父一掌。」

鐵魚兇僧哪裡肯信，想想自己夙以硬功自負，這一掌少說些也在五百斤以上，莫說是血肉之軀，便是塊生鐵也將打扁。蒙面少年看去年歲甚輕，縱然練成了金鐘罩、鐵布衫之類護身橫練功力，也不能如此托大，莫非其中有詐？兇僧心內生疑，恐怕上當，下手自然略慢。但等指尖已沾敵衣，對方還是笑吟吟地不閃不避，兇僧不由怒極，「哼」的冷笑一聲，掌心突然加勁往外一登，「小天星」內家重掌業已發出。等到這一掌打上，只覺得對方肌肉，隨著自己掌力微微一軟一吸，便將自己內勁化卻三成以上，然後人如柳絮隨風一般，輕輕飄出兩丈多遠。

鐵魚兇僧哪裡知道，葛龍驤貼身穿有「天孫錦」那種稀世奇珍，慢說是他，嶗山大碧落岩追魂燕繆香紅的虎撲雙掌，也不過僅能使得葛龍驤略受震傷而已。他只奇怪自己勁力雖被對方化去幾成，但這一掌依然打實，怎的卻會毫無傷損。

葛龍驤身形落地，目注兇僧那等驚疑神態，不由微微一笑，劍眉雙挑，朗聲說道：「葛某一掌已然讓過，大師父你殺孽眾多，血腥太重，留神右臂！」話完，人起。他與那荊姓少女竟用的同一招術，也是從半空向兇僧當頭撲下。

十二　雲山尋珍

鐵魚兇僧不知葛龍驤從獨臂窮神柳悟非之處學來的「龍形八掌」，最拿手的就是騰空攫拿，夭矯變化，一時好勝心起，暗忖你既想以方才青衣少女所用招術找回場面，我也照樣以原式應敵，倒要看你怎樣斷我右臂。

主意方定，疾風人影已到當頭，兇僧果然仍是左掌一領對方眼神，右掌攔腰橫砍。哪知左掌剛剛拂出，葛龍驤右掌一沉一轉，反走內圈，輕輕兜住左臂，往外一格，兇僧半身頓覺痠麻，門戶全開。一聲「不好」猶未吼出，葛龍驤半空中忽的轉身，「神龍掉尾」，左掌正好反切在兇僧砍來右掌的肘彎之處。「喀嚓」一聲，肘骨立折。葛龍驤雙足再趁勢在他肩頭往後一蹬，鐵魚兇僧狂吼一聲，身形摔出七、八步遠。葛龍驤卻借這一蹬之力，仍舊落在先前原位，意態悠閒，若無其事。

鐵魚兇僧也真硬紮，倒地之後，隨即躍起。他自知肘骨已斷，用左手捧住斷臂，臉上也已擦破，血跡殷然，鋼牙緊咬，神色獰厲，恨聲說道：「小輩留名！佛爺今日技不如人，失招落敗，要殺便殺。否則青山不改，綠水長流，你我後會有日。」

葛龍驤微笑說道：「動手之前，已先向辛老前輩問出，你平昔嗜殺，手上血腥太重，才奉諭斷臂示儆，望能從此回頭。你若真的不服，我名葛龍驤，衡山涵青閣、洛陽龍門山天心谷兩處，均可找我。」

鐵魚兇僧聞言，把滿含怨毒的目光，又朝葛龍驤死盯幾眼，手捧斷臂，回頭向林內走去。

龍門醫隱等兇僧去遠，向鐵掌神刀辛子壽微喟說道：「武林之中就是這種恩怨糾纏，何時能了？明明知道像這等兇僧，最好當時殺卻，免留後患，但既為俠義，總不能不予人以自新之路。看他臨去怨毒神情，絕難悔悟，從此又將多事。」

說完，他又回顧青衣少女笑道：「姑娘手中吳鉤劍，在我心目之中還想不起有第二人用此，只記得昔年甘、新之間，有一位以輕功提縱術獨步江湖，人送美號『神行無影』的荊滌塵荊大俠，使用此劍。不知與姑娘是一家麼？」

青衣少女眼圈微紅，盈盈欲淚，低聲說道：「那是我爹爹，五年前已經去世。老伯既與我爹爹相識，不知怎麼稱呼，侄女也好拜見。」

龍門醫隱持鬚嘆道：「昔年老友，不想已作古人。老夫柏長青，賢侄女不必多禮。方才聞道令堂有病，老夫尚明醫道，你現居何處，領我前往一觀。」

青衣少女一聽，面前這位老者不但是爹爹舊識，並還是武林大俠，當代神醫。不由喜出望外，改口下拜道：「侄女荊芸，叩見伯父。」

龍門醫隱含笑命起，並予引見衆人。柏青青甚愛這荊芸天真活潑，姊妹二人一會兒就好得蜜裏調油般，手攜手地往荊芸所居之處走去。

荊芸之母，當年亦係南疆有名俠女，因夫妻二人性皆嫉惡如仇，對頭結得太多，晚年看透江湖險惡，遂攜女隱居到這川、康邊境。荊滌塵天年一到，撒手歸西，就拋下這母女二人相依爲命。荊芸之母患有風濕之疾，時發時癒。這幾天病得極爲厲害，附近又無名醫，荊芸要想遠出求醫，又不放心母親一人在家，急得不知如何是好。

她們所居，就離那片叢林不遠。葛龍驤用馬鞭甩那鐵木魚時，聲音甚大。荊芸悄悄跑來，聽出兇僧攔路劫鏢，仗著家傳武學，想幫著鏢客把和尚打跑。哪知和尚棘手，仗義不成，反而幾丟小命。

龍門醫隱看出她所用兵刃身法，想起昔日故人，命葛龍驤上前換下。荊芸一旁觀戰，見這蒙面少年也並不比自己大幾歲，那狠的兇僧，竟然不堪一擊，心中不由豔羨不已。

她天性愛武，再與柏青青一見投緣，越發堅定了非磨著龍門醫隱把自己收爲弟子之念。

到得她家，龍門醫隱與荊母，本係當年舊識，自然免不了又是一番感慨唏噓。風濕之症，本難速癒；龍門醫隱爲荊母施以針灸，並留下丹丸，告以兩月之後，當可痊癒。

荊芸見龍門醫隱著手成春，母親病勢當時便見減輕不少。高興之餘，偷偷把心事向母親一說，荊母當然贊成。母女二人苦求之下，柏青青再在一旁推波助瀾，龍門醫隱只得點頭應允，當下便傳了荊芸一套掌法及內功口訣。告以自己有事藏邊大雪山，她母病未癒，不能隨去，可在此習練所學，等雪山之行轉來，再帶她母女二人，移住洛陽龍門山天心谷內。

荊芸雖然新交柏青青這樣的閨中好友，不捨分離，但格於母病，也只好唯唯應命，含淚而別。

鐵掌神刀辛子壽所保紅貨，有這等能人同行，自然平安送達康定城內。鏢貨交卸之後，辛子壽一身輕鬆，以酒酬勞，與龍門醫隱等人酒樓買醉。席間龍門醫隱勸他，須知江湖之中能人輩出，這大年紀，已如風前之燭，瓦上之霜，應該見好即收，不必再行置身江湖鋒鏑。

辛子壽竭誠接受，說是自己早有此心，定然不負龍門醫隱一番諄諄好意。酒鬧人散，辛子壽率領袁雄、孟武回轉成都，龍門醫隱等三人則仍策馬西行，直奔西藏。

大雪山橫障西藏南疆，幅員遼闊。龍門醫隱等人入境後，那亙古不化的積雪主高峰，即已遙遙在目。龍門醫隱率領葛龍驤及柏青青，在離山腳不遠的一處鎮集之上，投店住宿，置辦入山所用乾糧及禦寒用具，並買來不少藥材，熬煉丹藥。

柏青青不由詫道：「爹爹，你背後那個藥囊之內，什麼樣藥沒有，怎的又要煉藥作甚？」

龍門醫隱笑道：「大雪山山嶺重沓，濃雲迷漫，冰雪縱橫，氣候極冷。千年雪蓮又是罕有之物，不知要入山多深多久，才希望尋到。所以特煉些耐寒靈藥，以備不時之需。這種雪地冰天之內，馬已無用，就寄養在店內，等回程之時，仍可代步。好好休息一宵，明天就該一嘗苦寒滋味了。」

次日三人裹糧入山，這山果然險惡荒寒，休說人跡，連一般生物俱極罕見。一連多日，哪裡找得到什麼千年雪蓮半點蹤影。

這時入山已深，千萬年來不融的冰雪積威，天氣冷得裂膚墮指，噓氣成冰。葛龍驤覺得爲了自己復容之事，累得心上人及她老父受此苦楚，著實過意不去。幾次勸說作罷回頭，柏青青哪裡肯依，反而嗔怪他不懂人生情趣。不但萬里風塵僕僕西來，斷無空手而回之理，就是領略一下這西陲絕峰，雪窖冰天的特殊風味，也增加不少見識。

柏青青邊說邊走，突然指著右前方的冰崖絕壁，一聲歡叫道：「爹爹！看那崖壁冰縫之間，長著的那朵白色大花，不就是我們要找的千年雪蓮麼？」

龍門醫隱隨柏青青手指之處望去，果見那崖壁的冰縫之間，長著一朵其大如碗、似蓮非蓮的白色大花。但那花離地約有六、七丈高，足下又是冰雪，再好輕功也難縱上。何況一邊是冰壁千仞，一邊是絕壑無底，稍一失足，便無生理。不由躊躇說道：「那花倒確是一朵雪蓮，不過花向上生，是否已有千年，不採到手時，無法看出。花生絕壁，離地太高；冰雪非土石之類，又不便用壁虎功、游龍術之類功夫，攀援而上。此花最忌五金之屬，更不能用暗器去打，怎樣搞它下來，倒真煞費思索呢！」

柏青青暗估在場三人輕功，老爹在冰雪之上大約能縱五丈，葛龍驤和自己則拚盡全力，最多四丈左右，那花長在六丈以上，怎生摘取？尋思片刻，眼珠一轉，忽有所得，向龍門醫隱道：「爹爹，女兒倒想了個笨主意在此。你用『大力金剛手』把我甩上半空，然後我再借力縱身，預料當可離花不遠，再給它來一劈空掌，不就下來了麼？」

龍門醫隱點頭說道：「你這主意倒真不錯，不過周圍地勢太險，如此做法，萬一失手，卻不堪想像呢。」

葛龍驤也接口說道：「青妹不可冒失，要試還是讓我來試。」

柏青青小嘴一撇，白了一眼說道：「論別的拳劍招術，你或許真能勝我一籌半籌；但若論輕功，我並不遑多讓。人家想好主意，要你來試作甚，爹爹快用大力金剛手，朝上甩我一下。」

柏青青絕世丰神，這一佯嗔薄怒，另有一種醉人風韻，葛龍驤竟然看得癡癡無語。

龍門醫隱知道自己這寶貝女兒，只要主意一定，任何人都難以扭轉，只得讓她冒險一試。遂用右手抓住柏青青後腰絲帶，左手扶住肩頭，潛運功勁，口中說了聲：「青兒留神外側絕壑，爹爹送你上去了。」說罷，右手內力一發，柏青青的嬌軀，便如一支急箭一般，往上躥起約有三丈。她趁龍門醫隱這一甩餘力未盡之時，猛又施展輕功絕技「海鶴鑽雲」，雙掌端平，齊胸下壓，左腳再在右腳面上一借力，果然又行拔起兩丈多高，離那冰縫之中所長雪蓮，業已不足八尺。

柏青青竭力提氣，凌空發掌，那雪蓮果被劈空勁氣擊斷。柏青青身形落地之時，恰好把那墜下的雪蓮接到手中，喜孜孜地向龍門醫隱把手一伸，說道：「爹爹，你看看這朵雪蓮，合不合龍哥復容之用？」

龍門醫隱接到手中，反覆細看，向柏青青遙頭苦笑一聲，說道：「青兒，你枉費心機了。這朵雪蓮才不過百年左右。」

柏青青折騰半天，以為葛龍驤即可恢復昔日容光，正在興高采烈，突聽龍門醫隱此言，不亞於自當頭澆下一盆涼水，氣得半天說不出話來。足下小蠻靴，拚命用力一跺，竟把冰地跺裂了三、四尺大一塊，順坡滑下，轟隆一聲，墜入無底絕壑。四山回音悠久

不絕，頗爲悅耳。

柏青青聽那回音，極其清脆好聽，而且遠近所發，各有不同，不由童心又起，即回頭向著葛龍驤笑道：「這四山回音甚爲悅耳，龍哥，你嘯它一聲，讓我聽聽？」

葛龍驤見心上人因雪蓮不對，失望生嗔，正在想不出拿什麼話來安慰她，突然見她回嗔作喜，要聽自己長嘯回音，哪裡還會深思，遂即面對絕壑，引吭長嘯。

初時嘯聲甚低，遠峰近壑所生回音，也悶沉沉地無甚好聽。柏青青認爲他虛應故事，剛把秀眉一皺，葛龍驤嘯聲已轉高亢，並爲博心上人高興，竟將罡氣凝聚，全力施爲。雖然比不上龍門醫隱所發「獅子吼」那等石破天驚，但也清越寬宏，而且歷久不斷，極見功力。

這一來四山回應，果然萬音齊作。柏青青剛才微帶慍意的嬌靨之上，遂現笑容。龍門醫隱雖然見多識廣，但這種冰山雪嶺之中也是初經，只覺得小兒女們淘氣有趣，含笑而視。三人竟全未覺出有莫大危機，即將爆發。

原來那些千百年冰雪所凍積的冰崖雪壁，有的業已凍成整座山峰，只要氣候不變，便比普通石峰還要堅固，但有些地方卻是虛浮凍結，酥脆異常，禁不住一點震動。

葛龍驤正在發嘯，忽自身後冰壁頂端墜下兩團積雪，先還不以爲意，後來見隔壑諸峰，也有類似事情，並有碎散冰塊從高處滾落，才曉得不是偶然。但仍不知是自己嘯聲

與四外回音，激盪所致。

龍門醫隱畢竟老成，見四外滾雪墜冰，越來越多，業已悟出其中道理，忙呼葛龍驤停嘯。但爲時已遲，遠處一座本來就生得甚爲傾斜高峰，首先頹倒。「砰」一聲巨響過處，雪塵高湧，冰雨橫飛。這一來四外峰崖，便如銅山東崩，洛鐘西應一般，整個受了劇烈震撼，隨著本身堅固程度，紛紛先後倒塌。

龍門醫隱等人，武學再高，也無法與這種自然威力相抗，只得緊貼身後峰壁，全神防禦上空飛墜冰雪。漸漸身後冰壁也經不住震盪搖撼，而起了「嗶剝」的斷裂之聲，三人均不禁暗暗叫苦。漫天均是冰花雪雨，無處可逃，自料難免葬身在這無邊冰雪之內。

冰壁頂端尖銳之處，首先斷折，一段三丈方圓的堅冰，登時帶著無比驚風當頭下砸。幸而三人均係貼壁而立，墜冰到了頭上丈許之處，即與冰壁相撞，裂成兩大塊。順著山徑，滑向前方深壑。但身後冰壁，經這一撞，已有整個崩塌之勢。

龍門醫隱想少時冰壁一坍，再在此處停留，無殊等死，但四路皆斷，無法可施。一眼瞥見適才折斷下砸的冰壁尖頂雖已裂成兩塊，仍有丈許大小，一塊已然墜入深壑，一塊正在隨坡下滑。忽然情急智生，想出了一條死中求活之計。把握這刹那良機，向葛龍驤、柏青青二人大聲喝道：

「龍驤，青兒！趕快躍上這塊大冰，隨它一同滑下深壑。」

三人同時縱身，柏青青究竟女孩兒家，在這等奇險萬狀之中，未免有點目眩膽怵，若非龍門醫隱與葛龍驤從旁護持，幾乎竟在冰上失足。

那塊巨冰，如飛順勢下瀉，顛簸異常。三人均用「金剛拄地」身法，將足踏入冰內，定穩足跟，並且相互扶持，以防萬一不慎。那冰滑到壑邊，下面一空，因瀉勢凌空，一飛便是丈許，然後墜向百丈深壑。

三人齊覺心神一懸一落，便已隨著巨冰，飛墜深壑。先前身後冰壁，也恰在此時坍塌。轟隆巨震，雪霧瀰空，聲勢之烈，委實懾人心魄，無與倫比。

三人踏冰飛墜，快若殞星，龍門醫隱在半空喊道：「龍驤，青兒！我們要在這巨冰到地以前的六、七丈時，借力縱向可以落足之處，這種尺寸太難拿捏。因縱得太早，可能落足艱難，而縱得太慢，又必為碎冰所傷。總之，事到如今，也只有聽天由命。我們三人生死俱在一起，你們隨我行動便了。」

話剛講完，壑底已然如飛上湧。龍門醫隱看左側壁上有一七、八尺方圓冰穴，正好藏人，趕緊招呼葛龍驤、柏青青二人，一同縱過。

三人這一縱身，足下加力，巨冰墜得更快。砰訇一聲，那一大塊巨冰，整個震裂無餘，十餘丈方圓之內，全是晶瑩冰塊飛舞。龍門醫隱運足少陽神掌，一陣劈擋。總算僅有葛龍驤因欲以身翼衛柏青青之故，背上中了幾塊碎冰，但他內有「天孫錦」至寶護

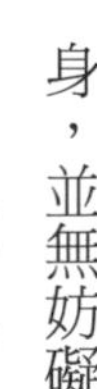

身，並無妨礙。

此時上面震勢未了，大堆冰屑不住凌空下瀉，織成一道冰雪飛瀑，煞是奇觀。龍門醫隱端詳置身之處，同樣是塊冰壁凹處，但這塊冰壁已經凍成了整座山崖，高逾百丈，厚至不可測量，再比這大上千百倍的震勢，也可確保無恙，這才定下心來。回想方才足踏殞冰，從雪塵冰雨之中，一墜百丈那種驚險之情，饒他龍門醫隱是當代奇俠、武林泰斗，也不禁出了一身冷汗。

不知多久過後，震響才逐漸平息。三人存身之處，本來離地約有八、九丈高，此時因壑底堆起一層坍瀉冰雪，望去已經不及三丈。龍門醫隱見冰雪雖不再崩塌，但這壑底陰森森的，四處盡是峭立冰峰，本來已經冷得夠勁，再略有微風起處，簡直砭骨生寒。三人雖有內家功力，又有風衣耳套等避寒之物，依然覺得有些禁受不起，牙關均在捉對廝拚。看這目前情勢，巨震過後，山谷移形，不要說是再找什麼千年雪蓮，就想平安尋得來路出山，也不知要在這漫天匝地的冰雪之中輾轉多久。好在乾糧帶得甚多，冰雪之間，又不虞飲水，只要不再闖下方才那種大禍，認準一個方向，走他個一月半月，也總能走得出去。

目前唯一可慮之處，就是酷冷嚴寒，難以長久相抗，萬一在三人之中，有人凍得病倒，卻是莫大麻煩。龍門醫隱遂命葛龍驤、柏青青二人，用本身真氣流走周身要穴，俟

關節各處稍微回暖之時，便取出未入山前，煉來禦寒之用的紅色靈丹，佐乙太乙清寧丹，各服一粒，正色說道：「這種禦寒丹藥之中，信石放得太多，服下足以傷人；雖有我太乙清寧丹可以抵制，但不到冷得無法禁受之時，仍以不服爲是。你們如覺寒冷過甚之時，千萬不可強熬，隨時以純陽真氣，照內家坐功口訣，周行十二重樓，即可抵禦不少寒冷。總之，我們身困冰天雪海之內，艱阻無邊，凡事務須謹慎小心，再不能像先前那樣淘氣闖禍了。」

柏青青一時高興，要聽葛龍驤長嘯回音，哪裡會想到闖下這等大禍，差點兒讓爹爹也一同葬身在這些萬年冰雪之下，事後回思，也不禁心驚顏赤。聽龍門醫隱說完，與葛龍驤二人雙雙把靈藥服下，果然丹田之間，立有一股暖氣瀰漫周身，寒意爲之減卻不少。遂涎著臉兒向龍門醫隱笑道：「爹爹不要再怪我們了，要是知道這一嘯之威，能有那麼厲害，誰還要聽什麼回音作甚，我們適才踏冰飛墜之時，約計這壑之深，足過三十丈。四壁都是堅冰積雪，又峭又陡，無法攀援。不如就順著這壑走去，或許走出路來。倘再能因此得到千年雪蓮，那才是因禍得福呢。」

葛龍驤接口說道：「就是爲了千年雪蓮，不但累得伯父及青妹陪我萬里奔波，並還歷此奇險，實在問心難安。現在我們且妥爲商議覓路出山之計。那雪蓮根本就虛緲難尋，不必再去找了。」

柏青青小嘴一努，剛待反駁，龍門醫隱目光一掃葛龍驤頰上傷處，瞿然說道：「我方才想想，在這種極冷氣候之下，生肌雖然較爲困難，但可保住創口不再發生其他變化。我囊中靈藥甚多，且往前行，找個避風所在，就算沒有千年雪蓮，我也想憑這點醫術，爲龍驤復容之事做一嘗試！」

葛龍驤在這父女二人面前，自己根本無法作得任何主意！龍門醫隱話剛說完，柏青青業已連聲讚好，纖腰一擰，便自縱落壑底墜冰積雪之上，施展輕功朝前走去。

這條深壑極長，三人走了數日，仍然是在那些浮冰積雪之上。前面也無絲毫路徑可尋，不由均覺得有些氣悶。

柏青青又累又餓，從囊中取出鍋貼充饑。因爲連著吃了多日，對那又硬又冷且又淡而無味的鍋貼，實在食不下嚥，勉強就著最後一小塊鹵肉吃完以後，口中又覺得有些焦渴，遂走到積雪稍厚之處，拂去表面雪花，挖了一團浮雪，當做水飲。剛剛放入口內，忽然看見自己所挖之處，似乎隱隱自雪花之中透出一點紅色。不由大詫，遂蹲身下去，慢慢挖掘。龍門醫隱見狀問道：「青兒，你這樣挖掘，雪中發現何物？」

柏青青此時業已看到那隱在雪中之物，像是紅色花瓣，不由芳心突突亂跳。但把花瓣挖出，卻又不禁大失所望。原來並非整花，只是一片花瓣，色做純紅，也不是龍門醫

隱所說的千年雪蓮，那種白色之外，微帶淡紅的特徵。遂拿在手中，走到龍門醫隱身畔，噘嘴氣道：「爹爹，天下事哪有這樣湊巧的，先前費了半天心力，採下的那朵雪蓮，白白的一點紅色不帶，現在雪中發現的這片花瓣，形狀雖和雪蓮一樣，卻又紅得過了頭。何況又非整朵，你說氣人不氣！」說罷，氣得把那紅色花瓣，隨手又行擲入雪中。

龍門醫隱慌忙從雪中撿回那紅色花瓣，反覆審視，又放在鼻端細嗅，出神良久，然後展顏笑道：「世間事確實往往可以巧遇，而不可強求。你們二人可知道這片紅色花瓣的來歷？」

葛龍驤答稱不知，柏青青卻聽出爹爹言外之意，喜得急急問道：「爹爹，難道這就是千年雪蓮？但僅有這麼一瓣，可以夠龍哥復容之用麼？」

龍門醫隱笑道：「我畢生除武術之外，專研醫學，爲了採藥煉丹，所見自多。但雪蓮一物，卻只見過你先前所採的普通一類，千年雪蓮卻是聞而未見。但典籍之上，載有：『雪蓮白色，千年以上，花瓣四周略呈淡紅；三千年以上者，色做純紅』之語。千年雪蓮已有起死回生之功，但比起這種純紅雪蓮，則又差得甚遠。這朵稀世奇珍，大概是生在什麼絕壁之巔，此次峰壁崩塌，才隨附冰瀉雪埋在此間，而被青兒無意之中發現。有此一瓣奇珍，任何已入膏肓之症，均能著手回春。龍驤臉上的那點瘡疤，簡直不

算回事了。」

柏青青喜出望外說道：「爹爹，這紅色千年雪蓮，既有如此妙用，把它整朵挖出豈不好麼？」遂拖著葛龍驤二人，劍、杵齊施，在方才發現紅色花瓣之處附近挖了半天，休說整朵雪蓮，卻再連一片花瓣都挖不出。

龍門醫隱含笑叫道：「青兒怎不知足，這類稀世奇珍，能得一瓣，福緣已不在小。這數百里積雪漫漫，難道你能把它全部挖遍？趕快找個避風所在，三天以後，我保險還你一個本來面目、完璧無恙的葛師兄好麼？」

柏青青聽爹爹在打趣自己，不由頰泛微紅。挖了許久，徒然無功，本已不願再挖，三人遂仍順壑前行，找尋避風所在。又復走了半日，壑中瀉雪碎冰漸稀，料已即將走出崩塌範圍，可能找出路徑。三人正在高興，突然又在前路轉彎之處的峰壁上發現一個大洞。

洞並不深，但進口之處堵有一塊大石，人須從石隙之中鑽入，確甚隱蔽。柏青青察看洞內，亦甚潔淨，遂向龍門醫隱笑道：「爹爹，看這壑中冰雪漸少光景，我們好像即將走出崩塌區域，但何時能出此山，還說不定。此處既然發現這個洞穴，我們究竟應先覓路出山，還是先在此間把龍哥頰上瘡疤治好呢？」

龍門醫隱知道愛女巴不得葛龍驤立時恢復容貌，略為沉吟，便即笑道：「有這稀世

奇珍在手，何時治療均是一樣。不過此間遠隔塵寰，絕無欲擾，不如先把你心願了卻，再出山會合你余師叔、谷師妹，同上蟠塚，剪除雙兇吧！」

柏青青自然正中下懷，葛龍驤更是由她父女做主。龍門醫隱便自身後藥囊之中，取出一只小小玉碗，將那瓣紅色雪蓮，用玉杵慢慢碾成一小堆極細紅泥。石洞之中，頓覺異香挹人，心神皆爽。然後再從一個黃色磁瓶之內，傾出一粒半紅半白、龍眼般大小丹丸，向葛龍驤笑道：

「黑天狐宇文屏的五毒邪功之中，雖然以『蛤蟆毒氣』與『萬毒蛇漿』並稱，其實還是那『萬毒蛇漿』最爲厲害，因此物係採集各種毒蛇毒液凝煉而成，再好的解毒靈藥，也不能將各種蛇毒一一盡解。所以衛天衢雖然接得黑天狐兩粒自煉的解毒靈丹，也不過把你嗅入鼻中的『蛤蟆毒氣』解除，『萬毒蛇漿』所留瘡疤，就不能徹底根治。我這顆半紅半白丹丸，是用一種罕見靈藥『朱藤仙果』及千歲鶴涎配合所煉，雖有把握爲你祛除餘毒，但要保你臉上瘡疤揭去之後，新肉生出能與原來皮色一樣，就不敢說此滿話。現在比千年雪蓮更爲難得的純紅雪蓮已得，萬慮皆除。

「你服此靈丹以後，我便將瘡疤揭下，敷以雪蓮所搗紅泥，你再冥心獨坐，靜慮寧神，大約一晝夜之間，便可還你本來面目了。你吃過這番苦楚，當知師長之言，斷無謬誤。宇文屏雖然是你殺父之仇，在未將她『萬毒蛇漿』設法破去之前，就算狹路相逢，也不應再逞匹夫之勇。」

葛龍驤解下蒙面黑巾，盤膝坐定，依言服下那顆半紅半白丹丸。龍門醫隱便取出一柄小鑷，將鑷柄用布纏好，準備治他頰上瘡疤。柏青青怕他難忍疼痛，也靠他坐下，並伸出玉臂，輕輕將葛龍驤扶住，等待爹爹動手。

龍門醫隱見狀說道：「青兒，這點痛苦，龍驤想能忍受。我方才不是說過，雖然靈藥有功，他自己也要寧神靜慮。倘心有旁騖，最易功虧一簣，留下痕跡，再難恢復。你還不放手走開，擾他作甚？」

柏青青、葛龍驤均覺臉上一紅，柏青青撒手起立，站在一旁；葛龍驤則趕緊冥心內視，坐靜入定。

龍門醫隱以極快手法，三鑷、兩鑷便將葛龍驤雙頰瘡疤去淨，那似紅非紅的腐肉之色，竟使得柏青青掩目轉身，不忍相視。

龍門醫隱小心爲他拭淨污血，便將玉碗之內雪蓮所搗紅泥，勻敷雙頰，向葛龍驤囑咐道：「你已外敷內服兩種稀世靈藥，且自靜坐用功，心頭不可生一雜念。但等將近一對周時，頰上敷藥之處必然發生奇癢，彼時切記千萬強忍，不可抓撓！癢過生痛，仍然不可理會。痛罷之時，所敷靈藥自落，大功即成。外人心力已盡，你好自爲之，我與青兒在洞外守護，免得分你心神，並略爲察看周圍環境。」

說罷，便與柏青青相偕出洞，一看四周形勢，對柏青青說道：「龍驤復原尚需對時之久，在此漫長時間之內，枯坐洞口，亦覺寒冷難耐，不如借此守候之時，一探出路。此處兩面均是千尋峭壁，無可攀援，只有前路及右側這段數十丈高的略帶傾斜山壁，似尚能走。我先在此守護，你可翻上這段山壁，略為探看上面有無出山路徑。不管所見如何，務必在兩個時辰之內回來，換班守護，我再往壑底前方探路。」

柏青青本就閒得無聊，龍門醫隱這一有事分派，頗為高興。眼望右側山壁的傾斜程度，估量以自己這輕功，上下當可自如，遂略為整紮，插穩背後長劍，巧縱輕登，幾躍而上。

龍門醫隱見愛女功力較前又有進境，心中自然高興。暗想這般年輕後輩，像自己女兒、葛龍驤、谷飛英及杜人龍等人，個個均如精金美玉，威鳳祥麟，資稟極好；自己在川、康邊境，所收荊芸，也頗不錯，他年必然能為武林放一異彩。黃山論劍之後，自己這些老一輩的，也真該跳出江湖是非圈外，專心精研長保真如之道。塵世因緣，大可交代給這些後起之秀，去善為處置的了。

他自思自想，不覺多時，柏青青仍未見轉，不由心中焦急，暗悔不該讓女兒前去，倘再有差池，叫自己先顧哪頭是好。

龍門醫隱方在焦急，山壁之上一聲歡呼：「爹爹！」柏青青的玄衣人影，已如瀉電飛星疾馳而下，霎時便到龍門醫隱面前，笑靨生春，得意說道：「爹爹，女兒在上面轉過兩座山峰，尚未找出路徑，後來忽在雪中發現幾行足印，再循此以尋，果已找到出山之路。爹爹隨我先去看看，等龍哥一好，便可趕上蟠塚，打他一場熱鬧架了。」

柏青青自管說得興高采烈，龍門醫隱卻在皺眉深思，等她說完，瞿然問道：「你所發現的雪中足印，共有幾人？踏雪功夫深淺，可曾加以注意麼？」

柏青青聽爹爹一問，微覺怔神，稍微遲疑答道：

「女兒找到路徑，當時喜得糊塗，爹爹這一問，我也覺得事有蹊蹺。那雪中足跡共有三人，輕身功力均似極高。其中一人足印，更是淺得若非目力極好，而又特別留神，幾乎無法辨認。另外並還有一行女子足印，好像是隨躡三人之後，輕功也似不在女兒之下。這樣荒涼的冰天雪地之中，哪裡來的這些武林高手？是敵是友，還是彼此漠不相關，爹爹猜得出麼？」

龍門醫隱「哦」了一聲，道：「在這窮邊絕塞之中，突現四名絕頂好手，若是從不履中原，姓名未爲世曉，就在此大雪山中隱居的奇人逸士，因無故雪崩，出來察看所留足跡，倒還罷了。倘非此等人物，卻極可慮。待我上去細察一番，再做準備。你須稍離此洞，密爲守護。以防萬一人來，見你守在洞口，知道內中有人，只一闖入驚擾，葛龍驤前功盡棄，就太可惜了。」

柏青青頗為佩服爹爹老謀深算，設想周到，唯唯應命。

龍門醫隱遂手執鐵竹藥鋤，向適才柏青青探路之處，飛縱而上。上得峰頭，只見近處一帶，並無絲毫路徑可尋，遂依照柏青青所說方向，轉過幾座山峰，果已發現出路，但柏青青所說三男一女所留足印，雖經仔細留神，仍舊毫無蹤跡。

龍門醫隱初頗不解，後來轉念一想，頓覺恍然，不由暗笑自己糊塗。柏青青明明已經說過，諸人輕功俱高，腳印極淺，此時天仍不斷飄雪，足印自然已經蓋沒，還到哪裡去找。但心中總是覺得這些人物，出現得太於離奇，若不將其身分探明，此後時刻均將在疑神疑鬼的狀態之中，難得安定，遂仍慢慢順路前行，留神察看。

大雪荒山，若是尋常人的足印，當然好找，但輕功到了火候，再加上為時已久，哪裡還有絲毫痕跡。龍門醫隱又走了一會兒，依然四顧茫茫，盡是些一塵不染的皚皚白雪。他心念柏青青及葛龍驤，覺得業已走得太遠，萬一有事，呼應不及，方擬作罷回頭，身後突然響起一聲「無量佛號」。

聲音低沉寬厚，入耳極清，一聽即知此人內功甚好。龍門醫隱霍地回頭，只見遠遠一座雪峰之上，站著一個面容清秀的青衣長髯道人。

道人見龍門醫隱回頭，口中沉聲獰笑，雙肩微動，並不向高拔起，竟如條直線一

般，平射過來。兩個起落便在龍門醫隱十數步外，輕輕站穩，單掌胸前一打問訊道：「當代神醫柏大俠，可還認得我這下三濫的武林敗類麼？」

龍門醫隱暗暗心驚來人這份俊拔輕功，等到人往地上一落，辨清面貌，心頭更不禁打起鼓來。瞥眼四顧，別無人蹤，大敵當前，只得把一切暫置度外，仰面朝來處方向先低發起一聲清嘯，然後納氣凝神，含笑抱拳答道：「逍遙羽士之名遐邇皆知，二十年前柏某曾承讓一掌，怎能忘卻？駒光易逝，歲月不居！昔時青鬢朱顏，而今彼此都成了蒼蒼鬚髮，恩仇糾結，俗務勞人，左兄也有這種滄桑之感麼？」

逍遙羽士左沖，見龍門醫隱竟然自己說起客氣話來，眼珠一轉，已知其意，微微笑道：「柏大俠真工心計，但與你同來之人，已有我二弟、三弟前往相會，不必再通知了。我們嶗山兄妹，與柏大俠往日無冤，近日無仇，去歲之秋，何以乘左沖遠遊關外之時，與柳悟非擅闖我大碧落岩，殺人放火。左沖歸來，人亡居毀，此恨難消。遂率領二、三兩弟，萬里追蹤，幾把鐵鞋踏破，今日才在這雪山之中相逢。正好把二十年前一掌之惠，和我四妹之仇，一併清算。多言無益，柏大俠，我們是過掌還是動兵刃？左沖要得罪了。」

龍門醫隱一聽，冷面天王班獨中了一把柏青青所發的透骨神針，居然未死，已與八臂靈官童子雨往尋柏青青、葛龍驤，不禁暗暗叫苦。但眼前這逍遙羽士左沖，武功為嶗

山四惡之首，實是勁敵。一動上手，短時間內自己無法返援。剛才這聲低嘯，柏青青不知已否驚覺，她一人說什麼也敵不了嶗山雙惡，結果非迫得葛龍驤出洞助戰不可，縱然能保僥倖無事，前功盡棄當已無疑，何況還有一個女子蹤跡，至今未現，是友是敵尚不得而知。正在心急如焚，忽然轉念一想，諸一涵在那柬帖之上，不是對葛龍驤諄諄告誡，人雖受命於天，禍福仍由自召，自己一生行事，無虧天理，倒要看看今日是怎樣的收場結局。

逍遙羽士左沖，見自己業已發言挑戰，龍門醫隱竟仍沉吟不語，微詫問道：「柏大俠何以吝不下教？」

龍門醫隱此時已把一切付諸無相無礙，聽左沖再度相問，長眉一展，哈哈笑道：「窮邊絕塞，喜遇高人，在這無垠冰雪之中印證武功，倒是別開生面。既承相問，柏某是想先掌法領教。」

逍遙羽士左沖微微一笑，點頭說道：「少陽神掌，威鎮江湖，二十年前，左沖就在此掌下含羞帶恨，柏大俠請！」

龍門醫隱把鐵竹藥鋤插入雪中，兩人便是雙掌在胸前交錯，目光凝注對方，一瞬不瞬；足下則盤旋繞走，誰也不肯先行攻敵。

逍遙羽士左沖與龍門醫隱二十年來未曾見面，雖然萬里尋仇，但對方那等聲望，貌

雖悠閒，實亦不敢輕敵。暗想二弟、三弟收拾兩個少年男女，定然容易得手，等他們功成趕來，再與柏長青老兒硬拚，才比較上算。

想到此處，左沖目光微睨龍門醫隱足下所留雪痕，心頭不禁一驚。暗想自己以爲這多年來，絕欲苦練，功行大進，哪知對方也非昔日，看這足下雪痕，彼此竟似仍在伯仲之間，自己未必能操勝算。

他這一睨一想，也不過是剎那之間，但龍門醫隱是何等人物，就把握了這彈指光陰，立佔先機，一聲：「左兄留神！」身形欺進，硬踏中宮，搶攻八掌！

這八掌，掌掌俱是絕招，威勢凌厲無匹。饒他逍遙羽士左沖，空負一身內家絕藝，也被打得身法錯亂，步步後退，雙掌不住封閉招攔，無法還招，自然吃了不少苦楚。

龍門醫隱一招得手，著著爭先，少陽神掌的九九八十一式，每式兩招，一共是一百六十二手，簡直化成一片掌山，呼呼勁風，把四外積雪激蕩得飛起一片雪雨。逍遙羽士左沖的身形，被龍門醫隱圈在掌風之內，空自氣得鬚髮虬起，卻無法平反這先機一著之失，只得看關定勢，處處挨打。

但龍門醫隱雖然佔了上風，心中仍然暗暗著急。好不容易把握住對方心神稍微旁注的一剎那間，取得了優勢；唯因雙方功力相若，一、兩百招之內，尚還分不出強存弱死，自己必須想個良謀，與左沖速戰速決，才好趕回接應柏青青等二人。

相持到了八十多招之時，龍門醫隱的來路之上，突起嘯聲，一條人影如飛縱到。落地現出八臂靈官童子雨的高大身形，劈空一掌擊向龍門醫隱，使逍遙羽士左沖得以乘隙脫出龍門醫隱的掌風籠罩以外。

童子雨與左沖會合一處，目注龍門醫隱，獰笑說道：「柏老兒，你女兒業已被我引來，好讓我班二哥從容入洞，宰掉那姓葛小鬼。然後我們嶗山兄弟，三馬連環。柏老兒！你父女還不拿命來安慰我四妹的在天之靈，難道還想僥倖麼？」

龍門醫隱還未答言，一聲急呼：「爹爹。」柏青青果已如飛趕到。

龍門醫隱雙眉一皺，目光仍然注意左、童二人，口中怒聲問：「青兒怎違我命，擅離守護之職？」

柏青青聲音帶泣說道：「女兒聽說爹爹有難，顧不得再護龍哥。」

話猶未了，逍遙羽士左沖已自懷中取出獨門兵刃精鋼摺扇；八臂靈官童子雨，也自襟底撤下一柄色若寒霜的軟鋼緬刀，斷喝一聲，雙雙撲到。

龍門醫隱父女不顧說話，鐵竹藥鋤及青鋼長劍一齊應戰。鐵竹藥鋤敵住精鋼摺扇，雙方均是招術精奇，一時難分上下。但柏青青掌中一柄青鋼劍，功力本不敵童子雨，何況童子雨的緬刀又是吹毛折鐵之物，越發相形見絀，上手不到二十招，就已危機屢現，險象橫生。害得龍門醫隱不時還要分神指點，逍遙羽士左沖的精鋼摺扇，趁勢加功。這

一來，雙雙落在下風，父女二人頓時陷入苦戰，比起方才左沖窘境，還要艱難。因爲兵刃不比掌法，稍一疏漏，便可立判生死。

暫時放下這場虎躍龍騰的正邪大戰不表，先表明柏青青與葛龍驤在壑下洞前，所遇情事。

原來柏青青自爹爹走後，獨處洞前，覺得冷得難耐，遂如龍門醫隱所囑，在葛龍驤所處的山洞斜對面一塊巨冰之後坐下，調息運氣，周行百穴。做完一遍，果然覺得回暖不少。一想爹爹尚未回來，葛龍驤又不能驚擾，反正無事，不如索性多做幾遍。就在柏青青第二遍行功完畢，第三遍開始未久之時，自東北上空遠遠傳來一聲低嘯。

柏青青入耳便知，那是爹爹業已遇上強敵，特地傳聲示警。不禁芳心大震，翻手拔出背後長劍，還未起立，頭上疾風颯然，已自壁上縱落一個身材魁梧的道裝巨人，認得正是嶗山第三惡，八臂靈官童子雨。

柏青青一見，不由暗暗吃驚，這些嶗山惡賊，竟從萬里之外追蹤來此。四惡之中，追魂燕繆香紅被自己手刃，冷面天王班獨中了那麼多透骨神針，料也難逃一死。這童子雨既已來此，則爹爹在上面所遇，定係嶗山大惡逍遙羽士左沖無疑。但目前之事，煞費躊躇，自己一與童子雨動手，必然把洞內正在緊要關頭的葛龍驤驚動，倘若前功盡棄，

如何是好？

念頭一轉，柏青青劍交左手，右掌扣定四、五根透骨神針，心想童子雨縱然知道洞內有人，因石隙太小，料也不敢貿然鑽入，但等他到洞前探頭探腦之時，這一把神針，定送他命歸極樂。

童子雨是從側面縱落，柏青青本來恰好被那塊巨冰擋住，但她號稱「玄衣龍女」，當年所著均是一襲玄衣，冰塊體積雖大，憑嶗山四惡那等眼力，自然已經看出些微形跡，眼珠一轉暗自準備停當，故意望著葛龍驤所藏身洞口，一再遲延，欲前又卻。

柏青青在冰後簡直被他逗得心急如焚，默計時間，葛龍驤此時恰巧正值功成不遠的緊要關頭，難道真要攻敗垂成，使自己抱憾終身不成？但無論如何，也想不出任何能夠不動聲色的卻敵之策。想到此間，突見童子雨似已拿主意，欲往洞中硬撞。

柏青青已難再忍，銀牙一咬，悄沒聲息地從冰後長身，玉手一揮，四、五根透骨神針精光閃處，齊向八臂靈官童子雨的腦後飛去。

柏青青神針出手，童猶如未覺。直待眼看飛針即到後腦，突然縱聲狂笑，霍地回頭，左手執著一隻形似五行輪之物，但輪柄短只七、八寸，輪也僅只碗口大小，往上一舉，叮叮幾聲微響，柏青青所發透骨神針，頓時全被吸黏輪上。

八臂靈官童子雨吸去飛針，對柏青青獰笑一聲，說道：「娃兒，我只道你藏身洞

內，原來竟在此地。你父女前在嶗山猖狂，傷我四妹，今日定當拿命來償！柏長青老賊已在上面中了我大哥的內家重掌，口吐鮮血，你還不是如俎上之魚肉一般，再如不知趣自裁，我大哥一到，他不像我生平最忌女色，你就要死得不乾淨。」

柏青青一聽老父身受重傷，不由五內皆裂。見這童子雨還不知葛龍驤身藏洞內，細權輕重，仍以先援老父爲是。她真不信童子雨手中所用那似輪非輪之物，竟能破去爹爹在天心谷中苦練的透骨神針，悶聲不響，玉手一探一揚，又是幾縷寒光，劈面打去。

她上次在大碧落岩一擊功成，那是因爲事出不意，而冷面天王班獨又身帶內傷，才中了此針。

此時雙方對面，童子雨前車有鑒，警戒已深，何況業已製成專門剋制此針之物，哪裡還能得手，寒光到處，童子雨舉輪一揮，又被全部吸去。

柏青青知道在此情況之下，除卻一拚，再無別策。長劍振處，光凝一片寒星，當胸點到。童子雨不招不架，滑步後退，接連幾躍，業已上得山壁，向下哂笑道：「女娃兒居然好膽，還敢逞強？來來來，我引你與柏長青老賊一齊併骨。」說罷，便將那隻小輪揣向懷中，向前躍去。

柏青青先前聽得龍門醫隱嘯聲，便知爹爹遇敵。童子雨這一番話，句句打入心坎。側耳一聽葛龍驤在洞內毫無動靜，心懸老父，只得暫撇情郎，把心一橫，隨著童子雨後影追去。

她這裏跟蹤八臂靈官童子雨，翻上山壁不久，壑中突然又自右側飛落一條人影。到得壑底，現出身形，是個獨臂矮瘦老者，正是嶗山第二惡，冷面天王班獨。班獨眼望柏青青去處，滿面獰笑，縱身便到葛龍驤所藏洞口。因見堵洞大石的孔隙太小，恐怕有人在內，驟起發難，不易抵禦。幾經遲延，終於把心一橫，提足混元真氣，全身一蹲一搖，竟運用了「縮骨法」，把本來就頗爲瘦小的身形，縮成八、九歲孩童大小。右掌護住面門，方待飛身闖入，身後山壁之上，突然傳來「噗嗤」一聲脆生生的嬌笑。

請續看《紫電青霜》中冊

國家圖書館出版品預行編目資料

紫電青霜／諸葛青雲作. --初版. -- 臺北市：
風雲時代, 2013.01
冊； 公分. -- （諸葛青雲精品集；01-03）
ISBN: 978-986-146-957-7（上冊：平裝）
ISBN: 978-986-146-958-4（中冊：平裝）
ISBN: 978-986-146-959-1（下冊：平裝）

857.9 101025818

諸葛青雲精品集 01

書名 紫電青霜（上）

作　者 諸葛青雲
封面原圖 明人入蹕圖（原圖爲國立故宮博物館典藏）

發行人 陳曉林
出版所 風雲時代出版股份有限公司
地　址 105 台北市民生東路五段 178 號 7 樓之 3
風雲書網 http://www.eastbooks.com.tw
官方部落格 http://eastbooks.pixnet.net/blog
Facebook http://www.facebook.com/h7560949
E-mail h7560949@ms15.hinet.net
服務專線 (02)27560949
傳　真 (02)27653799
郵撥帳號 12043291

執行主編 劉宇青
封面設計 許惠芳

法律顧問 永然法律事務所 李永然律師
北辰著作權事務所 蕭雄淋律師

版權授權 張文慧

出版日期 2013年2月

訂價 240 元

總經銷 成信文化事業股份有限公司
地　址 新北市新店區中正路四維巷二弄2號4樓
電　話 (02)22192080

ISBN 978-986-146-957-7

行政院新聞局局版台業字第 3595 號
營利事業統一編號 22759935